MINGUO TONGSU XIAOSHUO
DIANCANG WENKU

民国通俗小说典藏文库·顾明道卷

江上流莺

顾明道◎著

中国文史出版社

顾明道和他的小说（代序）

张赣生

在本世纪（指二十世纪）二十年代末，能与"南向北赵"并称的武侠小说作家只有顾明道。

顾明道（1897—1944），原名景程，江苏苏州人。他八岁丧父，自幼体弱，上学时膝部患骨结核（中医所谓骨痨）致残，行动依赖挂拐。他毕业于教会所办的振声中学，因学习成绩优秀，即留在该校任教，并受洗为基督教徒。1922年，范烟桥移居苏州，范氏在辛亥革命的时候就曾与友人组织"同南社"，诗酒唱和；这时又于七夕会同赵眠云、郑逸梅、顾明道等九人组织"星社"，以文会友。顾氏由此结识了一批文友，他一生的文学活动大体未超出这个小团体的范围。顾明道因一直希望医好腿疾，所以结婚较迟，抗战爆发后，他和母亲、妻子全家移居上海，苏州的家产毁于战火，从此落入贫病交加的处境中。他一生以教书为业，战前一直在苏州振声中学执教，迁居上海后一面写作，一面仍自办补习学校，招生授课，直至肺结核把他折磨得卧床不起才停办。病重时生活无着落，全靠朋友周济，终年只有四十八岁，身后凄凉。

了解了顾明道一生的经历，有助于我们客观地认识和评价他

1

的小说。

　　从顾明道一生经历来看，腿残、留校执教、参加星社，这三件事深刻影响着他一生的文学事业。民国初年的上海，盛行哀情小说，即文学史上称之为"淫啼浪哭"的时期。1912年，徐枕亚的《玉梨魂》和吴双热的《孽冤镜》在《民权报》同时连载，随即又连载李定夷的《霣玉怨》，流风所被，一片哀音。顾明道就在这种风气的影响下，开始试写小说，那时他只有十七岁，尚未成年。他的处女作是短篇言情小说，发表在高剑华主编的《眉语》月刊上，这是一份以知识妇女为读者对象的刊物，脂粉气很重，在该刊的创刊号上发表了一篇阐明办刊宗旨的《宣言》，其中说："花前扑蝶宜于春；槛畔招凉宜于夏；倚帷望月宜于秋；围炉品茗宜于冬。璇闺姐妹以职业之暇，聚钗光鬓影能及时行乐者，亦解人也。然而踏青纳凉赏月话雪，寂寂相对，是亦不可以无伴。本社乃集多数才媛，辑此杂志，而以许啸天君夫人高剑华女士主笔政。锦心绣口，句香意雅，虽曰游戏文章、荒唐演述，然谲谏微讽，潜移转化于消闲之余，亦未始无感化之功也。每当月子弯时，是本杂志诞生之期，爰名之曰《眉语》，亦雅人韵士花前月下之良伴也。"看了这篇《宣言》，读者当能了解此刊物的性质。顾明道在1914年左右开始写小说时，选中这样一个刊物投稿，也就表明顾氏本人的性格难免有些多愁善感的脂粉气。

　　我指出顾氏性格中的脂粉气，因为这决定着他文学作品的基调，丝毫也没有嘲讽顾氏之意，每个人都在一定的环境下养成他的性格，这没有什么可嘲讽的，我们要研究的只是事实。郑逸梅在《悼顾明道兄》一文中提到两件事，其一为："明道最初的作品，刊登在许啸天所辑的《眉语》杂志上，该杂志多载女作家的文字，他就化名梅倩女史，撰着短篇小说。有一位读者，是登徒子之流，写信追求他，缱绻缠绵，大有甘伺眼波之意。明道接到了信，大笑之下，用梅倩具名答复他。那个登徒子欣喜欲狂，寄给他一帧照片，请他交换'芳影'，并约他会晤某园。明道到这时，才用真姓名自行揭破。这一段趣史，明道时常讲给人听的。"

其二为："《江上流莺》稿成，我曾为他写一小序，有云：'江山摇落，风雨鸡鸣，我侪丁斯乱世，应变无方，干禄乏术，臣朔饥欲死，乃不得不乞灵于不律，红茧缫愁，绿蕉写恨，借以博稿资而活妻孥。社友顾子明道固与予相怜同病者也。'明道读了，亦为之感喟百端，不能自己。"当时正值日寇侵华，人民生活困苦，对此局面"感喟百端"也是情理中的事，我们不必咬文嚼字，过分挑剔；但达到"不能自己"的程度，就难免少些丈夫气了。以上两件事都可证明顾氏确有些多愁善感的脂粉气。

顾明道养成这样一种性格，固然与前述民初上海文坛的时尚有关，在当时一些人的心目中，唯其如此才配称为"才子"，少了贾宝玉味道就被视为粗俗；但是就顾氏本身的内因而言，腿残对他心理上的影响，恐也不容忽视。肢体的残疾不仅影响着顾明道的性格，也限制着他的行动。郑逸梅《悼顾明道兄》一文说："这时他在吴门振声中学担任教务，因不良于行，往返不便，所以他住在校中。"顾氏是一位多半生未离他那中学小天地的人，缺少广泛的社会生活经历，在这方面，他既不能与同时的"南向北赵"相比，更不能与后来的"北派四大家"同日而语。对于这样一位学生出身，生活面狭窄，又多愁善感的作家来说，写言情小说自然是最方便的，他可以坐在家里凭自己的情感体验来打动读者，只要情感诚挚，哪怕写的只是他个人的小天地，也总会有其可取之处。但自向恺然《江湖奇侠传》引起轰动之后，报刊编者和出版商均热心于武侠一途，顾明道为适应这一潮流，便也改弦易辙，于1923年至1924年在《侦探世界》杂志发表武侠小说。1929年，他由杭返苏，途经上海，与当时主编《新闻报》副刊《快活林》的星社文友严独鹤相会，恰逢《快活林》需要连载长篇武侠小说，严约顾撰写，这就促成了他一生的代表作《荒江女侠》的问世。

《荒江女侠》刊出后竟大受欢迎，同年冬，上海三星图书局向新闻报馆购买版权出版单行本，至1930年8月已翻印四版，1934年11月更达到十四版，这在当时是很可观的销行数。可见其轰动的程度。由于此书畅销，顾氏也就续写下去，共出版了六集，并被友联公司改编为十三集连续影片，上海大舞台、更新舞台也改编为京剧连台本戏，风靡一时，大有凌驾《江湖奇侠传》之上的势头。这部小说之所以能取得如此出人意料的效果，今天的读者或许很难理解。当时最著名的武侠小说，是"南向北赵"的作品，向恺然连缀民间传说，自有其吸引人的一面，但却少了点爱情纠葛、哀感顽艳；赵焕亭的《奇侠精忠传》据说原有不少狎媟的描写，因而触犯禁例，出版时经过删削。顾明道于此际把武侠、恋爱、探险等成分捏在一起，就给读者一种新鲜感，满足了十里洋场那特定读者群追求新奇、热闹的要求，正如严独鹤在《荒江女侠序》中所说："以武侠为经，以儿女情事为纬，铁马金戈之中，时有脂香粉腻之致，能使读者时时转换眼光，而不假非僻之途，不赘芜秽之词。是以爱读者驰函交誉。"

顾明道用以吸引读者的另一个办法是写"冒险"，他在谈及自己的作品时说："余喜作武侠而兼冒险体，以壮国人之气。曾在《侦探世界》中作《秘密之国》《海盗之王》《海岛鏖兵记》诸篇，皆写我国同胞冒险海洋之事，与外人坚拒，为祖国争光者。余又著有《金龙山下》一篇，可万余言，则完全为理想之武侠小说也，刊入《联益之友》旬刊中。又曾写《黄袍国王》长篇说部，记叙郑昭王暹罗之事，曾刊《大上海报》，后该报停版，余亦中止，他日拟出单行本以飨读者矣。又新著《龙山争王记》，则方刊于《湖心》周刊中，该刊为西湖小说研究社出版者也。曩年余为《新闻报·快活林》撰《荒江女侠》初续集，尚得读者欢迎，今由三星书局出单行本，三集亦在付梓中矣；又为《小日报》撰《海上英雄》初续集，则以郑成功起义海上之事为经，以海岛英雄为纬，以上两种皆由友联公司摄制影片。又尝作《草莽奇人传》，则以台湾之割让，与庚子之乱为背景也。"（转引自郑逸梅《悼顾明道兄》）所谓"冒险体"或"理想小说"，显然是接受了西方的小说观念，是指类似斯蒂文生《宝岛》或斯威夫特《格列佛游记》的体裁，譬如他所著的《怪侠》，写一个身负绝技的革命者，失败后率党徒逃亡海外，去非洲探险，与当地土著争斗，称雄异域，即是一例。

就顾氏的为人来说，他是一个正直、爱国的书生。"一·二八"日寇进犯上海，顾氏写了《国难家仇》《为谁牺牲》等小说，表示了他作为中国人的同仇敌忾之心。顾氏一生写过五十多部小说，以武侠和言情为主，也有社会、历史、侦探等作，他临终前，春明书店出版了他的最后一部作品《江南花雨》，这本小说具有自述的性质。

目　　录

第一章　石湖风月属词人

　　吴中山明水秀，人杰地灵，素来有天堂的美名。绿杨城郭，一水萦绕，白昼有风帆出没，夜间无鱼龙悲啸。雉堞之间还有古塔矗立，相对斜阳。城北有北寺，城南有瑞光塔，一则如贵族髦士，庄严华丽；一则如有道高僧，古朴静穆。在黑夜里望去，却又如两尊巨灵神，俯身城闉，宛如代吴中人民做了守城将军。城中市廛的热闹不必说他，至于城外附郭之区，青山点点，蜿蜒断续，大都风景蒨丽，游人不绝。如虎丘天平灵岩穹窿上方天池邓尉等诸山，是最著名的，而太湖汪洋三万六千顷，七十二峰沉浸其间，蔚为奇观，所以越显得这苏州城的可爱了。

　　而城南的石湖，它和太湖相通，便在那上方山畔，清波汤汤，水天一色，也是一个巨浸。当那春和景明的时候，上下天光，一碧无垠。那石湖里风平浪静，偌大的湖面，恍如一面大圆镜，被阳光照着一晃一晃的，就像天孙特地织就了一大匹金镂彩错的云锦，铺在这石湖之上，映得人们目光生缬。那些帆船和渔舟驶行在这云锦上面，便如同漾起了万斛情丝而织成的情波。设令多情的男女处此境界，怎的不触景生情呢？

1

而在那石湖的山椒水涯之上，都是些竹篱茅舍，田野桑园，倒像老子所说的小国寡民。可是一处处红桃绿柳，流水板桥，却也是别有风光。从前唐朝的诗人白乐天当他迁谪为江州司马时，尝自言道："今得青山绿水中为风月主人，幸甚！"所以匡庐山巅，浔阳江头，常有他的诗思文情。若使白乐天一游石湖，我想一定更有许多脍炙人口的好诗流传下来了。可是白乐天虽没有做石湖的风月主人，而后世尚有一个和白太傅抱同情的人儿，就在这石湖边上筑起了数间美轮美奂的新屋，环以园林，变成一座华丽幽雅兼而有之的别墅。他住在这里，做个采菊篱下的隐君子，朝对晨雾，夕迎素月，石湖里的山水都是他笔底的资料。他又像王摩诘一般，能诗能画，把这石湖当作第二辋川。风清月白之夜，花香鸟语之晨，雨雪霏霏之时，春晖融融之日，他的足迹就在这石湖边上，东西徜徉，上下吟啸，也算是穷极物外之乐了。所以邻近的一班乡人，常常指点着这别墅里的一角朱楼说道："石湖居士又在那里倚槛长吟了。"

　　在乡人说话的当儿，便有一个五旬以外的老人，立在凉台上，倚着朱漆的栏杆，仰首望着天边的浮云，嘴里嗡嗡的，好似在那里念着诗句一般。那老人虽然已有了年纪，却是神清气秀，全无龙钟之态，只见鬓丝微白而已。这座别墅内外都是花园，四季的名花，一年中开遍不败。春兰秋菊，各极其妍，更有许多外国的名种，开放着带着异国色彩的鲜葩。居士特地雇着一个花匠，代他刈秽去芜，修剪枝叶。他自己高兴时闲步篱间，目顾群芳，又像置身在众香国里，此乐虽南面王不与易了。

　　这一天正是星期六的下午，湖边上野田里有二三牧童，骑在

2

牛背上，嘻嘻哈哈地追逐而来。有一个牧童指着前面一带矮垣，曲曲折折地筑在野里，垣上缀着许多爬墙草，绿荫蒙蒙的，好像披着一条绿色的毯子。微风吹着，又好似掀动碧浪，平添不少幽情凉意。垣内外有绿柳数枝，飘拂着千缕柔丝，更有猩红的石楠花，雪白的李花，万红千紫，衬托出这个别墅无异人间乐园。中间矗出的朱楼上，栏杆边立着一个老人，穿着一件浅灰色绸的夹袍子，鼻架眼镜，一手扶着栏杆，向对面石湖里举止遥瞩。当然这老人就是乡人所称的石湖居士了。

老人在楼上望远景吗？不。吟诗吗？不。送夕阳迎素月吗？不。他正在望他的爱女自城中回来。但他望了好一会儿，有不少船舶张着布帆，在那水天深处自远而近，又自近而远地驶过了水滨，更有摇橹点篙的小舟，在烟波中欸乃声声缓缓地过去。岸上又有拉纤的人，弯倒了腰，手足并用，邪许之声，前后呼应。至于那机声轧轧，破浪而驶的轮舟，疾如奔马，追出了一切的船，大有睥睨余子，唯我独尊之概。这些都是在老人眼里常见的，已不足为奇。渐渐地，他的目光注意到湖面上浮出的一艘帆船。那帆船是乡人使用的船，没有篷舱，在船中有几个乡人，他们是到城中去购办货物而回的。有的坐在船头上吸着旱烟谈天，有些在船艄头打瞌睡，欣欣然地回转他们的乡间。但在这一伙人中，却有一个少女，便像瓦砾堆里发现了一颗明珠，光彩神韵，与众不同，和他们相处一起，竟有些不类了。

这少女有十七八岁的妙年华，穿着一件花花绿绿软绸旗袍，外面罩着一件猩红色的绒线短大衣，手里拿着一个皮夹和一卷报纸，坐在中舱的船板上。紫色的皮鞋脚边放着一只新式的手提

3

箱，像是从城中归来的女学生。脸蛋儿生得非常俊俏，一双眼睛黑白分明，剪水双瞳，溶溶如秋水照人，纤细的蛾眉如弯弯月一般，衬着琼瑶一般的鼻子，朱樱一点般的嘴唇，水蛇一般的腰，雪藕也似的臂，在这船上竟又像一位凌波仙子，随着尘世俗子来奔。

这船渐渐近岸时，少女也已瞧见了别墅楼上的老人，立刻脸上浮现出笑容来。而楼上的老人已认清了这帆船，便去按着电铃，早有一个十四五岁的小奚奴，穿着很清洁的短衣，踏着跑鞋，一跳一跳地跑上楼来。

老人对他说道："戆童，你快到湖边去接莺小姐吧，我已瞧见伊坐的船回来了。"

戆童跟着举目向湖滨望了一望，答应一声，飞也似的跑下楼去了。等到那戆童气喘吁吁地跑到水边时，那帆船早已靠近湖岸停住，布帆也早卸了下来。船上人纷纷从跳板上走上岸来，那少女提了手提箱，从容而上。戆童迎上去叫一声："莺小姐回来了么？"便去代伊提手提箱，且笑且走地在前面行着。

乡人对着少女都说："美丽的莺姑娘回家来了。到晚上我们又有清脆的歌声可听了。"

又有人指着朱楼上的老人说道："快瞧，石湖居士已在那里盼望他的女儿了。"

主仆两人沿着小径走到了别墅门前，本来两扇洋门是紧闭的，可说是门虽设而常关，可是此刻却已开了一扇，花匠张六也立在门口伺候。门里左右有两大块草地和许多名花佳卉，少女从正面水门汀的人行道上走进去，下面餐室和书室都是空关着。少

4

女叽咯叽咯地走了楼梯，蛮童跟着上楼，但是他方走到楼上，已有一个女仆来接过他手里的箱子去了。楼中央是一间宽大的客室，布置得非常朴雅。此时老人已坐在沙发上等候他的爱女了。

少女走上楼，张开樱唇，娇滴滴地叫声："父亲，你好吗？"

老人点点头道："这几天我倒很好，但是除了饮酒赋诗以外，却没有一个新雨或是旧友来此谈天，未免稍觉有些寂寞。且知道你今天校中已放春假了，必要回来，所以昨天听说邻家朱老三等一伙人要开船到城里去买东西，恰巧今天回转，因此我写了一封信，叫他们特地带到你校中，好让你今天坐朱老三的便船回到石湖来，较为简便了。今天天气很好，石湖里风恬浪静，一些儿没有危险。恰又遇着顺风，所以你此刻回家来，可以在家中休息一星期，陪陪你的老父。城中尘嚣扑人，怎及得此地空气清鲜？"

少女道："不错，我在校中也很惦念父亲。幸喜老父福体康宁，能够自求多福。借着山水，怡养性情，可称今世的林和靖呢。"

老人听了这话，摸着颔下短髭，微微笑道："我这个人虽然理乱不知，黜陟不闻，要学归隐盘谷的李愿，然而哪里及得到梅妻鹤子的林和靖呢？"

少女笑道："像样，你确实比林和靖差胜一筹，母亲虽然故世已久，可是你却还有一个女儿，可以稍微在你的膝下承欢。不过我自愧没有鹤子那样的清高呢。"

老人笑道："你是人间的萼绿华，天上的安琪儿，鹤子怎及得你呢？"

少女听老人如此称誉她，不由低下头去，带笑说道："父亲这样赞美你的女儿，给人家听见了，怕不要说你宠爱子女太甚么？"

老人摇摇头道："世间唯有真美善是人人欣赏、众口同誉的。文莺，你实在生得美丽。前天我给你画的《花间玉立图》，虽然只画得你上半个面庞，可是你的一双灵活美妙的眼睛，《诗经》上所说的'美目盼兮'，实在是妙极了，我看着这一双眼睛，便好像你在对我娇笑凝视，立在我的面前。所以我要趁着这一星期的春假，把这一幅画给你完全绘成。以后你虽然不在此间，我对了画图，也像见你一般，足慰我思女之情了。"

老人这样的说法，不像平常的父女。少女哈哈地笑了一声，说道："好的好的，你明天代我画便了。"说罢，走到右面一间房间里去，这就是她的卧室了。

老人瞧着她的背影进去，点上了一斗板烟，把板烟嘴凑到唇边猛吸。烟气氤氲，化作一圈圈，遮住了他的面庞。他仰首瞧着承尘，不知在那里幻想着什么。

一会儿，少女在房里换了一件阴丹士林布的单旗袍出来，因伊在家中，往往比较在外边衣饰朴素一些，这也因为乡间风俗朴实，没有城市里繁华，不用过于妆饰，反启冶容冶藏之弊呢。

少女走到老人身边，手中拿着一纸，递到老人手里，乃是少女所读的学校里的小考成绩报告单。那女校名正风，是苏州新创设的一个女子中学，课程完善，校规严肃，在苏城是很有名的。所收的学生都是高才生，没有中驷以下的。教学认真，名实相符，每次小考也有成绩报告单给家长查阅子女成绩优劣的。

老人接过一看，见自己的女儿竟获冠军之选，不由笑容满面，对少女说道："文莺，你的功课很好，此次得列第一，洵非幸致。"

少女把手指着成绩表说道："此次国文得到九十九，唱歌一百分，历史一百分，其余都在九十分左右，所以幸列第一。校中的国文教员程先生是吴中的名宿，他也知道父亲的名望。他赞我作文清丽秀逸，有些欧阳永叔的气息，毕竟家学渊源与众不同呢。"

老人微笑道："你的文章虽然做得不错，非聪明人不办，但尚是文不如人。像程先生这样说，也未免阿其所好呢。实在近来学校里学生的国文程度大有江河日下之势，一班不如一班，大多数的学生注重英文，而忽略了自己本国的文字，以致当上国文课的时候，除了几个用功的学生而外，有一大半倒在那里预备别的功课呢。写情书了，看小说了，一心以为有鸿鹄将至，视而不见，听而不闻。平日既然少读少看，到了作文的时候，当然做不出了。无论思想方面、技术方面，一点儿也没有研究，只随意拈着笔，胡乱写了一些似通非通、隔靴搔痒、文言白话、南腔北调、杂凑成文的东西，敷衍过去就算了。而一般教师虽也知道这个弊病，却没有勇气去改革它。因循苟且地得过且过，自然斯文难兴了。这时难得有几个好学的学生，家中曾请名师补习过的，或有贤父兄把经史讲授与子女，使有一些根底的，在学校里自然竟像凤毛麟角，不可多得了。"

少女听老人这样说着，也觉句句是实情，无可非难。自己在学校里，先生也知道自己是石湖居士的爱女，所以常常赞叹着说道："有其父必有其女，谢家风范，名下无虚。"自己所以能有一些国学根底，何尝不是父亲栽培之功呢。

老人把成绩表看过一遍，仍交少女去放好。这时女仆端上晚点来，乃是豆沙猪油胡桃作馅的汤团。这是家厨所制，非市上物，特别精美。因为汤团一物，是少女平时喜欢吃的点心，而老人又爱吃甜的东西，所以每次在少女回家的时候，常吃这样的东西的。父女二人坐到圆桌上，一同吃汤团。这汤团当然没有市上的大，而内中的馅却是非常丰富。少女吃了一碗，再添一碗。

吃过汤团，少女拉着老人下楼去，在花圃间散步。夕阳已没，晚风送香。老人把唐宋的诗词一句句地念给他的女儿听，那戆童却远远地隐身花丛，笑嘻嘻地向他们父女二人偷瞧。花匠很知趣地走过来，指点着一处处所栽的花木以及廊下阶前的盆景，向二人说哪一种宜剪，哪一种宜修。少女也很高兴地向他问长问短，且对老人说今天要在后面辟出一些空地，预备试种西瓜。因为花匠说他能种玫瑰葡萄，去年曾叫他架起一个葡萄棚，种葡萄，果然结了不少又大又紫的玫瑰葡萄，其味香甜可口，确有玫瑰风味。花匠又夸口他能仿着种玫瑰葡萄的方法去种西瓜，将来结实的时候，也可以有玫瑰的香味。这句话令人听了似信不信，老人以为他说着玩的，不放在心上。少女却记在心上，今番便要叫花匠去试种了。老人宠爱女儿，当然听伊的说话，要叫花匠去想法试种。

晚上父女二人在餐室里吃晚饭的时候，桌子上放着许多菜肴，中间有几样是老人特地吩咐女仆烧煮给小姐回来吃的。乃是红烧大肉圆、笋炒野鸡片、火腿冬菇清炖鲫鱼汤、盐水鲜虾等。因为老人知道他女儿寄宿在学校里，没有什么好的肴馔吃，所以等她回家时，总是烧了许多菜给他女儿佐膳的，足见老人的爱心了。

晚餐后，父女二人回至楼上，老人斜倚在沙发上吸烟，少女取了一只手打的扬琴过来，放在桌上，将两根竹制的东西在琴上叮叮咚咚地打起来，口里唱着西洋的名曲。少女天赋歌喉，既清脆又婉转，足娱老人的暮景。这时朱楼里的幽雅的灯光，在茜窗纱帘间透出琴声歌声，传送到邻近乡民的耳朵里去，大家都知道莺小姐已从学校里回家，在那里唱歌给伊父亲石湖居士听了。人家在黑暗里瞧到别墅里的灯光，觉得这是一个乐园，建筑在山明水秀的石湖旁边，此中住着的是个老隐士和美人儿。琴棋书画，诗酒歌唱，都是一般乡人所难能的。在此地宛如景星庆云，不可多得，自然看他们好像是天上谪仙，特来人间游戏的了。

次日上午，老人坐在楼下书室里看书，少女梳妆已毕，因为今天天气十分和暖，伊换了一件条子麦绸的单旗袍，上身罩着一件苹果绿色的小小绒线马甲，足踏黑色革履，走进室来，叫一声父亲，老人对她微笑说道："你今天要到湖上去游玩么？我已吩咐花匠到前村去雇了一艘船，停在湖里等候了。"

少女点点头道："父亲喜欢出去，我也没事做，一同去游玩个半天也好。"

老人遂叫鬟童把酒菜先送下船去，然后他换了一件单呢袍子，带了一把折扇，吩咐女仆把上下的房门都锁了，然后同他女儿出了别墅门，走到水边去上船。他们登了船，便叫舟子驶到灵岩山去。老人在舱中和少女谈谈乡间的桑麻，一边喝着酒，嚼着花生米，口边吟出一句两句写景诗来。少女嗑着瓜子，闲览风景。虽是一叶小舟，驶在粼粼的春水间，宛如在画图之中了。在灵岩山上一处处去吊古访胜，盘桓了多时，方才下山返舟。在农家炊烟缕缕上升的时候，父女二人兴尽而归。

回家时，饭熟鸡烂，肉腴酒香。父女登山又用过了晚餐，谈谈唐诗宋词以及三代两汉之书，直到各人有些疲倦时，少女方才向老人道了晚安，回房去安寝。朱楼里的灯光也熄了，大地之上一片黑暗，唯有天空中点点的繁星，闪烁着它们的星光，照着这个幽寂恬静的乡村。石湖里的水波跟着夜间的风动荡不已，却没有日间的金镂彩错，一片溦滟了。

到了第二天，老人要继续他的写生工作，等少女下楼时，对伊说道："莺儿吃过早餐没有？"

少女点点头，老人道："那么我要代你写生了。"

今天少女的服装和昨天没有两样，伊答应一声，跟着老人走到后面花圃中去，在一个紫藤棚前面立停娇躯，一手拈着旁边的四季花。老人吩咐蠖童端了一只小画桌，旁边放着丹青和彩毫。老人遂去取出那幅没有完成的画图，展开在桌上，用白石文镇压住了四角，拈着彩笔，对着他的女儿凝神一志地细细地画伊鼻下的部分。少女立在花间，花娇人艳，相遇着越显得少女的明眸皓齿，丽质天生了。此时更有一双彩蝶隔墙飞过来，翩翩跹跹地穿花拂柳，载飞载舞，绕着少女身边不去，只在少女头上足边盘旋飞舞，又好似一对情侣，互逐着，追恋着。蠖童和花匠都立在远处旁观，瞧着这彩蝶和玉人，不由暗暗地喝声彩。便是那老人也搁着彩笔，向少女和彩蝶痴痴地望着。花耶？蝶耶？人耶？一样艳丽，春色无边，无异仙境。少女见老人不画，便伸展玉臂去扑逐那一双彩蝶，吓得那蝴蝶一前一后地立刻飞到紫藤花棚的后面去了。

少女久立不耐，向老人说道："父亲，请你快快画吧。"

于是老人又研丹调铅地看着少女一笔一笔地绘去。微微的春风吹得少女衣袂飘举，老人刚才画到檀口，忽闻门上剥啄声起，孌童前去开了门，进来两位不速之客。一位姓吴名云章，一位姓龙名蠡双，是城内的士绅，都有五六十岁的年纪，和石湖居士是素来相识的老友。吴云章年老而性风流，诗文甚工，且擅昆曲，住在城中胭脂桥。龙蠡双住在桃花坞，以前曾在部中任职，现为苏城的名律师，酒量宏大。三个人是诗酒知交，隔着多时常要相聚一遭的。

今天龙蠡双邀着吴云章特来挐舟拜访，一倾情愫。也因正月里他曾请石湖居士父女俩探梅邓尉时，他很有意请石湖居士代他绘一幅《寒夜读书图》，仿佛蒋士铨的《鸣机夜课图》、林琴南的《篝灯纺织图》，要纪念他母亲教养儿子的辛勤。石湖居士答应缓日可以动笔，吴云章也许代他作一篇《寒夜读书图记》。可是文已写就，画尚未来，所以他借此来催索了。

当下二人进门后，老人立起迎迓，少女和他们也是素识的，立即跑上前叫应。于是老人只好辍笔了，吩咐花匠收拾去，他卷了这幅画，和他女儿招待两位老友到客室中去坐。

龙蠡双坐定后，便对老人说道："老兄兴致不浅，春日无事，闭门挥毫，为令爱绘《花间玉立图》。像令爱这般国色天香，人世罕有，应该由你这位名画师来绘一幅写真，添一番佳话的。可是你应许的那幅《寒夜读书图》，小弟盼候已久，望眼欲穿，不

11

知你何日方能完成此画，赐交小弟，悬之壁间，以增菽水之欢？吴兄的文已交卷了，小弟盼望你的名画，有如大旱之望云霓呢。"

老人拱拱手道："生性梳懒，致劳空盼，抱歉得很。无论如何，我必要交卷的。待到淑女这幅画竣事后，定即着笔。且当加意将事，以赎弟咎。"

龙骧双道："多谢多谢。"

老人遂吩咐女仆杀鸡作黍，又叫娈童去开了一坛好酒，特地留二人在此饮酒赋诗，畅聚一天。席间吴云章吹着笛，教少女唱一出昆曲中的《思凡》，也是他以前教过她的。他自己也唱一出《别母乱箭》，唱得很是悲壮苍凉。晚上继续饮酒，二人都吃得酩酊大醉，下榻在别墅中。次日方才挂帆别去，约老人于端阳节边往城中一聚。

老人待二人去后，要紧续写这幅《花间玉立图》，所以又教他女儿立在花丛中续绘。到午时上半身已画竣，但是当老人画过朱樱一点后，又画到胸前双峰之时，他就不知不觉地想入非非，想起了"唐皇软温鸡头肉"和"禄山滑腻塞上酥"的句子来。他对着少女的酥胸，忘记了下笔。

少女不由娇声喊道："父亲，怎么不画了？"

老人给她这么一问，如梦初醒，方才提起笔来描写。

咦！少女既是老人的女儿，老人何以有此绮思瑶想？不免自堕绮障，滋生罪孽。但是其间尚有一段因缘，石湖边上的人是不知道的。老人一边画一边想，顿时想起他昔日的前尘影事来了。

第二章　萍水相逢列绛帐

这是在二十年前的事了。一个人在世上好似水面的浮萍，东漂西泊，萍水相逢，往往会生出许多因缘来。而往事成尘，不堪回首，只增加了个中人事后的回忆。古人说："多情自古空余恨，好梦从来最易醒。"所以老人今天回忆起来，更觉抚今感昔，荡气回肠了。

原来石湖居士姓陆名景宋，本是昆山陈墓镇人氏，自幼天资聪慧，从大伯陆养庵学习经史古文，而于诗词尤工，里中人都誉为神童。可是博得一衿以后，秋闱却不能再战再捷，弱冠时自命风流，希踪唐寅一流人物。更兼他生得年少翩翩，丰致蕴藉，所以自己取了景宋之名，意思就是说景慕古时的宋玉。娶得一位夫人曹氏，也是世家之女，知诗习礼，姿色尚称不恶，伉俪间情爱尚笃。可是结褵后却从来没生育过，竟如卫庄姜之美而无子呢。

后来景宋不甘株守故园，老死户牖，所以他就跟了一位朋友到北京去，想在仕途中奋发有为，谋个出路，遂在财政部里任职。那时就认识了吴云章，起初借住在朋友段凌云家中，公余之暇，常常和吴云章段凌云二人驾言出游，赋诗饮酒。他本来喜欢习画的，又跟着北京老画师樊子乔在一起研究，结识几位收藏家，因此他的画也日益精进，有一些小名气了。樊子乔遂代他订了润格，居然鬻起画来。因他能诗能题，写得好一手欧字，所以他的画更是衬托得出色超群。大家都将他媲美古之郑虔，说他擅诗书画三绝之妙呢。请他绘扇面画册页立轴的踵接而来，大有应接不暇之势。但他本意腾达宦海，拾取青紫，达到兼善天下。谁想学板桥卖画，自订润格呢？因此积欠的也不少。凑巧后来有某部长因友人的介绍，赏识他的才学，有意怜才，很能提拔他，所以景宋的地位也渐渐增高起来，宦海中可说一帆风顺。派到山东去做了一位税务局的局长，在这个上，总算手头多了一些钱财。但因他不善居积，尤喜收买书画，结交朋友，其间也耗去不少，尚没有积许多造孽钱呢。更有一点，他是寡人有疾，寡人好色的人。况且中国书上的才子大都有好色之癖。义山飞卿，托之吟咏，情见乎辞。那时候景宋尚在中年，没有到老人的时代。公退之暇，自然不免要征歌选色，谋精神上的调剂。然而青楼之中，朝秦暮楚，送往迎来，大都是些庸脂俗粉，要求柳如是李香君等一流人物，邈焉难得，于是他的目光不得不转向另一方面了。

当他从税务局长退职以后，又回到北京去住，在部中任要职。有一天，该是他的疯魔的日子到了。是一个国庆日的下午，他和几位友人在中央公园里闲逛，忽见鱼池边立着一个妙龄女郎，正在临流顾影。瞧她的背后情影，腰部臀部腿部，没有一处不呈露着曲线之美。亭亭玉立，恍如凌波仙子，真所谓增之一分则太长，减之一分则太短。骨肉也匀称极了，倘然回转脸来，不知怎样一个俏面庞呢？

他正在这样痴想，忽又听假山那边有人喊道："湘妹，你怎么老是立在池畔不去呢?"

那女郎回过头来，容光焕发，眉黛眼波没一处不是可人意儿，一股秀丽之气，令人尤为倾倒。他不由暗暗喝声彩，悄悄凑在身旁一个朋友耳畔说道："这样美丽的女子，我见亦罕矣。"

那朋友向女郎看了一眼，不由点点头道："老兄的法眼果然不错。娟娟此豸，神韵也是妙极了。"

他们正说着话，假山边已有一个中年男子，头戴薄呢帽，手拿司的克，身穿哗叽夹袍，匆匆地走来，和那女郎招呼。景宋和他说话的朋友不由脱口而呼道："旭光兄，你在这里游玩吗?"

男子回头一看，便带笑容答道："郑兄，多日不见，如何得意?"遂走将过来，向众人一一点头招呼。姓郑的朋友便代他和众人介绍，方知此人姓章名旭光，曾在市政府做过秘书的，虽在政界厮混，而人颇风雅。

章旭光对姓郑的说道："我今天有兴，同我堂妹湘云到这里来走走，不想遇见了老友。"

这时那女郎已走过来，见她堂兄和人家周旋，她也向众人微笑颔首。众人自是乐于和她接近，遂招呼着一同走。此时景宋很是得意，对姓郑的说道："今天是良辰佳节，我们大家快乐，该到哪里去一叙。等我做个东道可好?"

姓郑的听了，拍手说道："好极好极，我早想喝你一顿老酒。你要请客，我是大为赞成的，谅诸兄也没有一个不同意。你说到哪儿去?"

景宋道："春明饭店可好吗?"

姓郑的说道："我是只要有酒喝，不论什么地方都好，春明饭店尤其是贵族化，陆兄能不吝破钞，使我们在国庆日痛饮一下，那是更好了。"

景宋又对章旭光说道："这位章先生能够一同去聚聚吗？"

章旭光点点头道："我本来没事，无可无不可的。承你们不弃，自当叨陪末座，一亲謦欬。但请你们先行，我还有堂妹在此呢。"

姓郑的接着说道："倘然令妹肯一同去坐坐，也不妨的。我们都是斯文中人呢。"

章旭光听说，便对他堂妹问道："你高兴去吗？怎么样？"

那女郎带笑答道："你既然答应去了，我就去坐坐也好。"

景宋听章旭光的堂妹檀口一诺，如闻九天纶音，不由微笑道："承蒙章小姐赏脸，不胜荣幸。"

于是他们一共七个人，走出中央公园来，雇着街车，齐坐到春明饭店去。那春明饭店是北京最近新开的酒食馆，其中一切装饰座位都含有欧化，家具都用最摩登的，烹调也非常精究。开幕以来，营业大盛，很有后来居上之概。陆景宋是常在这里宴客的，所以二楼上的侍者一大半都认识他。当他陪着众人走上楼梯时，早有一个肥胖的侍者上前含笑招呼。景宋问可有精雅的房间空着，侍者答应一声有，便引导他们走到第七号房间来，开亮了电灯，送上香茗，请众人坐，伺候十分周到。景宋请众人在沙发椅子里坐下，侍者在中间桌子上铺起桌布，问景宋用什么菜。景宋请众人点，众人推让了一会儿，方才拟定几样可口的大菜和几只冷盆，由景宋一一写了交与侍者，又吩咐先烫十斤上等的汾酒。

这间屋子果然十分精雅，电灯的光彩也是非常幽静而调和，朝东有八扇明窗，下面正临着一家巨厦的花园，空气很好，风景大佳。虽然暮色苍茫，而花木之影犹是可人。章旭光的堂妹俯身在窗槛，向外闲眺。等到酒菜来时，景宋请众人入座。他又向章旭光用手指指章湘云说道："请令妹也入座吧。"

章旭光遂去唤过他堂妹，和他并肩坐在一起，景宋坐在下首相陪。恰巧和章湘云坐在一折角，十分相近。他提起酒壶，代各人斟酒。斟到湘云面前，湘云举起酒杯，谢了一声，各人又举杯向景宋道谢，随意吃喝。湘云虽是女流，而举止大方，完全没有旧式女子的羞涩态。景宋有心敷衍她，和她谈谈，知道湘云在京中女师范读书，明年便要毕业了。

章旭光一向钦佩景宋的诗画的，所以他和景宋谈了一番，便对湘云带笑说道："你素来喜欢研究国画的，今天座上这位陆景宋先生，便是老画师樊子乔的高足，有三绝之誉。政界中人，有此艺术天才，不可多得。可以凌驾苏黄，媲美赵董了。我来和你们介绍，你如喜欢得到更深的造诣，那么微斯人，吾谁与归？你不可失之交臂了。"

湘云嫣然一笑道："我也是久仰盛名的，倘蒙指教，更是幸事。"

姓郑的拍手笑道："陆兄多才多艺，无怪到处有人倾慕。这位章小姐冰雪聪明，今日相逢，事非偶然。你可有意收一位女弟子吗？"

景宋哈哈笑道："我自愧没有袁随园的才学，怎敢收女弟子？

降帐授徒，不要给人家齿冷吗？况且章小姐咏絮才华，学问已是高深，我更没有这资格呢。"

章旭光道："景宋先生不必这样客气，你的书画我是一向心折的，并不敢面誉。我这位堂妹也是个女学士，对于绘事一道很喜研究，常想从一名师，以资深造。曾托我代为物色，未得其人。现在逢见了景宋先生，师资高深，这真是可遇而不可求的，希望景宋先生不要客气吧。"

景宋又笑笑道："人之患在好为人师，不要贻问道于盲之讥吗？"

章旭光道："今晚算是预约，改日我当同舍妹造府奉谒，背面执贽，不知景宋先生的府上在哪里？"

景宋当着众人的面，不好意思答应，姓郑的却在旁代为说了他的地址。这时候景宋在北京并不再借宿在友人处，已另外有了公馆了，是在烟云胡同。这事说过了，众人一边喝酒，一边纵谈，上自政海要闻，下至闾巷琐事，滔滔谈个不绝。景宋有意要显出他的才华，便和湘云讲些画苑秘史、诗学源流。湘云听了，频频点头，很佩服他的学问。她自己也讲一些心得和学校里的事，谈吐甚是雅驯。

这晚直喝至十点钟过后，方才散席。由景宋还了酒钞，大家走出春明饭店，在灿烂的灯火里，各自告别。

景宋和姓郑的送走了章旭光兄妹，目前倩影走远后，他方才背转身来，和姓郑的且行且谈，问问章家的情事。姓郑的也是略知一二，不能详悉。走到三岔路口，景宋方和姓郑的握别，自己坐了街车回去。已有了一半酒意，所以回到公馆里，立刻进房睡眠，别的事不在心上，唯有她人玉貌，尚在他的脑海中盘旋不停，不由不辗转反侧，寤寐思之了。

次日早晨，他醒在床上，想起了昨天邂逅的章湘云其人，有貌如花，谈吐不群，既妩媚又豪爽，很像《红楼梦》中的史湘云，恰又同名，不知今湘云与古湘云究竟是哪一个好？但《红楼梦》是稗官小说，书中人物不论它有否影射，大都是海市蜃楼、镜花水月，怎及得眼前的湘云婉娈可爱呢？自己枉是自命风雅，空负才情，走马京华，浮槎宦海，哪里有一个兰心慧质、皓齿明眸的美人儿陪伴晨昏，添香问字，共乐此有涯之生？又想床头人虽然德行淑均，无愧孟光，可是朴实多礼，很多头巾气，缺乏新思想。又是一向在乡下的，脑中充满着曹大家《女诫》一类的教训，怎及得外边的新女子活泼可爱、文雅风流呢？这是自己生平的缺憾，如何可以弥缝？

景宋这样一想，顿时不满于现实，一颗心活跃起来了。实在他自宦游以来，虽然仕途尚称顺利，而他个人的生活太嫌单调。孑然一身，无可娱乐，月下灯前常在感觉到生活枯寂，谁与言欢？其间在山东税务局任上时，也曾一度接他的夫人前去，同乐朝夕。可是一则他的夫人不服北方水土，常常患病，使他索然乏味；二则又因有一次他在小生日的时候，在私宅里有几个朋友代他设宴祝寿，席间一时高兴，征了几个名妓来侑酒，其中有一个名唤小双珠的，生得烟视媚行，有迷人之术，景宋和她很是亲昵。他夫人曹氏曾听人说起景宋对小双珠很有爱心，时时在她妆阁里斗牌饮酒，颇有娶为小星之意。曹氏遂于第二天向景宋侃侃地直言劝谏，教他为宦务要清正廉洁，不可流连花丛，自玷贤声。又说枇杷门巷中人完全没有真心的，劝他休要认真，自堕情网。景宋听了，自然觉得逆耳难受，和他的夫人不免有些龃龉起来，幸亏他夫人还能忍受。撤任时景宋仍要到京中去做官，他夫人却一定要回乡了。他夫人的心里也觇知她丈夫的心理，况且自己又没有生育，终难阻止她丈夫纳妾之念。但有自己在一起，自己看不过，不能缄口不言，还不如回去后，让她丈夫怎样去寻找快乐吧。所以她坚决地要回乡，景宋也不勉强她，派人护送曹氏回去，他自己到了京中。

在部中供职，朋从往来，十九是京华冠盖的人物，遂在北京买了一个宅子，修葺一新，做他的公馆。用了许多仆人，俨然贵族之家。然而还有一个缺点，就是公馆里虽有婢仆，而缺少一位太太。人家问起时，只好说在故里，有病不能出外。他自己早有心思要物色一个小星，安慰安慰他中年的情绪。当然照他的地位和才华，要娶一位姨太太并不是件难事，但对于一班语言无味而面目可憎的妇女，他当然不堪承教，而对于那些浪漫热情、玩弄男性的交际之花，他也不敢饮鸩以止渴，所以至今还是虚悬有待。况且他自己在政界中有了地位，又是个有学问有名誉的人，岂可不自检点，去作狎邪游，自随官箴呢？

景宋的心事一向秘密地藏着，没有告人。现在一旦给他遇见了章湘云，竟有些意马心猿，不克自持起来。真是一缕情丝业已扬起，待放下又怎得？心头眼底常有一个湘云的情影，便是那临流顾影的一刹那，也好似瞧了银幕上美妙的镜头，不能淡忘。连他到部里去办公的当儿，意念里也不能一刻消除了。他想章旭光曾和他说，隔一天要和他的堂妹到自己家里来拜访，不知这句话是否含有诚意，还是一时说着玩的，这要待以后的事实来证明了。

双十节已过了数天，景宋每天盼望章氏兄妹莅临，可是望穿秋水，不见嘉宾。直到星期日上午，这天景宋是不用到部办公的，早餐后，坐在画室里，代人家画一幅小立轴。画的是墨梅，一个书童立在旁边，代他磨墨，伺候一切。正在泼墨挥毫之际，门者来报有客求见，呈上名刺。景宋接过一看，见是章旭光三字，赫然映入眼帘，不由心中大喜，忙对门者说道："快请入内。"门者答应一声，退出去了。他就放下毛椎，拍拍衣袖管，走出画室，见章旭光已同他的堂妹章湘云走到庭际了。

这天天气比较寒一些，湘云外面罩上一件灰色呢的夹大衣，里面围着一条花花绿绿的小绸巾，在那时候是北京市上很盛行的。头上云发梳得光光的，系着一淡红结，越衬托得嫩艳。里面穿的蓝地织银花绸的衬绒旗袍，足踏革履，手里挟着一卷东西，见了陆景宋，就微微一笑，向他鞠躬为礼，唤一声陆先生。

景宋连忙带笑招呼说道："你们二位早啊！今日甚风吹得到此？"

章旭光道："我是今天特地带领舍妹趋前拜见景宋先生，请你收下一位女弟子的。"

景宋闻言，更是得意，连说不敢当，很殷勤地招待二人到画室中去坐。章旭光见了画桌上的梅花立轴，便道："景宋先生绘事这样的贤劳，一早已在这里挥洒了。"

湘云也走过来，看见是株老梅和几块青石，有一只喜鹊立在枝上，乃是暗合着喜上眉梢的意思。画已竣事，题尚未加。章旭光看了，啧啧赞美道："听说景宋先生的墨梅也是有名，暗香疏影，加上一只活泼的灵鹊，好极了。"

景宋道："这是一位朋友嬲着我画的，因为他要在亲戚的喜期上送一幅画去祝贺，我答应了他，搁了好多日子。现在喜期已近，他昨天又来催过，于是我再不能偷懒，只好将就画成了。"

湘云脱去大衣，挂在壁间，下人献上香茗，景宋便请他们兄妹二人在上首坐下，亲自从匣中拣出一支吕宋雪茄，敬与章旭光说道："今天你们二位光临寒舍，使我不胜快乐之至。"

章旭光道："我们是专诚访谒的。"便教湘云把她手中所挟的一卷东西解开来，请景宋过目，且说道："这就是舍妹以前绘写的画件，芜陋得很，请先生指正。"

景宋连说不敢，当湘云已把她的画件透出来给景宋看时，景宋一看，乃是两幅尺页和一幅立轴。那尺页是一张画的松竹梅岁寒三友，一张画的是芰塘晚荷，有一只蜻蜓点水而飞，栩栩如生。那一幅立轴乃是画的苏东坡夜游赤壁，小舟一叶，徜徉于万顷之间，月色波光，断岸危壁，画来颇有笔力。

景宋点头赞道："章小姐有此功夫，已是不凡，将来的造诣未可限量。"

湘云道："承蒙先生谬赞，愧汗万分。还望加以指教，使师承有自，不致贻笑大方了。"

章旭光也说道："请景宋先生不要谦辞，一言为定，舍妹做了你的女弟子，我也可以常常到你门上请教呢。"

景宋含糊答应着，便留章旭光兄妹二人在他家里用午饭，特地去菜馆里喊来几样菜肴，倾了白兰地佳酿，陪二人在餐室里丁字式坐定，且酌且谈，言谈之间很是投合。饭后憩坐一刻，下人献上水果。忽然电话丁零作响，景宋去接了电话，乃是友人有事相邀。章旭光知道景宋是个忙人，不敢耽搁他的时间，遂和他约定每星期日上午湘云必到这里来习画，务请他不吝赐教。景宋自然一诺无辞，章旭光方和湘云别去。景宋很不舍得湘云即去，深怪那一个电话来得不作美，催走了美人儿呢。好在湘云已做了他的女弟子，今后每一星期，玉人可以姗姗而来，晤言一室之内，足慰自己的孤寂了。

果然到了下一个星期日，景宋一早起身，盥栉的时候特别长，临镜照了数回，他在昨天已唤理发匠来修过头发，刮垢磨光，胡须剃得一些儿也没有，对着镜里容颜，觉得自己虽近庾信中年，而少年丰神尚还有一二留存，若和那些暮境颓唐的老朽之辈比较起来，尚觉相差得远呢。换了一件新制的绒袍子，将那一副眼镜揩得雪亮，然后架在鼻子上，身边又藏着几片留兰香糖，预备时时放在口里缓嚼。足上的皮鞋也教小童刷得光亮，上下修饰一新，然后坐到画室中去等候湘云到临。

在九点多钟时，果然湘云来了。今天她是一个人单独来的，见过面就在画室里坐，景宋既然算是收了湘云做女弟子，当然要把画学教她。两人便对坐在画桌前，细谈画理。景宋又把家藏古人名家的画一一取出，给湘云观摩。这当然不是初教的弟子，湘云是有了程度的人，普通的也不必讲了。湘云是佩服景宋的多才，所以专诚来拜师的，更要请景宋教她诗词，因为画上的题也是很重要的呢。到午时，湘云便要辞去，景宋又留她用午餐，湘云推辞，景宋坚请，湘云不便拂逆老师的美意，遂在景宋邸中吃了午饭，然后回去。

此后湘云每一星期日必来景宋处学画，景宋对于这位女弟子大加青眼，非常殷勤。常常把画册送给她，又亲自刻了一个田黄图章，送与湘云。湘云拿了老师不少东西，以为来而不往非礼也，一定要报谢一些。曾闻景宋说他有件绒线衫已敝旧了，要想到市上去购一件，所以她赶紧去买了绒线，代景宋结成后，送与他。景宋得了这一件绒线衫，视如珍宝，真合着诗人所谓，匪汝之为美，美人之贻。马上穿在身上，十分快乐。

友人中间知道景宋有了一位美少女聪明的女弟子，大家都向他道贺。好事的且和他说些风流的绮语，使他的一颗心更是怦怦活跃。每每对着玉人，瑶思绮想，别有一种心肠。可是湘云这位小姐不但是个出身诗礼之家，从小受过旧礼教的熏陶，虽入了学校，经过新洗礼，而一切仍是非常以礼节为重的，不比社间一般交际之花，是无所谓的。她到景宋家里学画，是完全出于钦慕之心，况且两边年龄相差也有十余岁之多。在她的芳心中当然不想到其他的。起初见景宋对她循循善诱，自庆得一名师，学术有成，因此风雨无阻，接席聆教。后来她就渐渐觉得景宋对她的爱心有增无减，而这种爱心竟是超出于师生之谊，而使自己受宠若惊，不敢率尔接受的。于是她不能不有戒心了。

恰巧在腊鼓声中，正是除旧换新，岁朝又至。新年中学校里放假，部里也放假，街头巷尾人家门上都换了新制的春联，一声声的爆竹，和商店里公馆里传出的锣鼓声音，充满了快乐的空气。北京市上冠盖往来，裙屐杂沓，大家忙着贺年。景宋当然也免不了一番应酬，出去团拜，未能免俗。

24

到年初三的早晨，这位女弟子到他门上来拜年了，景宋当然竭诚招接。这天不谈艺术，闲谈些新年中娱乐之事。谈到了京剧和当今负盛誉的角儿，湘云倒也很熟，于是景宋便知她对于京剧和自己也有同嗜的，遂对她说道："今天天气晴明，新年中我们彼此闲着，不妨驾言出游，散散胸襟。开明戏院这几天的戏很好的，今日剧目有程砚秋的《红拂传》、谭富英的《空城计》，可一寓目。你若有兴，我可以打电话去订座，包有佳座。我们一同去听一次戏，你堂兄旭光如有暇时，我也可以用车子去接他。"

湘云却摇摇头，说道："谢谢老师的美意，但我今天下午早已约好几位同学到舍间吃饭的，所以不能奉陪。老师要去时，可请旭光奉陪。"

景宋听湘云如此说，不知她说的是真是假，忙也摇摇头道："既然你没有工夫，那也就不必了。你可在此吃了饭再走。"

湘云对于这顿饭当然是要领情的了，便谢了一声。少停下人来报，午餐已备，景宋便陪着湘云到餐室中去坐。湘云上看，桌上陈列着许多精美的肴馔，便是碗碟杯匙也是用着精制的江西景德窑器。湘云也觉得太讲究了，自己是个女弟子，又非嘉宾，何必这样隆重呢？反而心里不安起来。室中生着火炉，火光熊熊，映着湘云的桃靥，更觉绛如玫瑰，益增妍丽。她外面披的皮大衣早已脱在画室，内穿一件灰鼠旗袍，洋桃红缎的面子，在那时候京市上年轻的小姐们盛行穿这种洋桃红色的。湘云平时虽甚雅朴，而因在新年中，未免穿得鲜艳一些了。

坐定后，景宋先代她斟酒，湘云连忙欠身道谢，不敢承当，也还敬一杯，二人慢慢地吃喝着，有说有笑。一道一道的热菜送上来，湘云哪里吃得下这许多呢？况且她酒量很浅，不胜杯酌的，连连道谢，要紧用饭了。景宋便叫下人盛饭，等到饭送上时，又有一个很大的一品锅端上，揭去了锅盖，内中满满地热腾腾地煮着一只鸭子、一只童鸡、一只豚蹄和一只金华火腿，名为金银蹄，此外还有十个鸡蛋以及冬笋海参大虾蛤蜊白菜之类。

湘云微笑道："啊呀，今天多多叨扰老师，像这样丰富的佳肴，可以请一桌子的人吃了，我的小肚皮怎容得下呢？"

景宋笑道："不是这样不显得我的诚意。你来我家拜年，我怎不要敬如大宾呢？"说罢哈哈大笑。

餐毕，二人先后洗过脸，回至画室，湘云一看手表，说道："不客气，我吃了就要跑哩。"

景宋道："且慢，我还有一些东西送给你。"说着话，从他书桌抽斗里取出一个小小锦盒来，双手送与湘云，带笑说道："你向我拜年，我不能给你拜年钱，便不可无物相赠，所以送此区区，聊表我意。湘云须知，你是我在北京最心爱的人了。"

湘云不由一怔，不肯接受这礼物。景宋强要她接受，纳入她的手掌里。湘云道："我不好胡乱接受老师的礼物，待我观后再说。"

景宋道："你不要看，不妨带回家里再看。"

湘云一定要看，锦盒已在湘云手中，所以启盖一看，原来是一枚钻戒，晶莹的钻光，照射到湘云的眼里。

第三章　此曲只应天上有

湘云瞧着这枚钻戒，估计至少可值二三千金，景宋送这份礼物给她，不可谓不隆重，无怪她要受宠若惊了。湘云蛾眉微蹙，抬起头来对景宋说道："你送我这贵重的东西，使我愧不敢当。老师若有书画给我，当然我是愿意接受的，但此物却是无功不受禄，恕我不能叨领盛情。谨以奉璧，还请老师送给他人吧。"

景宋以为世间的女子不论知识界中人或是非知识界中人，十九都爱慕物质上的虚荣的，所以第一步先把这钻戒来试探湘云的心，倘然伊人肯接受的，那么以后的事便可顺利进行，也许能够如愿以偿。实在他在这几个月来，每星期和湘云接触，心中爱慕的热度与日俱增，窈窕淑女，寤寐求之，情之所钟，不能自已。不得不向湘云微微逗露自己的意思，否则这片面的爱，不知何时能传送到美人心坎中去了。今天他乘新年中湘云贺看的机会，特地送这枚钻戒给湘云，借觇美人之心。这钻戒是他前年买了下来，要想赠给某名妓的。后来某名妓嫁人，他也就没有送出。真到今日，才用着了，然而湘云竟不肯接受。

景宋不由脸上一红，嗫嚅着说道："这个……这个，怎么可以呢？我是一片诚心送与你的，因为我实在没有他意，以为这东西戴在你的手指上，是再好也没有了。古人说得好，宝剑赠与烈士，红粉送与佳人。我就是有这个意见罢了。章小姐，请你拿了吧，千万不要推辞。"

湘云摇摇头道："不，老师你知道我的性情是素来很直爽的。你肯答应我学画，我就自己跑上门来了。你每次留我吃饭，我也绝不推却。就是今天也是一个很好的例子。你以前送我画册画件，我都拜领的，此番我却不敢领受这枚钻戒，实在一则逾越师生之情，二则我也不配戴这东西。还请老师留着再送他人吧。"

景宋听湘云说得这种坚决的样子，倒教自己再难启齿，不由呆住了，直着两眼，从眼镜里向着湘云呆瞧，想不出一句再好的话。湘云也不便再说下去了，把这锦盒轻轻放在桌子上，又对景宋说道："老师的盛情我算心领了，对不起得很，时间匆促，我要回去招待朋友了，再会吧。"

说着话，遂去架上取下她的皮大衣，披在身上，又斜系着一顶新式的绒线帽，套着手筒，立正了身子，向景宋一鞠躬，说声"再见"。景宋不得已立起身来，送到画室门外，眼瞧着湘云的倩影叽咯叽咯地走出去了。

他回进室中，不由长长地叹了一口气，暗想自己冒险向湘云试探了一下，竟碰了钉子，反使自己难以为情了。湘云对于我的感情似乎也很好的，曾和我一同到西山游过一次，又去参观过故宫博览会，师生之情胜于平常，我也不把寻常女弟子看待她的。我自宦游以来，虽然仕途尚称顺利，声誉也有了一些，然而形单影只，孤身独处，每当花晨月夕，未尝不悠悠然遐思，思得一素心人伴此朝夕。只因自己脾气有些耿介高傲，并不想在庸脂俗粉中觅取娇娃，否则三星在户，抱衾与裯的早已藏之金屋，不乏其人了。现在遇见湘云以后，一缕情丝飘扬不定，颇欲缩系在此人身上，以偿夙昔之愿。然而湘云是个有知识的女子，当然不要挑以游词，犯以非礼，只有渐渐地把我的一腔热忱灌输给她，以求情田的收获。不过这收获是十分渺茫的，伊人之心，尚难揣测，因此送了这一枚钻戒，表示自己一些意思。哪知她一些儿不肯领情，把这东西原璧奉还，那么我的愿望难以达到了。唉！她知道我已有结发之妻，当然不肯无端沾惹情丝。她是很有心思的人，自然一切都要谨慎了。那么我真是弄巧成拙哩。

景宋这样一想，精神方面不觉有些颓废。这天下午他本来要出去的，因此也打不起兴致，坐在家中，只是呆思呆想，好似自己失去了一件宝贵的东西，心头不得安慰，左不是右不好了。所以有一位朋友前来贺年，和他坐谈，他也没有心思和人家酬酢，所问非所答，糊糊涂涂地敷衍着。那朋友见他如此模样，也料他有了心事，只是不便查问，坐了一会儿，马上告别。他也并不多留，仍是一个人坐着，吸他的板烟，这是他在诗书画之外的一种嗜好。他业已把那枚钻戒藏好原处，心中又悔又恨，起初几乎要想把那枚钻戒毁掉了，免得放着，徒增不愉快的情绪。既而想到唐诗上"春蚕到死丝方尽，蜡炬成灰泪始干"的两句诗，却又不禁鼓起勇气来，自言自语道："情场上本来要求一帆风顺，早达目的，是很不容易的，古今天下有许多男女，往往因为他们的情爱一时不能达到，而忍受着许多磨折，秉着百折不挠的精神，锲而不舍，贯彻始终。也有许多到底成就了他们的美满姻缘。越是受的挫折多，将来成功的时候更觉得百倍的甜蜜，异常的可贵。可知今日的挫折磨难，便是他日的美满愉悦，那么我今天受到了一些挫折，何必就此自馁呢？我何不学着古人奋斗到底的精神，去从荆棘的途中开辟出自己的乐园来呢？古人说得好：'至诚而不动者，未之有也。'章湘云虽然一时尚不能接受我的爱心，只要我用十二分的诚心，徐徐向她追求，也许有一日水到渠成，百炼钢化为绕指柔的时候，我又何必就此自馁呢？"

景宋又是这样一想，便似从黑暗之中隐约地见了一些火星，由失望而回到企望。好像他和她的中间，还有一缕不绝如丝的延续物，可以从千难万辛中寻求光明的途径。于是他的一缕痴情，依旧系在湘云身上，而没有放掉，专待星期日湘云重来习画时，晤对玉人之际，自己再可以慢慢地输情与她，希望她到底能够被自己的诚心所感动，而接受自己的爱情。

初三是星期四，初六便是星期日了。这天景宋起身得特别早，盥洗既毕，加以修饰，新年中自觉尚有一些新气象。坐到画室中去，火炉已生好了，一室之中融融然倍觉温暖。他坐在沙发中，喝了一杯咖啡茶，吩咐书童把昨天买来的细巧糖果换上四盆，预备停会儿章小姐来时取出饷客。他想湘云既然不喜欢那些钻宝珠玉等东西，而嗜好风雅之物，我不如再精心结构地绘一幅小立轴送与她吧。于是人就教书童代调丹铅，取出一幅素纸来，铺在画桌上，心里想想自己画些什么呢，仕女太费功夫，湘云一向爱我山水的，还是绘山水吧，到底是画苑正宗。恰巧这天彤云密布，阳乌敛影，大有下雪之意。景宋遂绘一幅《踏雪寻梅图》，山林中间布满雪景，小桥之上有一老翁，骑驴而来，后随一小奚奴。

他足足画了三个钟点，一幅画已成七八，看看钟上已近十一点半，他心中不由忐忑起来，暗想平常时候湘云总是不到十点钟就来的，怎么今天到了这时候还不见来呢？再等半点钟不来时，她就准不来了。今天气候虽然比较寒冷一些，但湘云素来不怕冷的，为什么不见伊人驾临呢？想到这里，心里不安起来，放下了笔，在室中往来踯躅。内外静静的，没有一些儿足声。又过了一刻钟，仍不见湘云到来，他只得仍返原座，援笔补画。又题了一首诗，既是预备送给湘云的，遂把上款写上了，摊在桌子上。钟声铿铿地已鸣了十二下，他知道今天湘云是不会来的了。每一星期日她是准来的，何以这个星期日她偏偏不来呢？奇怪了，莫不是年初三那天因为拒绝了我的钻戒，她就不好意思来了吗？那么自己的希望便更觉渺茫了。总之今天湘云不来，绝不是偶然的啊。

景宋正在这样深思，忽见门者匆匆地走进来，对他叫了一声老爷，把一封书信呈上，说道："章小姐差人送信前来，请老爷过目。"

景宋从门者手里接过一个古色古香的墨绿色的信封，看了一看，问道："那送信的人在外面吗？"

门者答道："是一个婢女，守在外边。"

景宋将手一挥道："你教她不要走，等候回件。"

门者答应一声是，出去了。景宋便开缄展阅，在一张古色古香的薛涛笺上，写着数行字道：

景宋夫子大人函丈：

今日本欲趋前研讨绘事，聆取清诲，不意昨日偶有感冒，病不能兴，不得已特遣小婢持函请假。一俟贱休稍愈，再当亲趋绛帐，重上程门也。肃此敬请

春安　并贺

新年万福

受业　章湘云倚枕上　即日

景宋看了，把手搔搔头道："这真不巧，她忽被病魔所侵了，竟使我徒劳跂望呢。这幅画我本预备送给她的，她既不能前来，不如就叫小婢带回去，给她病榻消遣吧。"

于是他就从抽斗里取出锦笺来，磨墨濡笔，写一封回信，问问湘云的病情道：

湘云女弟雅览：

今日清晨，挥毫绘《踏雪寻梅》小立轴一幅，拟赠予吾仲者，自以为颇得四王笔法，可遇而不可求也。但坐待崇朝，伊人不至，此心得毋悬悬耶？顷得瑶缄，始悉病魔肆虐，芳体违和。遥企兰闺，驰念无已。只以政务羁身，未能亲自慰视，曷胜怅怅？所望善自珍摄，早日康复。一来复后可以重晤玉颜也。附上拙画，冀慰岑寂。倘作宗少文之卧游，则斯画为不虚矣。草此布臆，不尽欲言。

景宋手泐

他把信写好了，又将那幅《踏雪寻梅图》卷好，裹以外纸，然后向画室门外喊一声"来"，门者早走了进来，景宋把书信和画一齐交与门者，说道："你拿出去吩咐那侍婢，亲交章小姐查收。"门者答应一声是，立即受了这两样东西，退出去了。

景宋叹了一口气，立起身来，把手搔搔头，自言自语道："我道她为什么不来，原来是为了二竖作怪，玉体有恙，所以不能跑来。那还算好，并没有深怪我的鲁莽，这件事尚不至于完全失望。只要我以后能够好好儿得到她的心就是了。那幅画送去后，大概她必然欢喜的，也算我善于补过呢。但是无论如何，今天自己总是觉到寂寞，一颗心竟是没有放处，将做怎样的消遣呢？"

他才一个人走到餐室中去用饭，独自一个坐着，桌上虽然放满了精美的菜肴，而自己一人独吃，实在觉得太没意思了。他这样一想，孤独的情绪在脑海中回旋着，觉得急于要找一些安慰或是刺激。自古名士莫不风流，自己的才学不输于古人，而在京华中仕途里也总算有些小小声名，为什么要做鲁男子呢？太没意思了。

一边想，一边吃，才吃得一碗饭，忽然电话间里铃声大鸣，书童接了，跑来禀告道："交通部里的常老爷打来的电话，要请老爷亲自接听。"

景宋听了，知是他的好友常觉白打来的。常觉白在交通中里供职，是个北方人，性情十分直爽，最爱研究戏剧，三天之中倒有两天必要到戏院里去听戏，过他的戏瘾。他和一班名伶很有些熟识，捧捧角儿，评评戏剧，这是他公务之余的唯一消遣。因此一班人代他起了一个诨号，叫作常戏迷。景宋和他交友已有数年了，所以景宋听了书童的报告，立刻放下碗箸，站起身走到电话间里去听电话。他拿着听筒凑在自己的耳朵上，说了一声："嗨，你是老常吗？"

只听电话声筒里回答道："是的，老陆，你今天有暇吗？"

景宋随便答应一声："没有事。"

又听电话筒里说道："很好很好，我请你听戏，你一定要来的。"

景宋问道："哪里？"

电话筒里说道："就是新开的光明戏院。"

景宋笑道："你喜欢听杨宝森吗？他确乎是个后起之秀，但是今天程砚秋的戏很好，你为什么不上开明？"

电话筒里接着哈哈笑道："老陆你真是只知道程砚秋，可知这里也有一个小程砚秋，你不可不来鉴赏鉴赏。"

景宋道："可是报上大登特登的坤伶马小凤吗？这个人名字很是生疏的，怎么，也在光明里挂起二牌来了？"

电话筒中又笑道："你不要小觑这个妮子，你听到见到后，便要说不错了。话不要多说，快来吧，我已在优等官厅席上订下三个座位，除了老友刘麻子，还有一个朋友失约不来，你快来聚聚吧。新年中我们只在团拜席上见过一回，尚没有欢叙一下呢。"

景宋今天正苦孤寂，既有良朋盛意相邀，自然不得不去。遂说一声"再隔一点钟，我准到光明相见"，于是把电话挂断了，回到餐室中，重又吃了小中碗饭，方才洗面漱口，回到卧室中去，换了一件狐裘，披在身上，走到外面画室中，坐着休息一会儿，书童倒上一杯洋参汤，景宋托着洋参汤，慢慢地一口一口地喝，心里却又想起湘云来。此时湘云谅已展阅过他的信和那幅《踏雪寻梅》的立轴了，不知她心里对我怎么样？大概虽然她不见得怎样地感谢我，也不至于怎样地恼恨我吧？我只有希望下星期她到了我这里以后，再作道理了。他想了一会儿，听得钟声已鸣两下，他想此时常觉白准是在光明戏院中等候我了，不如就去吧，免得他盼望。他遂立起身来，放下杯子，向衣架上取下围巾，围以颈项里，又披上一件皮领大衣，套上手套，戴上皮帽子，然后坐了汽车，驶到光明戏院去。

到了戏院门口，下了汽车，早有案目上前招待。他说了常觉白的名字，案目便引到优等官厅座位上去。果然在第三排上坐着一个身子很长的男子，头上戴了高耸耸的獭皮帽，嘴边留着一小撮小胡髭，十足官僚派的，就是常觉白了。还有个五旬以上的老人，便是常觉白的朋友刘麻子。常觉白回过头来，已瞧见了景宋，连忙招呼他入座，敬上一支雪茄。景宋把外面大衣脱下，交给茶房拿去，坐在常觉白一边。这时台上正做《四平山》，锣鼓震耳，起李元霸的乃是在北京新出名的武生富大奎，手中一对锤子要得非常灵妙。他的亮相和扎靠都是照着先辈台型，彩声四起。景宋看了，便对常觉白称好。

常觉白道："此子的年龄不过二十岁，先前是在关外的，近来步步向上，不愧为后起之秀。你瞧他的开打，一切都能学尚和玉，能够得到他一个狠字诀。请你少待，但等《四平山》完毕，便是马小凤的《玉堂春》了，这两个人都很不错。"

景宋点点头，又和刘麻子敷衍几句，一会儿《四平山》已成尾声，接着马小凤的《玉堂春》上场。台前的电灯一齐亮起来，还有几只花篮，也陈列出来。常觉白指着台东墙上挂着的一顶立轴，上面有斗大的四个隶书，是"雏凤老清"，对景宋说道："老陆，这就是我送她的。像你老兄这样的三绝之才，请你不论送她一些画，送一首诗，或是题几个字，都足增光的。不知道你高兴不高兴？"

景宋笑道："这真是不做无益之事，何以遣有涯之生。倘然停一会儿我听得不错时，一定要挥洒数行，一同助兴的。"

此时台上的琴手和敲锣鼓的都已换过，先是王金龙等三大宪登场，那饰王金龙的小生也还不错。等到玉堂春上场时，在门帘里唱着倒板，声音真是珠圆玉润，非常激越而清朗。四边的彩声竟如春雷般响起，景宋也不觉精神为之一振。玉堂春出场时，披枷戴锁，一种楚楚可怜之态，正是我见犹怜。跪在都察院前，见王金龙的时候，一种神情传摹得惟妙惟肖。一大段二黄原板，唱得丝丝入扣，娓娓动听。又如巫峡哀猿，蜀道子规，婉转凄侧，哀音缭绕，真是此曲只应天上有，人间难得几回闻了。景宋口里吸着雪茄，耳中出神地听着马小凤一句句的话，那拉胡琴的也是拉得出神入化，琴韵歌声把全场的观众一齐吸引着，四下里都是寂静无声地静听着台上的唱。马小凤耍几个新腔，都学程砚秋，台下一迭连声地喝着彩。常觉白也用手指轻轻地在他自己膝上击着节，唱到好处时，也喝几声彩。马小凤立起身来时，用手抚摸着自己的膝盖，流波斜睐，台下的人一齐迎着她的目光，都以为马小凤正瞧自己。

常觉白对景宋说道："老陆，你看怎么样？"

景宋连连点头，说道："妙极妙极，老常，你的眼睛和耳朵都不错。此人不但天才高明，而且丰姿秀媚，在坤伶中一定能够唱得大红大紫的。我以前认她是个平常的坤伶，配不上杨宝森的，现在看到了，听到了，真是够味。娟娟此豸，将来定要胜过刘喜奎呢。"

常觉白道："今天你听的《玉堂春》还是她的正宗戏。她竭力模仿程砚秋，很能得个中三昧，无怪你也要称赞她了。可是她的名字在剧坛上响起来，却并不在乎这个上。她做戏能够十分风骚，和南方的文艳亲王张文艳差不多。你没有瞧见她的二本《虹霓关》《梅龙镇》《翠屏山》这一类戏呢。还有她的一出拿手好戏，就是在北京市上很盛行的《新纺棉花》，她演得真是风骚极了，使人销魂荡魂，不禁叫好。真所谓一代尤物，颠倒众生。"

景宋道："这《新纺棉花》完全是胡闹的戏，专把色情来取胜。去年听说北京市长要下禁令，不许舞台上演出此戏，以为有伤风化。但后来因为某大帅最喜欢看这出戏，他到北京来的时候，必要坤伶唱这戏的，因此市长也不能禁了。"

常觉白一捋嘴边的小胡髭，笑笑道："现在的事情哪里能够彻底？大家不是做一日和尚撞一日钟么？我辈在此既然职权尚小，不能慰苍生霖雨之望，那么丝竹陶情，粉黛寓目，借此消遣，且以为乐，也未为不可呢。"

刘麻子也在旁边说道："现在的文武大僚，哪一个不是如此？像山东的长腿，他有纳妾之癖，后房姬妾多得胜过了金钗十二。他不到几个月，必要纳一个新鲜的姨太太，好在是有许多下属孝敬于他，而他自己也是挥金如土，慷慨不吝的。听说他的姨太太都编号数的，多至三十余号。有的是小家碧玉，有的是青楼名妓，有的是梨园坤伶，有的是卖解女儿，便是有知识的女学生也有的。群雌粥粥，好似众星拱月。列屋而闲居，妒宠而负恃，争妍而取怜，换了别人，将要应付不来了。但是长腿将军代她们定下一个方法，就是每晚当夕的必要拈阄子，谁拈得谁即当夕。话虽如此说，可是长腿将军高兴起来时，他也要常常破例，而且一御数女，也是数见不鲜的事。"

常觉白哈哈一笑道："这真是寡人有疾，寡人好色了。"

刘麻子道："岂但将军好色？自古名士莫不风流。但像我们这位陆史，也可称得京华名士、江南才子，为什么不学韩退之？退之虽是文章大家，而他有两个姬妾，一名绛桃，一名柳枝，十分宠幸的。后来他奉使王庭，独自离家，至寿阳驿时，苦念他的两个侍姬，所以他作一首诗道：'风光欲动别长安，春半城边特地寒。不见园花并巷柳，马头唯有月团圆。'等到他后来回家的时候，柳枝业已他去，唯有绛桃尚在。退之遂又吟一首诗道：'别来杨柳街头树，摆乱春风只自飞。唯有小桃园里住，留花不发待郎归。'其他如王献之苏东坡白乐天辈，哪一个不有红袖添香呢？老兄又大可以纳一小星，使我们吃两杯喜酒了。"

景宋对他笑笑，也没有说什么。这时候忽听背后人声鼎沸，合座的人一齐站了起来，不知出了什么乱子。刘麻子当是有什么火灾发生，吓得脸上失色，忙问怎的怎的。三个人一时都摸不着头脑。

第四章　彼姝不见使人愁

戏院里出乱子是常有的事，只要不是走电或是炸弹爆发，终于是不妨事的。所以大家乱了一会儿，有几个胆小的人已经向外溜走了，可是大门紧闭着，也不能出去。一会儿就有一个戏院里的执事跑上台来，向听客摇摇手，大声对他们说，没有什么大事，乃是后边二等座位上有两个听客争论而起，请大家依旧静坐听戏，不必骚乱。于是许多听众方才各个坐下，台上仍旧照常唱戏。

景宋等三个人惊魂始定，仍随众坐下，可是《玉堂春》已成尾声，马小凤也进去了。临去秋波无限媚意，而余音袅袅，不绝于耳，真够回味。接着杨宝森的《洪羊洞》上场，杨宝森在那时候已露觜，唱得很有韵味。常觉白也连声叫好。

等到剧终人散时，常觉白向案目探问，方才的骚乱究竟是怎么一回事，案目带笑说道："讲出来也是令人可笑的，原来在二等座位上有两个听客，都是赳赳武夫。他们听了马小凤的《玉堂春》，一个称赞她好，一个却不说好。两人对于马小凤的剧艺胡乱批评起来，意见不合，竟至当场用武。戏院中人劝诫无效，不得已唤了宪兵来，方才押着他们出去。"

常觉白哈哈笑道："马小凤的魔力竟一至于此，隔一天我再请陆兄来看她的《新纺棉花》，管叫你的一颗心也要荡漾不定起来了。"

景宋含糊答应着，他遂邀二人到一家酒楼里去喝酒，大家倾谈一切。常觉白讲了梨园中不少掌故，直到十一点钟，景宋方才别了二人，坐车回家。

他脱去了外面的大衣狐裘，另披了一件驼绒袍子，趿着睡鞋，坐在卧室里火炉旁边，那火炉虽已是余烬，减少了它的火力，可是室中依然温暖如春。景宋剥了一只橘子，润润燥吻，坐在沙发里，且不睡眠，冥想着方才台上的马小凤，灼灼其华，楚楚可怜，个妮子色艺双绝，果然不错，无怪常觉白如此倾倒。我听歌以来，所见的坤伶也多也，有几个名气比较马小凤更是藉甚，不过我总是抱着走马看花之意，并不放在心上。因为那些人很是不容易领教的。现在这个马小凤不知怎么样，大概总是一丘之貉。她们不过是逞其色艺，风靡一时的人士。到后来年华老大，色衰艺懒，白乐天所谓"门前冷落车马稀，老大嫁作商人妇"，妓也，伶也，怕不是一个例子么？有今日之盛，必有后日之衰，不但是她们这样，世间一切的生人，也何莫不然？

他想到这里，微微叹了一口气，于是他的意念又转到湘云的身上去了。他想像湘云这样的好女儿，出身在世家中，自己又是这样的好学不倦，多才多艺，志气也是非常的高，将来自有她灿烂的前途。更兼她的性情也是十分幽静而和娴，好像雪里的红梅，古香冷艳，兼而有之，却非马小凤辈所可比拟了。难得她钦

40

佩我的一些雕虫小技，竟来门下拜我为师，和她在一起研究，如亲芝兰。人非草木，孰能无情？何况我又是一个天生的情种？数年以来，我和自己的妻子劳燕分飞，久不同巢。而自己妻子的性情又是很冷淡的，和我有些不甚相合，我竟是空负才华，枉称风流，得不到一个知心着意的美人儿，体贴温存，如张京兆一般地享受闺房之乐，这未尝不是平生的憾事呢。所以自和湘云接近以来，爱她的心一天一天地深切，心田里的情根爱芽竟是与日俱长，不可复遏。但恐这是我片面的恋爱，心地纯洁的湘云却一些儿也没有觉到呢。后来我遂不得不稍稍在她的面前微露一些，有几首诗词录赠她的，真好像李商隐的无题诗"春蚕到死丝方尽，蜡炬成灰泪始干"，表示着自己的痴情。她都读过了，但是仍旧疏疏落落的没有什么表示。唉，难道她是个没有情感的人，漠然无动于衷么？伊人的心真是难以测度了。因此自己冒了一个险，等她来贺年的时候，把一枚钻戒敬赠与她。谁知她竟不肯接受，这样看来，她对于我是没有什么意思的了。大约还是我自己的错误，像她这样高尚的人格，岂可把世间的物质去感动她的心呢？那么我不得不改弦易辙，善补我的过了。可是这个星期日她竟有病而不来，我又送她一幅画，大约这个东西她总领情的了。我只得耐着性子，待到下星期一见过她后再说了。景宋深思了良久，听得钟声已鸣了一下，方才上床安寝。次日他就到部里去办公。

光阴很快，又到了星期日。湘云那边没有信来，不知她的清恙可否痊愈，自己十分惦念。倘然玉人无恙，她今天必要姗姗而来的。于是他吩咐厨下办了几样可口的菜，一早就坐到画室中去等候。起先看看报纸，还不觉得，等到几张报纸都看过了，时候

41

已有十点钟，湘云还不见来，心里又渐渐感觉到失望。难道湘云果然是病没有好，不能前来吗？那么上星期她有信来的，怎么今天没有信来呢？倘然前些天生的病还不见好，那自然她的病也不是轻的，恐怕她自己难于握笔吧？

景宋的心里很不安宁，而且如饥似渴，好似婴儿恋乳一般，得不到安慰。他只是反负着双手，在画室中踱来踱去，长吁短叹，好不焦躁。看看将近十一点钟了，湘云的影踪仍是杳然，否则自己在九点半钟时早已听得她的高跟革履声自远而近了。今天伊人不至，画室里倍觉岑寂。起先在她没有来学画的时候，倒也不觉得怎样，自从她来了以后，每星期日必有她的倩影和她的笑声，在画室里打破了岑寂的空气。现在接连两星期没有来，影既不见，声亦无闻，画室里复归沉静，却叫自己再怎样受得住呢？

他正在自思自想的时候，书童来报吴老爷来见。景宋暗想，自己盼望的小姐没有来，却来了一个老爷，这真是从哪里说起？把手搔搔头，只见吴云章已大踏步走了进来。彼此点点头，说一声早。吴云章脱去大衣，书童代他接过去，挂在衣架上，忙去冲上元泡茶来。

吴云章把双手搓搓说道："外边好大冷。"说罢，就在火炉边沙发里坐了下来。

平常时候，景宋是很欢迎这位老友的，等他来了，大家对坐举觞，联吟酬句，或是请吴云章唱两支昆曲，很不寂寞。可是今天景宋整个的心只是恋恋在湘云的身上，湘云不来时，他一切都提不起兴致，所以对于吴云章也懒懒的，不高兴多说话。

吴云章见他神情很是索寞，便问道："景宋兄，你今天可有什么心事？"

景宋摇摇头，勉强说道："你从哪儿来？可有什么事？"一边说一边在画桌前的转椅上坐下，把右腿搁起，一耸一耸地颠着。

吴云章笑笑道："今天是星期日，我没有什么事，特地到你这里来拜访，要和你喝酒赋诗的，不知你可有这闲情吗？"

景宋点点头道："我没有事，吴兄要吃酒，我可以奉陪三杯。"

吴云章喝了一口茶，说道："好，今天叨扰你了。"

景宋笑笑，抬起了头，没有响。他心里还要盼望湘云到来，或是差人来下书呢。

吴云章取过一支雪茄，燃着了，凑在口边，吸了两下便问道："你近来不作画么？"

景宋道："不瞒你说，各处的画件堆积很多，我只是懒懒的，不肯多画，以致整理不清。这笔债再也还不清了。大概像你的诗文一样吧？俗语说，虱多不痒，债多不愁，我们欠的虽不是钱债，而是个文字债，也很是讨厌的。人家只知道伸手向我们要，还有那些有钱的人，自以为花了钱，何求不得？接一连二地催索不已，恨不得要你咄嗟之间，立刻代他一挥而就。但我却总是抱着不睬不理、我行我素的态度，任便人家怎样地催索，我总要到了高兴的时候方才泼墨，宁可退回润资的。我本不像一般画家，靠此生利的啊。"

吴云章笑道："一个人没有才能，便要被人家轻视，可是号称多才多能之后，那么能者多劳，也要免不了许多麻烦。像我这样浅学之辈，蹄涔之量，却也有许多人要我写墓碑、作传记、题诗、题像赞、作序跋，一个月里总有好几篇文字要写去的。自己觉得太没有意思了，因为有许多是硬迫着要写出来的，哪里还有好文章？古人说'文章本天成，妙手偶得之'，也有人说'文章之事，如山出云，江河之下水，非凿石而引之，决版而导之者也，故善为文者有所待'。所以必要等到天机灵妙，兴会飙发，然后放笔为文，大气磅礴，言皆有物，不求工而自工了。"

景宋点点头说道："这话不错。你是大家称为桐城派的，善治古文。你作的墓碑传志一类东西，古朴典雅，非时下诸子可比。我也很佩服的。"

吴云章哈哈笑道："这种谀墓文字，无足轻重，拿了人家的钱，不得不代人家说好话。我真惭愧。但韩昌黎不免为人刺讥呢，况且还有许多死者，要我代他作传的，生前并没有什么嘉言懿行、雅望硕德，像穆叔所说的三不朽的，也不过庸庸碌碌，乡党谨愿之流，有何足述？最可笑的竟有咸货老板、小钱庄经理这种市侩狡诈之徒，稍有了一些钱，死后他们的子孙羡慕风雅，居然也要向人家来乞传，岂不可笑之至吗？"

景宋也带笑说道："竟有这样的事的。记得去年九月里，有一个朋友介绍一幅立轴，请我画菊花，作送寿之用的。并且要叫我题上款，题上款本来常有之事，但我一问那上款，便写不下去了。原来是'和尚仁兄六秩荣庆'。我就向那介绍的人问：'这个和尚两字究竟是不是名字？这立轴可是送给出家人的？那么也不可直称和尚，因为和尚也有注名的，应称某某某上人，或某某禅师，怎可以称和尚为仁兄呢？'那介绍人笑道：'不是的，所谓和尚也者，并不是方外人，就是寿翁的大名。'我又笑道：'寿翁竟有这样的雅名么?'介绍人道:'听说那人姓毛,平生只有一个大名,就是和尚两字。恐怕从小就叫到老的。那人是个白相人,曾经开过妓院,徒弟也很多,现在已面团团做富家翁了。这幅画是徒弟祝他寿的。'我就说原来如此,那么你将润资带回去吧,我没有题过这种上款。况且我的画不愿意送给这种人。我说了,那介绍人只得默然而退。后来他对人说,这有什么关系?就是唐伯虎文征明的画,只要有钱可以买到的,妓院里也可以挂的。"

吴云章听了,哈哈笑道:"妓院里挂文征明山水,究竟也是少见的吧。"

二人这样地闲谈着,不觉已到十二点钟,湘云不会来了,也没有什么书信送来。景宋心里暗暗抱着莫大的失望,却不得不敷衍吴云章。隔了一会儿,书童来问要不要开饭,景宋道:"你去吩咐厨下,开一坛好酒,先烫两斤,我要和吴老爷喝酒哩。"

书童诺诺连声而去,他就陪着吴云章到餐室里去喝酒谈心。酒到半酣,吴云章忽然向景宋问道:"听说你收了一个才貌双全的女弟子,好几个朋友都在说你对于那位女弟子大有疯魔之意,是不是?"

景宋本在想念湘云,经吴云章这样一问,不由脸上微微一红,把眼镜向上推了一推,端着酒杯,笑嘻嘻地说道:"云章兄,你听哪个说?我虽然有一个女弟子在我这里学画,生得果然美丽,天资也很聪明,才学也不错,但她真是如花美眷,似水流年,我虽然尚未老朽,究竟是年近不惑,不要说不敢存这非分想,就是情有所钟,也恐怕年龄已不相当,名分也不可乱呢。你不要轻信人家的流言。"

吴云章微笑道："不是这么讲的。你本是多才多情的人，只要读得你近来所作几首无题诗，此中有人呼之欲出，怕不是'云谁之思？西方美人'吗？言为心声，可见一斑。所谓事出有因，查无实据。我们彼此老友，你也不必掩饰。倘然这事可以成功，倒也是画苑佳话呢。我昨天也同段凌云说起此事，不过所可惜的罗敷虽未有夫，而使君固已有妇，难问题就在这一点上，否则我们不好出来做月下老人吗？"

景宋喝了一口酒，叹口气说道："古诗说：'还君明珠双泪垂，恨不相逢未嫁时。'我竟要反转来说，把一个'嫁'字改一个'娶'字了。老友你既然知道我有这么一个难问题，那么你可有什么法儿代我想想吗？"

吴云章摇摇头道："这个倒很难说的。薄命怜卿甘做妾，试问那位女弟子能不能呢？人家既然也是世家子女、金闺名姝，岂肯抱衾与裯，屈为小星呢？这真不能两全其美了。然而天下的事也难说的，我们要看造化者怎样摆布了。"

景宋默然不说什么，一杯酒喝完了，又斟满一杯，只是痛饮。吴云章的酒量比景宋大，所以一杯一杯地对喝着，喝了好多时候，共吃去了五六斤酒，景宋竟酩酊大醉了。他在将要醉倒的时候，兀自把箸敲着酒杯，唱着"北方有佳人，绝世而独立。一顾倾人城，再顾倾人国。宁不知倾人与倾国，佳人难再得"，后来就醉倒在桌子上了。吴云章还没有醉，便叫书童扶着景宋去睡，他自己也不喝下去，还吃了一碗稀饭，方才坐着车子回去。

景宋醉后深入睡乡，直睡到晚间七点钟时方醒。因为天气很冷，头脑中尚有些昏昏，所以懒得起身，问问下人可有什么人来，吴老爷几时去的。下人回答说，吴老爷就走的，门上没有人来。他就睡在床上，喝了一碗粥，依旧蒙被而睡，心里仍旧想着湘云，只恨没有一个青鸟，代他去下书。自己也没有双飞翼，一飞就飞到伊人的妆阁里，探望湘云是不是困卧病榻，还是故意回避而不来。他又想到方才吴云章所说的难问题，他只是枕上点头，俗语说得好，当局者迷，旁观者清，他们都在背后议论我了，像湘云这样的人，当然是人人以为美的，并非是一个人痴心。不过我已是有了妻子的人，怎样再向人家去输爱？无怪湘云不肯接受我了。大概她也有不得已的苦衷吧，我倒不要错怪了她。我和她的中间，细想起来，竟有好几重阻隔，自然使我难以达到我的愿望了。我既然不肯做礼教中的罪人，又没有勇气去突破种种的难关，那么我也只好偃旗息鼓而退了，免得陷身情网，自讨苦吃吧。景宋这样想着，颓丧的情绪又起来了，叹了两口气，侧转着身子，闭目而睡，不多时也就睡着了。

次日他起身后，仍到部里去照常治事，晚上回家的时候，又不禁想起湘云，某处的宴会他也没有兴致去参与，只自呆坐着。想想湘云昨天没有来，今天也没有信至，这是什么道理啊？自己虽然要想封信去问问，但又恐受孟浪之咎。除非去向章旭光那边去探问，方知真相。所以他在明天下午从部里公毕出来的时候，特地把车子开到章旭光家中，要想去拜访旭光。可是事情真是不巧，章旭光有事到天津去了，须隔了数天方才回京。他回家时接到常觉白的电话，说明天晚上马小凤将出演她的生平杰作《新纺棉花》了，所以约他必要去一观，以饱眼福。此时景宋正感到孑然一身的寂寞，一颗心早已摇动，也急欲找求声色的刺激了，他便一口答应，谢谢常觉白的美意。

到得明天晚上，马小凤在光明戏院舞台上演出《新纺棉花》时，六点钟左右戏院前的铁门早已拉上，挂着客满的牌子，戏院里上上下下坐得水泄不通，而景宋也和常觉白刘麻子等几位朋友在台下坐观芳姿了。马小凤演这出戏，虽然没有外国张三的点缀，像今日吴素秋在上海黄金大戏院演出的噱头多，可是在那时候已是一出疯魔了北京人士的戏。因为平常的时候，伶人在台上唱戏，都要改装，很难辨识庐山真面。而这出戏却是便服时装，给观众可以有机会一看伊人的娇容。而马小凤纤腰一束，穿了紧窄的旗袍，更是处处显出她曲线的美。她在台上搔首弄姿，打情骂俏，秋波送媚，细语销魂，一般急色儿见了，莫不神魂颠倒，怪声叫好，大多数的人瞪着眼，张着口，恨不得把台上的马小凤一口吞下肚子里去。

景宋瞧着马小凤种种淫冶的表演，已觉得心时怦怦然不能矜持，对常觉白带笑说道："此人真是尤物，一言一笑，足以颠倒众生了。"

常觉白道："老陆，你今天才知道马小凤的妙处了，听说隔几日她还要演新排的《潘金莲》呢。肉可以不吃，酒可以不喝，牌可以不打，马小凤的戏却不可不看。你说对吗？"

景宋道："对，等她演潘金莲时，我来做个东道，多请几个朋友，包一间花楼，好不好？"

常觉白道："好，你要订座，我可以代办。等到预告在报上看出时，你哪天有兴，就打电话给我好了。不过我是要求你送些书画给她，代她捧捧场。你能够答应么？"

景宋点点头道："可以可以，我明天就去写，写好后仍交给你代我送去可好？"

常觉白道："当然效劳。"

刘麻子在旁说道："台上的俏佳人今晚疯魔了台下的景宋学士了。"景宋笑笑，等到《纺棉花》完毕，杨宝森的《空城计》上场，大家反而觉得淡而无味了。

景宋这晚回去，马小凤的倩影已印上了他的脑膜，次日他就作了两首诗，叫书童出去向笺庄上买了一顶泥金的小立轴，画上乌丝格，用隶书把自己的两首诗写了上去，上款写着"小凤艺员惠存"，下款写"玉峰词人陆景宋题赠"，待墨迹干后，就卷好了，差人送到常觉白那边去。

一星期的光阴很容易过去，又是一个星期日了。景宋早晨起身后，依旧坐在画室中等候湘云。他先看报纸，消磨他的时间，偶尔翻阅到各戏院戏目时，见马小凤的《潘金莲》已有很大的预告刊出，饰武松的乃是武生富大奎，可称珠联璧合。景宋自言自语道："这种好戏却不可不看。"于是他就放下报纸，去打一个电话给常觉白，说他在报上已见《潘金莲》的预告登出，后天星期二晚上是第一天初演，我们也要第一个先看，请常觉白代他快快去接洽，早订一间花楼，以免向隅。常觉白在电话里自然一口答应。

景宋打过了电话，回到画室里，看着时候又是十点钟了，湘云仍不见来。他心里好不奇怪，不见得湘云一病缠绵到今日还没有痊愈，何以青鸾音沉，黄耳不通？湘云忽然绝迹不来，信也不写一封给我呢？难道那幅《踏雪寻梅》的立轴又送坏了事吗？自己想这画是很纯正的，并非钻戒等物可比，不见得再会使伊人恼恨的，湘云为什么就此不来呢？章旭光此时尚没有回家，自己也无从探听，这事真是十分蹊跷的了。

景宋满腹狐疑，竟不得解决，心里很觉难过，说不出的万分怅恨。待到午时，果然不见湘云前来。他一个人怀着一肚皮的闷气，独自闷闷地用他的午饭。以前每星期日自己总是和湘云在圆桌上相对坐着，一同进膳，高兴的时候喝几杯酒，湘云不善饮，才喝一二杯已是薄醉，桃腮上泛起两朵红云，益增娇媚。厨子也有了惯例，一到星期日，备的菜特别考究，必有一二样精美的名菜，以餍口腹之好。就是年初三和湘云一同吃饭的光景，也如在目前，不料吃了那一顿饭后，湘云的玉趾却不再走上我门来了。唉，我这个人虽然怀着满腔的热情，但终于是个笨伯，实在太不会和异性交际了。半年来师生之情，徒乱人意而已。所以他一边吃饭，一边叹气，虽有美肴，食不下咽。书童在旁边也瞧科了几分。

下午景宋懒得出去，在画室中还去一些画债，转瞬天黑，他独自一个人喝酒，喝醉了，回到房中，拥被而卧。

到得星期二的上午，他已接到常觉白的电话，知道花楼业已订好，他就打了几个电话，请几个朋友同去观剧。如吴云章段凌云等一辈人，以及他的老师老画家樊子乔也在其内。又差人送信，去请章旭光，兼托他代邀湘云，一试究竟。可是章旭光还没有回京，他也只好罢了，晚上他提早吃了夜饭，便坐着汽车，开到光明戏院去，听马小凤的《潘金莲》。

第五章　得亲芗泽几销魂

景宋坐在花楼，看台上的《拾黄金》，因为演的人不是名伶，所以没有什么精彩，他也无心去看，忙着招待朋友。常觉白和刘麻子到得最早，吴云章段凌云樊子乔还有和章旭光认识的姓郑的朋友，先后到来，大家挨次而坐。烟了茶了水果了瓜子了，大家吃着笑谈，常觉白指着台东高高挂起的那幅泥金立轴，拍拍景宋的肩膀，带笑说道："老陆，你看你赠给马小凤的那幅立轴已高悬台上了。至于那两首诗，在《燕京日报》的副刊里已代你登了出来，是我交给一个编辑去登的。大名却不敢造次披露，只代你署上'玉峰词人'四字的别号罢了。那位编辑却也在你诗的背后步着原韵，和了两首。你今晚又订下花楼，花了钱请客，马小凤一定很感谢你这样捧场的。"

景宋道："算了吧，我是一时高兴，随意写了两首诗。这一些些当然博不到美人的青睐的。"

吴云章在旁听着，也笑起来道："除非是钱牧斋遇见了柳如是，名士佳人，恬吟密咏，可以由文字姻缘而结成君子好逑，现在这些梨园中的姑娘，恐怕徒有色相，胸无文墨，任你作得一等

51

好诗，她也不能领会的。"

景宋道："本是啊，我也不过聊以自娱罢了，何必要他人领会呢？"

常觉白笑道："老陆你不要慌，我和马小凤是常有机会见面的，隔一天你如高兴的话，我必介绍你和她一见，好使她也知道十丈京尘之中，却有个名士在赏识她呢。"

景宋笑了一笑，也没有再说下去。台上的《拾黄金》已完，接着便是马小凤的《潘金莲》，她演这出戏是从武松回家做起的，景阳冈打虎一节却略去。富大奎饰武松，扮相英俊，说白也很漂亮，颇能模仿出武二的精悍之状，数声嫂嫂也叫得非常沉着。饰武大的小丑也能活现出阘茸无能的三寸丁谷皮来。至于马小凤饰潘金莲，春意盎然，把潘金莲的内心尽情表演出来。潘金莲是个对于男子欲望很大的妇女，她嫁了武大郎，既丑且陋，万万不能满足她的欲望。所以常常自怨命薄，有鸦凤非偶之叹。一旦遇见了这个神勇英武的武二，如何不生爱慕之心？情不自禁地去向武松输爱，要想把她一颗好久没有安放的春心，在她叔叔身上找到安慰，补足缺憾，因此不断地向武二施展她的女性魔力，去诱惑他。谁知武二是个顶天立地、尊重伦常、富有血性、生平不二色的奇男子，哪里会受她的诱惑呢？潘金莲既然得不到武二的爱，她的一颗心就更觉不得安宁，而急切地需要一种安慰和满足。在这时候，西门庆便乘隙而入，又有了贪利的王婆在中间拉拢，自然两边竟像干柴逢了烈火，一下子就成功了。但这种事情是为社会所不容的，以致后来演出了毒毙亲夫的罪案。

马小凤一步步做来，丝丝入扣。台下看的人一齐为之神往，自然这出戏有些地方难免诲淫之弊，而给这个色艺双全的坤伶做了，当然更是疯魔了观众。演至杀嫂一幕，潘金莲酥胸微露，星眼半饧，对武二说道："我死在你手里，也死而无憾。不过这也是一半被你害的。"这句话似乎是非常奇特，台下的听众听了，都一齐怪声叫好起来。景宋看得目眙神往，一颗心不由热辣辣起来。杀嫂过后，接演武松的十字坡，富大奎在打店的时候，身段和武功都学南方的盖叫天，但是观众却没有像看马小凤那样是全神贯注了。《潘金莲》完毕，便是杨宝森的《捉放曹》，可是台下优等官厅中的三四排座位上已去了十分之三。吴云章不由掉着《论语》道："我未见好德如好色者也。"

这晚景宋从戏院回家后，睡在床上，闭了眼睛便好像有个马小凤的情影在对着他媚笑，耳朵也仿佛曾听着她的莺声燕语，恍恍惚惚，神魂游移。于是他的心坎里又储藏了一个妖媚的坤伶，和那个清丽的女学士并在一起了。

隔了一天，他从部里回家的时候，忽然章旭光来拜访他了。他自然很是欣喜，寒暄数语，章旭光对他说道："你前天特地光降寒舍，真是不巧。我恰才有事到天津去了，以致失迎，抱歉得很。后来又蒙你请我听戏，我又没有回来，辜负你的美意。直到昨天我方回京，所以今天特来答谢，并且还有一件事要和你说起一声。"

景宋问道："什么事？"

章旭光道："就是我堂妹湘云的事。"

景宋立刻很注意地问道："旭光兄，你可曾见过湘云？她有两三个星期没到我这里来学画了。第一个星期她曾有一封信来，说是小有清恙，所以请假。但是后来却绝迹不至，直到今天，音讯杳然，使我很是惦念。我前天来拜访你，也是为了要探听湘云的消息，究竟她是怎么样了？"说着话，露出很迫切的样子。

章旭光道："待我来告诉你。湘云昨天晚上曾到我家来的。她的病早已好了，实在也没有什么病。"

景宋听了，不由眉头一皱，说道："她没有病吗？这是最好的事了。但是她为什么不到我这里来继续学画？她可曾告诉你什么话？有没有他种关系？"

章旭光点点头道："湘云告诉我的。她说她现在改变宗旨，不复学画了。"

景宋又是一怔，道："为什么缘故呢？"

章旭光道："湘云也没有说出好的缘故来。她只说学校功课繁重，为了要求毕业的关系，一时无暇顾此。并且她的父母也主张湘云在星期日不出来学画了。"

景宋听了这话，恍如当头浇了一勺冷水，连忙问道："怎么湘云忽然停止学画了？到底是怎么一回事？"

章旭光说道："我也不明白湘云何以中途变更宗旨，但她这样地对我说，且托我代向景宋兄说一声致谢和道歉。几个月来得到你的指教，使她对于国画上有了不少进步，这是她感谢不尽的。现在一时不能再继续下去，有劳你盼望，更觉万分歉疚。湘云对我说的时候，她的态度也似乎极不自然。我也不便紧问她，只好依实而道了。"

景宋听了章旭光这样说，明知湘云的中辍，一定另有他故，自己也不便再和章旭光说，只得说道："我是没有问题，但湘云

54

本是个可造之材，半途中止，未免可惜。"

章旭光又说道："湘云的家庭也很复杂。湘云自己很是倜傥不群，富有新思想。她的母亲也很开通，从前也是学校里出身的。可是她的父亲和祖父头脑都很顽固，尤其是她的祖父，一天到晚地念佛，虔信旧礼教，治家很严。湘云有时和我谈起她的家庭状况，常常要发牢骚的。我家早和他们分析了，所以状况又是不同。"

景宋点点头道："家庭间的事情是最难解决的，我看湘云这人虽然富有新思想，而在她的脑筋里恐怕仍旧系着旧礼教的锁链吧？你如见湘云，请为代达鄙意，她虽然不到我这里来学画了，却不妨在暇时星期日仍到舍间来谈谈。我是不胜欢迎之至的。"

章旭光道："当然，湘云既然做过了你的女弟子，师生之谊总是长存的。我代你说便了。"

二人又谈了一刻话，天色已黑，景宋要留章旭光用晚饭，章旭光却说尚有他事要干，所以告辞去了。

景宋等章旭光去后，他独自坐着，燃了一支雪茄，凑在嘴里闷吸，湘云的倩影尚涌现在他的脑海里。暗想章旭光和我说的话恐怕还是表面之辞，也许湘云尚有许多话不能和章旭光说明的吧。唉，湘云，湘云，你究竟是为的什么？难道就因为年初三那天，我要送给你一枚钻戒，你不接受后，从此猜测我的意思，要避嫌疑，所以不来了吗？那么你虽有新思想，恐怕还不能脱离旧礼法吧。在我说起来，真是弄巧成拙了。他越想越闷，只是把雪茄猛吸，雪茄烟的灰长了寸许，仍没有掸去。

忽然书童跑进来，对他说道："常老爷有电话。"

景宋便把手里的雪茄烟丢在烟盘里，立起身来，跑到电话处去拿着听筒便听。他先问道："你是老常吗？可有什么事情？"

常觉白在电话里答道："今晚有个好机会，我要介绍你和马小凤一见，好不好？"

景宋道："很好，你在哪儿？"

常觉白道："我在朋友程新思家里。他今天在花园里宴请几位名伶，他邀我作陪，我到了以后，方知马小凤也要来的，所以我就想起了你，和主人说了，他也是久慕你的大名，极愿意借此一识荆州，遂叫我代请你赴宴，一同欢聚。我想你此刻已回府了，遂打电话来，请你快快来吧。"

景宋道："我马上就来，再见。"

他立刻挂了听筒，走到内室去更换衣服，穿上一件灰背的蓝缎长袍，织成一个个圆寿字的花纹，外面罩了一件黑色毛葛的马褂，披上皮领大衣，戴上獭皮帽，手里拿了一根司的克，走到外边来，吩咐汽车夫把汽车开到头发胡同去。因为他知道程新思是在北京很有名望的票友，家中很有资产，有座花园，名叫养和园。他以前曾到园中去赏览过一次菊花大会，虽没有和程新思见过面，地方却知道的。因此他就坐了汽车驶到那边去了。

等到景宋赶到养和园时，自有人招待入内。走到一座厅堂上，只见电炬璀璨，已有许多宾客在那里了。常觉白一见景宋来了，连忙走过来招呼，且又引景宋去和一个三十多岁的中年男子相见，此人就是主人程新思。身材很矮，虽然是个须眉丈夫，却不知怎样的扭扭捏捏，有些女儿之态。脸上敷着粉，留着很长的头发，衣服华丽，脂粉气很重。大概因为他是学唱青衣的票友，别号拜花馆主，习惯成自然了。主宾相见后，说了几句客气的话，遂请他上座。景宋见来宾中有几个名伶，如程砚秋、马连良、尚小云、谭富英、王瑶卿、时慧宝、朱素云、郝寿臣等，他都有些认识。还有几个坤伶，如孟小冬等，正在北京出演的。但是梅兰芳、王凤卿等那时却到上海去唱戏了，所以不在座上。此外还有几个票友，红豆馆主也在其中。

常觉白对他低低说道："马小凤这小妮子到此时还没有来，酒席快要摆上了，再不来时，不要被人家骂她搭架子吗？你看许多老前辈都来了。"

景宋点点头，说着话又见李吉瑞和尚和玉、荀慧生走了进来，那时荀慧生正在排演新剧《钗头凤》，红遍北京，许多人都和他谈起《钗头凤》来。常觉白和景宋却在盼望马小凤，一会儿方见马小凤和杨宝森一齐走来。马小凤今晚妆饰得特别明艳，外面披着皮大衣，桃靥凝红，柳眉横翠，带着一脸的笑容，向程砚秋、王瑶卿等一一鞠躬行礼。本来马小凤是个后进小辈，又是坤伶，和这些老伶工是相去甚远，断不能分庭抗礼的，可是那时候一班坤伶也渐渐在那里抬头起来，而马小凤在光明戏院唱得很红，骎骎乎夺去杨宝森的一席，大家自然都刮目相待了。

马小凤和众人一一见过后，常觉白又介绍她和景宋相见，且指着景宋说道："这位陆景宋先生在财政部里也是很红的大官僚，是我的老友，他很代你捧场的。前天题诗送给你的，就是此公。"

马小凤向景宋笑了一笑道："陆爷，多谢你了。"

景宋便和她敷衍几句，赞美她艺术的高明。这时候程新思要请的客人差不多已到齐，大家略一推让，挨次入座。马小凤年纪最轻，资格最浅，和几个坤伶都坐在下首，景宋却被主人拉着和王瑶卿、时慧宝、程砚秋等坐在上首。大家谢了主人，举杯痛饮。肴馔非常精美，酒过三巡后，琴师到来，主人请众宾客各唱一曲，以助余兴。于是王瑶卿唱《祭江》，时慧宝唱《逍遥津》，程砚秋唱《红拂》，荀慧生唱《钗头凤》……轮到马小凤，她就唱一段《宇宙锋》，珠圆玉润，嗓音非常流利清楚。程砚秋、尚小云、荀慧生等都点头赞赏。末了程新思自己和谭富英对唱一段《四郎探母》，果然珠联璧合，入耳动听。席上十分热闹。因为座上大多数的人今晚都要去上台的，不能多饮，所以散得也很早。当马小凤走的时候，姗姗地走到常觉白和景宋面前，带笑说一声再会，别转身去，又向他人道别，叽咯叽咯地踏着高跟革履走出厅去。

景宋双目直视，等到望不见了倩影，他遂和常觉白也向主人程新思告别。程新思要求景宋代他绘一幅小立轴，景宋一口答应。程新思殷勤地送至花园门外，看他坐上了汽车，方才进去。

景宋和常觉白一起坐在车厢里，景宋先送常觉白回家，然后回转家中。他今天得见美人玉颜，何幸如之。可是在宾客满堂的当儿，自己和马小凤尚是初次相见，不能多谈，未免引为憾事。然而美人的芳影已印上了他的脑膜，一时不会忘记。他既然对于那位女弟子有了失望，于是他的颓丧的情绪急欲另行去打求一种安慰，而他的目标不得不又要改弦易辙了。

从此以后，他就托常觉白去向光明戏院的优等官厅上包订了三个座位，晚间无事，常常和常觉白等去聆听马小凤的新声。这样地过了半个月，差不多一星期中倒有四五天常在座上。不知不觉对于马小凤渐渐地起了绮思瑶想，作了十几段引凤词，登在报上去捧马小凤。他和常觉白表示最好要到马小凤家里去，去盘桓一下，得登美人妆阁，为入幕之宾，这就是生平的乐事了。常觉白答应他可以代为想法，且对他带着戏谑的语气说道："你将来倘像刘郎之入天台，得和美人成就了良缘，却不要忘记了我这月下老人啊。"

景宋微笑道："老常，我不过借此消遣消遣，你说这些话未免太远一些吧。"

常觉白道："英雄难逃美人关，未免有情，谁能遣此？此时你不要假撇清，将来终见分晓。恐怕你春蚕作茧，难逃情网呢。"

景宋笑道："情网情网，我是情愿跳入的，待一尝情场的滋味也好。"

常觉白点点头道："既然你如此说着，我更不能不一做曹邱生了。"

又隔了几天，是一个星期日，常觉白早晨就到景宋家里来晤谈。大家坐在画室里，喝着香茗，随随便便地闲话一切。常觉白对他说道："我昨天在友人席上遇见马小凤，我就代你做宣传工作，先把你这个人向她揄扬一番，且说你愿意要到她的妆阁去拜访，问她在什么时候最为适当。因为她的家里我虽然曾经跟他人去过一次，然因常常有他人来往，恐怕不得其时，未能畅叙幽情。所以先要向她问个明白，得到她的允许才好。马小凤却很爽快地对我说，明天下午有暇，请我陪你前去谈谈。因此今天我特地到你府上来，陪你同去。大概你也乐闻的吧。"

景宋听了，不觉大喜道："很好很好，多谢你费神了。将来多请你喝几回酒吧。我们今天下午什么时候可以到她家里去?"

常觉白伸出三个指头来说道:"三点钟。今天虽是星期日,凑巧某某慈善团体邀请票友假座光明戏院演义务戏募捐,因此马小凤没有演唱日戏,有此闲暇了。"

景宋道:"那么请你在此吃了午饭,休息一番,然后同你前去吧。"

常觉白道:"很好。"

于是景宋吩咐厨下多备几样菜,烫几斤酒。到了吃饭的时候,他遂陪常觉白到餐室里去喝酒。二人一边谈话,一边吃喝,从容优游地直吃到两点钟,方才离开桌面去洗面漱口。景宋特地到内室去换了一件袍子和一双皮鞋,对着镜子,将自己头发梳理一下,加上些油膏,涂得光光的,揽镜自照,觉得虽不是五陵少年,而张绪当年尚没有完全减去风姿,聊以自慰。又预备了几样礼物,乃是一匹织锦缎和两打精美的手帕,这是以前朋友送给他的,他一向藏着没有用,此刻把来送给马小凤,是很合宜的礼物了。

他带了礼物,走到外面来,又和常觉白坐着谈谈戏剧,常觉白讲得很是起劲。一会儿听壁上钟声已鸣了三下,景宋问常觉白道:"这时候我们前去可好?"

常觉白点头说一声好,立起身来,景宋又叫书童吩咐汽车夫开车伺候,他和常觉白各个披上大衣,戴着皮帽,走到外边去。坐上汽车,常觉白吩咐了地址,汽车夫奉命驶去。

一会儿到了马小凤的妆阁,马小凤所住的房屋也是旧式的,并没有楼房,院落倒很大。院子里有一株红杏树,枝叶很是繁盛，可是天气尚寒，还没有开放。二人走进去时，有一个梳辫的侍婢，引到中间客室里，见有一位四十多岁的妇人，脸上也涂着胭脂，略有几分姿色，底下一双小脚，正坐着和一个少年闲谈。那少年穿着一件栗壳色缎子的皮袍，外面罩着一件黑缎背心，面貌生得不差，样子却有些油滑。经常觉白介绍后，方知这妇人就是马小凤的母亲，其实也不是马小凤的生身之母。至于那个少年，常觉白却不认得，又经马小凤的母亲介绍，方知这是马小凤母亲的外甥，姓冯名小宝。

马小凤的母亲见了景宋，知是一位达官贵人，当然不敢怠慢，又叫了一声陆爷，立刻引导二人走到右边马小凤的卧室里去，说道："外面很冷，我女儿房里生着火炉，不如请二位就到房里去坐吧。"

常觉白说声好，走至房门。马小凤的母亲一掀门帘，高着声音说道："凤姑娘，有客人来了。"

只听房里嘤咛一声，一个明艳的倩影扑到景宋的眼光上来。房中因为生着火炉，所以和暖如春，见马小凤身上只穿着一件绿色软绸的衬绒旗袍，衣袖短到臂弯以上。在那时北京刚才流行短袖子，但还没有今日的短至肩下呢。马小凤一见二人，连忙带着笑脸，叫一声："常爷，陆爷，这里是十分脏的，难得你们二位大驾到临，真是蓬荜生辉了，不厌怠慢，请坐吧。"

常觉白笑道："凤姑娘，你倒会说客气话。今天我特地陪着这位陆爷，专诚到你妆阁里来拜访你的。"

小凤便道："啊呀呀，这是使人不敢当的。"

招呼二人在东首窗边一张大沙发上坐下，她自己坐在对面一张椅子上相陪。马小凤的母亲忙着和侍婢敬烟敬茶，端上了茶，退到外边，让他们在房里谈话。景宋和小凤虽是第二次见面，却还是生疏，所以他们起先谈话的时候还是常觉白说得多，他就一边说话，一边留心观察，这房间里所有的器具都是新式，收拾得十分雅洁。靠里面有一个西式的屏风，在屏风之后便是小凤的睡炕了。西面壁上也挂着一幅画，画的是仕女，可是画得十分陋俗，不登大雅之堂，挂在这个房里，横竖是没有人指疵的。

常觉白见景宋注目壁上的画幅，便带笑说道："老陆，你瞧这壁上的画么？我看这画是很平常的。你是画苑名家，当然更是看不上眼。老实说，凤姑娘对于此道是不甚高明的。我要代她请你送一副小小的楹联，挂在这里，那么正合着凤姑娘方才所说的蓬荜生辉了。"

景宋点点头道："可是遵命，只是我不敢狂傲地说。假如我的楹联和这仕女画挂在一起，那我倒真有些不愿意高攀呢。在舍间藏有一幅费晓楼的仕女小立轴，不妨把来重行裱过，一起送与凤姑娘吧。"

常觉白哈哈笑道："这是最好的事了，你送这种礼物给凤姑娘，方可称得高人雅士。比较今天所送的礼物，别有高尚的价值了。"说着话，把手向右窗桌子上指着方才景宋带进来放在那边的，又对马小凤的脸上看了一看。

小凤早已瞧见，便笑了一笑说道："常爷说得真不错，陆爷今天光临，我已是很欢喜了，何必要送什么贵重的礼物？更使我不敢当的。你送我一些字画吧。"

景宋道："好好，我回去就写，写了就裱，等到裱好后一齐送来便了。"

于是他们就讲些梨园中的事情，景宋极口称赞小凤的艺术，马小凤却说自己实在功夫浅薄得很，胡乱唱唱，骗取几个钱罢了。但自己决不敢因此而自满，以后仍当精益求精，不稍懈怠，方可对得住众位的热望。

景宋便说："你的前途一定是灿烂光明的，一个人能够虚心受教，日新又新，自然永远不会跌倒了。"

但马小凤在许多言语之中，微露出吃这碗唱戏饭也不是容易的事情，不但自己艺术要好，而且外边的人缘也不可坏，应付各界须要八面玲珑，不致失人的欢心。自己年龄轻，经验浅，常常感觉到顾此失彼，很有些够不到。这是要希望外边的人特别予以原谅的。

景宋听了小凤的话，觉得她说得不错，遂说："我们在政界方面，总愿意尽力帮你的忙，你如果有为难之事，不妨对我说便了。"

小凤说道："多谢多谢。"

三个人在房中谈了好多时候，侍婢送上两盆子点心和三小碗莲子汤来，小凤就陪着二人吃点心。等到点心吃过后，二人仍不告辞，外边有几个人也是来拜访马小凤的，都被马小凤的母亲婉言谢绝，推说小凤到了小姐妹家里去了，不在家里，恕不招待。外边人只好怏怏而退。小凤在房里看着天色将晚，房里的电灯已开亮了，而景宋和常觉白仍没有走的意思，遂走到外边，却叮嘱她的母亲预备些酒菜，要留二人在此同用晚餐。

当她回房的时候，景宋假意对常觉白说道："我们在这里坐的时候很多了，凤姑娘晚上是有戏要唱的，我们不如告辞吧。"但是他口里虽然这样说着，身子却仍坐着不动。

常觉白还没有开口，马小凤早抢着说道："二位爷如不嫌怠慢，就请在这里用了晚饭去。我没有什么孝敬二位，不过一壶浊酒、几碟粗肴而已。"

常觉白就趁势说道："凤姑娘如此诚意相邀，却之不恭。老陆，你若没有什么事，便在这里吃了晚饭再走也好的。"

景宋道："很好，只是又要叨扰凤姑娘了。"

小凤笑道："不要客气。"又代二人换了两杯茶，叫侍婢削了一盆洋苹果，送上解渴。

又隔了一会儿，酒菜已备，马小凤的母亲吩咐侍婢和老妈子端到小凤房里来，在一张方桌上端整了三个座位，安放三副杯箸，请常陆二人上座，叫小凤在下首相陪，且对常陆二人说了几句客气话，敷衍一番。常陆二人当然也向她道谢，请她同坐。但她却说她吃过了，马上退了出去。小凤就提着酒壶，代二人斟酒。二人连忙端起酒杯，连声道谢。三个人且喝且谈。

今晚景宋非常高兴，精神兴奋，所以酒也喝得很多。但常觉白因为小凤少停要去唱戏，不便多耽搁她的时间，遂对景宋说道："我们隔一天再畅饮吧，现在吃了饭，我们便可告辞，好让凤姑娘上戏院去。"

景宋被他一句话提醒，遂喝干了面前的一杯酒，也说吃饭吧。于是小凤也不再和他们客气，叫下人端上火锅，盛上大米饭，三人匆匆用毕。侍婢便来撒去残肴，拧上热手巾，换上香茗。常觉白划了一根火柴，点上了一支纸烟，吸了一口，对景宋说道："我们要走了，你晚上可有什么事？"

景宋答道："这时候还有什么事呢？"

常觉白道："既然没有事，何不也到光明戏院去听凤姑娘的戏？横竖你包着座位的，不去也是徒然。"

景宋笑笑道："我也这样想。今晚凤姑娘和杨宝森合演《宝莲灯》，还有富大奎的《白水滩》，都是好戏，值得一观的。"

马小凤在旁说道："二位爷肯赏光，这是再好没有的事了。"

景宋道："我们索性在此多坐一会儿，用我的汽车送凤姑娘一起上戏院吧。"

常觉白道："很好。"于是二人又坐着不走了。

看看时候已有九点多钟，马小凤在妆台前洗脸敷粉，重行妆饰了一回，又到屏风后面去换了衣服，走出来，手里挽着一件灰背大衣，笑嘻嘻地说道："我就不客气，坐你们的车子去了。"

景宋因为初到妆阁，叨扰甚多，便从身边皮夹里取出一百元纸币，是犒赏下人的，又有一百元，算是送给马小凤母亲买胭粉的，一起交与小凤。小凤起先不肯接受，后经常陆二人坚请，也就拿下，便去叫她的母亲和下人等来谢过景宋。马小凤对她的母亲说自己要乘景宋的汽车上戏院去，她母亲点点头说道："很好，你就跟二位爷去吧，我到十二点钟再来接你。"于是马小凤也取出五块钱，给景宋的汽车夫。她披上大衣，跟着常觉白、陆景宋同坐汽车，驶到光明戏院去。

这晚景宋从光明戏院回家后，心里陶陶然的，只是想着马小凤。从此他的心坎里把湘云的倩影渐渐淡忘，而被一个妖媚的女伶占据了去。当时景宋也是受了刺激而改变他的宗旨的，香闺名媛既是今生无望，那么不得不求之歌台舞榭间了。因为现在的景宋已和过去时不同，他决不愿意再是这样地耐守孤寂了。他听了常觉白的话，写了一副对联，用自己特撰的句子，嵌上"小凤"二字，不过署名仍用玉峰词人。又拣出那幅费晓楼的仕女画，吩咐下人送到裱画店里去，火速装裱，克日取件。每夜总是和常觉白到光明去听马小凤的戏，风雨无阻，除非有特别的事情，不得已暂告缺席。友人中大多数人都知道景宋醉心于小凤，所以也来代景宋捧场。马小凤在光明戏院连演一个多月，卖座始终不衰，老板自然特别看待，续订合同，增加包银。马小凤趁势要求让她挂起头牌来。但是这个条件戏院老板有些接受不下，国灰碍着杨宝森的面子，如何可以把马小凤压倒他呢？于是杨宝森等到合同已满，乘势他去。另换了一个新进的二路老生，方才把马小凤挂了正牌。而各界要求马小凤续演《纺棉花》和《潘金莲》二剧的信纷至沓来，当然戏院老板要徇众人之请，而连排这两出戏了。

　　景宋等到楹联和立轴裱好以后，又去买了些礼物，和常觉白重趋小凤妆阁，求亲新人芳泽。小凤见景宋来了，很是欢迎。马小凤的母亲也殷勤招待。小凤得了景宋赠送她的书画，当时便叫下人挂在房中，把从前的仕女立轴换去，眼光一新。景宋瞧着自己写的对联挂在小凤的妆阁里，心中便很觉得意。从此他时常要到小凤家中来盘桓，有时和常觉白同做座上之客，有时却一人悄然独行，在小凤妆台旁边伺美人眼波，他自以为这是乐事呢。小凤也对他甚是亲热，常常打电话给他。景宋又陪着小凤出游到大饭店里去喝酒谈心，又送她不少首饰和衣料。而马小凤的母亲身上，也着实用去一些钱，博得她的欢喜。小凤母女知道景宋是个有财有势的官僚，自然也肯甘心巴结他。

又隔了一个月，马小凤在光明戏院演了长久的戏，二次所订的合同已满，戏院里要换请李吉瑞，马小凤当然不肯退居二牌的，且也要借此休息一下，便唱了三天临别纪念的好戏，暂时在家里休养了。因此她的空闲时候较多，景宋的足迹也较勤，常常在小凤妆阁中流连到深更半夜方才归去。有时小凤在闺阁里低声按拍，唱一两段戏给他听听，景宋陶醉在粉红色的梦里，果然投入了情网，便把自己以前要送给湘云的钻戒，竟代小凤套上了她的手指，这岂是他自己所梦想得到的呢？小凤也早将自己的身世告诉了他，他很可怜小凤，要想娶她的心更是坚固。他也觉得马小凤的母亲很可以把金钱打倒她的，他就一边授意与小凤，一边再托常觉白向小凤的母亲代达他的意思。但是中间忽然马小凤又接了天津大舞台的聘，赶到津门去唱了一个月的戏。等到蔷薇花开的时候，小凤从津沽回来，就在北京小报上传出了马小凤嫁人的消息。

第六章　情天一旦起疑云

　　云英下嫁，艺海艳传。马小凤到底是嫁给谁的呢？当然除了陆景宋，一时也不会有别人量珠聘去的。景宋自和马小凤结识以后，他的一颗心几乎完全倾注在马小凤身上，以前的湘云早如过眼云烟，渐渐淡忘了。小凤到天津去唱戏后，差不多每隔一两日，景宋必要寄信前去问候伊人近况，小凤虽也能写几个字，但是肚子里究竟不谙翰墨，浅薄得很。所以她写给景宋的信，左右不过几句白话文，略道近况，并不会抒情寄意。然而景宋得了她的来鸿，竟是看作珍宝一般，什袭而藏。小凤又寄上她的新摄的照片，也签上了她的名字，景宋对此画里真真，更触起了秋水伊人之思。其间他也尝抽暇跑到天津去探望小凤，陪着小凤畅游两天，把自己心里要说的话向小凤婉转陈述，表示他的爱心。小凤在言语之间，虽然没有完全答应他的话，但也没有拒绝的意思，景宋知道自己的目的不难达到，很高兴地回京。后来马小凤辍演归来后，景宋便趁这个机会，积极进行，要尽早成良缘。

　　他更托常觉白在马小凤的母亲面前疏通一切，马小凤的母亲只要得饱欲望，其余的问题都可迎刃而解。景宋为了美人之故，不惜拿出重金来求偿其欲。常觉白真的做起月下老人来了。果然这事很快地成功，景宋择了一个吉期，开着汽车，把马小凤接到家里。至于洞房就用他本来的卧室，另行装饰一番，添办了许多新式的器具，装了新式的电灯，收拾得金碧辉煌，堂皇富丽。真是有了娇娃，必要贮以金屋了。他又邀了许多熟朋友，如常觉白、刘麻子、吴云章、段凌云等一辈人，连湘云的堂兄章旭光也特地请过来，在家中欢宴一番，发表他的纳宠之举。众人都纷纷前来道贺，各送礼物，平常冷清清的宅子里，好似锦上添花一般，大大地热闹起来。

席间众人举觞上寿，大家说着笑话，庆贺景宋新纳艳姬，独享艳福，将来一定有许多艳迹留传，更有许多好诗吟出。且要请出小凤来一见，景宋当然许可，进去和小凤说了，小凤并无新嫁娘羞怯之态，她就穿了新装，很大方地和景宋并肩行出，到席上来向众宾客敬酒，鞠躬为礼，脸上带着微笑，娇艳无伦。众人对此瑶台仙子慌忙一齐立起身来，来不及地答礼。小凤敬酒以后，又对众人说一声"请诸位宽坐，多用一杯"，便姗姗地走进去了。众宾客酒酣以后，大家又到新房里来闹笑了一回，方才散去。

这天天气很是温和，晚来天空里，明月流辉，娟娟清光照到洞房的窗上，房中电炬已熄，华烛尚明，锦帐低垂，鸳被春浓。而窗外的蔷薇花也一阵阵地发出它甜媚的幽香，真是吉日良宵。景宋此时如鱼得水，好像楚襄王梦游高唐，巫山之乐乐未央了。

景宋自纳马小凤做箧室，当时在温柔乡中快乐度日，优哉游哉，且以喜乐了。小凤嫁了景宋，自然也不再现身红氍毹上，而大家也无从再看她的杰作《纺棉花》了。每星期日，景宋也懒得

69

出去酬酢，坐在妆阁里，看小凤梳头画眉，以为闺房乐事，融融泄泄。马小凤的母亲有时也要到景宋家里来探望她的女儿，小凤究竟不是她亲生的，嫁人以后，对于她的母亲也淡淡的，并不十分亲近。还有那个表弟冯小宝，却是常常来盘桓的。虽然没有什么事情，却也要坐谈半天，或是吃午饭，或是吃点心。小凤待他很好，但等景宋回家后，冯小宝便不敢逗留，立刻退去。或不等景宋回来时，他已悄悄地离去。景宋对他也不知怎样的完全没有一些儿好感，很不愿意小凤和他亲近。因为景宋看冯小宝的样子，好像狡童狂且之流，不可接近的。所以他在小凤面前不免略露一些意思，可是因为他们有亲戚关系，也不好过于干涉。自己却和冯小宝十分疏远，并不交谈。他想起古人有"唯女子与小人为难养也"的一句话，便觉得冯小宝其人可畏了。

光阴过得很快，一年容易，又是和春。在这过去的一年中间，景宋和马小凤过着甜蜜的日子，十分温馨。而小凤红潮无泛，口嗜酸味，腹部微微高起，已有三个月的身孕了。景宋很是快乐，因为他自己和原配曹氏本有伯道无后的缺憾，所以小凤有了身孕，当然是欣喜无量。将来倘能诞生一位麟儿，那么不致使若敖氏为不食之鬼了。因此他对于小凤格外优容，并且写了信到家里，去告诉曹氏，好让他的老妻也可以快乐。因景宋在京里纳小凤为小星这件事，当初早已有信去通知他夫人，曹氏自从南归后，也早料到景宋尽早不免要有此举，自己肚里不争气，也无话可说，坦然置之，让她的夫婿在外边得到一些温柔吧。

小凤既然怀胎，她不免因宠而骄，不知不觉地对于景宋的话渐渐不肯听从起来。她初来的时候，诸事小心，十之七八曲徇景

70

宋的意思。自己也难得出去，总是守在家里，等候景宋公退回来，陪伴着他。可是现在她也常常要出去了，和几位女太太打牌、游公园、上馆子，活动很多。景宋也阻止她不得，只好稍稍放任。后来京中有某慈善团体假座开明大戏院举行京剧劝募大会，票价定得很高，参与其事的都是热心社会事业的闻人，演唱的是各界票友。但因女票友中很难得上驷之才，所以有人邀请小凤去唱一出义务戏。小凤不弹此调已久，也觉技痒难搔，不妨一试，贸然答应了人家。等到景宋回来，她告诉了景宋，且拿出票子来，要叫景宋去推销。谁知景宋大不以为然，他对小凤说道："你何必去答应人家？致找麻烦。"

小凤道："你为什么不赞成呢？这是帮助穷苦百姓的事情，我们有饭吃、有衣穿的人，应该出来尽一些义务的。倘使大家不管事，那么这些小民更是苦不胜言了。你为什么不赞成这事呢？"

景宋摇摇头道："不是这么讲的。我并非不赞成这事，实在不赞成你去参与这事。至于推销票子的事，交给我去办也好。"

小凤道："有钱的出钱，有力的出力，你出钱，我出力，不是更好吗？"

景宋道："你不知道，我若让你出去唱了一回戏，以后必定要有许多麻烦的。所以不愿意你出去尽什么义务。"他说话时，两手搓搓，似乎很有些不耐烦的样子。

小凤又说道："你虽然不赞成这事，只是我已答应了人家，不能反悔，失去自己的信用。所以你就让我去唱了一回吧，以后我不再唱也好。"

景宋仰首望着壁上小凤的照相镜架，默然能答。此时小凤的脸上也有些微愠，她就冷冷地说道："你们男子都是专制的，自私自利的，为什么我竟不能做自己的主呢？须知这是我去唱，并非我叫你去唱啊。况且我又不是受了戏院的约去登台演唱，乃是偶然领了人家的情，去唱一回义务戏，你若要很坚决地不赞成，那么无异不给我的脸，我还能够去见人家的吗？所以此事你无论如何要答应我的。倘然不答应我，宁可去死的。"

小凤说着，眼眶中已隐隐含有泪痕，若然再僵持下去，那么夫妇的感情势必至于要决裂了。等了一会儿，他又对小凤说道："既然你这样说，我就姑且答应你，只此一遭，下不为例。我的意思总是要省去一切麻烦，并不是专制你，你要明白的。"

小凤听景宋到底答应了她，便回嗔作喜，说道："我知道你总是要答应我的。"

景宋又问道："那么到那天预备唱什么戏呢？"

小凤道："《梅龙镇》。"

景宋又摇摇头道："不行，你要唱这种戏时，我又不能答应你了。"

小凤一怔道："为什么呢？"

景宋道："你想想看，你做李凤姐，谁做正德皇帝？当然一定是某票友了。我看不惯你去和人家眉来眼去地打情骂俏。"

小凤哈哈一声笑了出来道："那么请你去做正德皇帝好不好？"

景宋道："我对于此道是门外汉，你知道我不行的，不要这样说法。"

小凤的蛾眉皱了一皱，说道："那么我改唱《武家坡》了，这是规规矩矩的正宗戏，你总可以答应了吧?"

景宋又摇摇头道:"也不行。"

小凤急得立起身来说道:"这不行，那不行，说来说去，你仍旧是不要我出去唱戏罢了。到底是什么道理，你快些说个明白。"

景宋道:"我的主张以为你此次出去演唱义务戏，不论唱什么，都不可以有男主角和你搭配。"

小凤叫了一声啊呀，道:"凡是青衣花衫唱的戏，十九都有男主角的，你若要定得这样严，那么就无疑不答应我去唱了。"

景宋道:"这个我不管，请你自己去想。"

小凤不得已，低倒了头，想了一想，然后抬起头来说道:"那么我就唱《女起解》，可好吗?"

景宋勉强点点头道:"也好。"

这件事景宋虽然允了小凤，可是彼此心里都有些不自然。所以到了义务演出那天，景宋虽然很出力销去了许多票子，他的朋友像常觉白、段凌云等都去看的，而他却和吴云章到酒楼里去汔酒，并不做座上之客。当然在小凤的心里也有些不快乐的。从此两人中间已投上了一个黑影。

有一天下午，景宋在部里办公的时候，忽然觉得有些头痛不适，左右没甚要事，所以立刻坐了车子回家。当他走到外房的时候，听得房中有笑语之声。他心里不觉大为诧异，一掀门帘走了进去，却瞧见小凤正和她的表弟冯小宝并坐在左首的一张大沙发上笑谈，露出十分亲热的样子。二人一见景宋，好像是出于不防的，脸上各个变色，一齐立起身来。冯小宝带着一脸尴尬的神气，向景宋点了一点头，含糊叫了一声陆爷，就退出去了。

景宋板起脸，走进自己的房里去，将头上的呢帽脱下来，重重地向旁边桌子上一丢。小凤跟了进来，说道："你怎么此时回来了？"

景宋向沙发里一坐，恨恨地说道："我是有些头痛才回来的。你在家里倒十分快乐，有人陪伴你，可以不嫌寂寞了。"

小凤走到他的沙发边，把一手搭在景宋的肩上，柔声说道："你怎么这样说？岂不笑话。既然你有些头痛，就到床上去睡一会儿吧。"

景宋忍不住又道："冯小宝来此做什么？这个人我是叫你不要去和他亲近的，你怎么不听我的话，使我懊恼？今天若不是我早回来，我还不知道他在这里呢。"

小凤道："你不要多疑，他是难得来的。今天他奉了我母亲的命，到我家里来邀我大后天回去吃过节饭的。你不信，到那天我可以和你同去。"

景宋道："以后你母亲有事尽可自己来和你说，不必叫他转达。这个人我很不欢喜他，我再要警告你，以后千万再不要和他亲近，这是我万万不能宽容的。"

小凤听景宋这样说，她忍着一肚皮的气，对景宋说道："你这个人真会多疑，须知他是我的表弟，总是自家人，难道他不好走上我门来的吗？"

景宋道："无论如何我决不愿意姓冯的走上我门来。"

小凤冷笑一声道："你的心肠真狭，读书人为什么这样不旷达？我今天看出你来了。"

景宋也冷笑一声道："我也看出你来了。"

　　二人说到这里，也就不再说下去。景宋又因头痛得很，就立起来脱了衣服，上床去睡。小凤问他要不要请个医生来诊治一下，景宋却说让我睡了一刻再说。小凤遂代他盖好被头，静静地坐在一边侍候。可是景宋虽要想睡，而因恰才回家时，撞见了冯小宝和小凤并肩而坐的样子，总是满腹狐疑，心里大大地不舒服。所以虽然头痛得很，却是不能宁神睡着。小凤坐在沙发里，一手支着香颐，默忖景宋的心，自己也觉有些不快乐。

　　隔了一会儿，天已近晚，景宋不但睡不着，而且头痛如裂，微有一些寒热。小凤见景宋有病的样子，连忙差人去请一位姓宋的大夫，前来代景宋诊治。那位姓宋的大夫是一个中医，在北京城里很有名声的，景宋很相信他，凡有疾病，总是请教他的。不一会儿，姓宋的大夫来了，代景宋把过脉，细细诊治，遂说景宋没有什么大病，只是略受感冒，胸中有些烦闷而已，于是开了一张药方，告辞而去。小凤便叫下人去赎了药来，煎给景宋吃。景宋吃了，蒙被而睡。这夜二人也没有多说话，各自安睡。半夜里，景宋微微出了一身汗，次日早上，头痛也好了，不过身子略觉疲惫，向部中告了一天假，在家卧着休息。

　　小凤自然在房中侍奉他，下午有两处打电话来，一处是陈家的姨太太请小凤去打牌，一处是交通部次长的太太请小凤去吃夜饭、看马戏。小凤只得都婉言谢绝。景宋冷眼观察小凤的脸色，很含有不快的情状，在房中东立立西坐坐，似乎十分无聊的样子。知道她意马心猿，关不住一颗心。他自己心里也觉得有些不愉快，就是为了冯小宝的关系，但此事也不便再和小凤去絮聒。

景宋这样地休息了一天，次日又逢星期日，他就带了马小凤到西山去游玩，要想把他们中间的不愉快的情绪消除去。他瞧着马小凤的肚子一天一天地大起来，他心里的怒气也自然减却了。小凤依旧时常要出去打牌和闲逛，景宋常劝她节劳为宜，还是在家中安卧。可是小凤撒娇撒痴的哪里肯听他的说话。

恰巧有一天晚上，小凤在外面打牌尚未回来，忽然电话丁零零响起来，下人来报说叫姨太太听电话。景宋自己便走去接听，只听电话里问道："小凤太太不在家吗？为什么自己不来接电话？"

景宋听得出是冯小宝的声音，不由生起气来，向电话话筒中大声说道："你是姓冯的吗？干吗打电话来？小凤不在家，你有什么事，同我说是一样的。"

接着就听那方面声音很低地答道："没有什么事情，小凤的母亲因为惦念小凤，所以打个电话来问问，对不起。"

景宋方要再说时，对方的电话已挂断了，景宋也怏怏然地回到房里去。等到十一点钟，门外汽车喇叭连响了两声，小凤回来了。当她走进房的时候，见景宋靠在沙发里看书，连忙带笑说道："你还没有睡吗？对不起得很，我本来在陈家吃了晚饭就要回家的，无奈今天我们打的牌输赢很大，陈太太一人独输，输了八百多元，他们便主张再添四圈。我不得已只好听从他们了，却累你一个人守在家里，未免孤寂了些，请你不要恼我。"

这一串银铃似的声音送到景宋耳朵里来，使他有火也发不出了。他等小凤在对面坐下来的时候，冷冷地问一声道："今天有人打电话给你，你可知道吗？"

小凤道："是谁？我在外边怎会知道？"

景宋道："就是冯小宝，你怎的不知道呢？"

小凤听了这话，脸色不由微微一红，连忙说道："我真的不知道。他有什么事打电话给我呢？你没有问他么？"

景宋哼了一声道："问他？他肯说吗？他既知道了我接的电话，却推说你母亲惦念你，叫他打电话来问你，立刻就把电话挂断了。你试想你母亲若是真的惦念你时，她不可自己跑来看你吗？为什么偏要他代打电话呢？"

小凤将头一扭道："你毕竟不是人家肚肠里的蛔虫，怎会猜得出他人的心呢？我母亲确是这样的，她自己懒得做什么事，专差别人的，偏偏逢到你这个多疑的人，事情便坏了。我劝你不要这样多疑吧。我跟了你以来，已有一年多了，你看我这个究竟规矩不规矩？我一片真心对待你，所以戏也不唱，我嫁给你，总算对得起你了。况且现在有了身孕，儿子也快要代你产下了，你倒处处疑心我起来吗？冯小宝虽是我的表弟，和我毫无关系，劝你不要猜疑而自寻烦恼吧。"

景宋听她这样说，倒也不好故意去和小凤为难了，也就只好忍耐在心里，慢慢地侦察他们究竟有意思没有意思。又隔了一个多月，天气渐渐热了，景宋见小凤穿了单薄的衣服，已是凸得高高的，便劝她在家多多休息，少出去为宜。但是小凤怎肯听他的话，依旧要出去，好似家中椅子上都有针刺一般，使她坐不住。因此景宋和她不觉时时小有龃龉，也没法儿阻止她。

有一天，景宋在部里没有什么事情，便有意早些回家，要刺探小凤的动静。他就坐了汽车，突然提早回家。正是三点钟时，

77

昼长人倦，景宋以为小凤在家没事做，也许在房中昼眠。但是他一到房里，却见空空地没有小凤的影儿，他忙问侍婢，姨太太到哪里去了。侍婢答道："一点多钟的时候有人打电话来，姨太太自己去接的。后来姨太太便换了衣服出去，说是到陈家去打牌的。"

景宋点点头，暗想小凤果然不肯守在家里，这个样子自己总是不赞成。他也就坐到画室里去，画几把扇面。刚才画得一把，书童来报陈家有电话，请姨太太打牌，因为姨太太不在家，怎样回复他呢？请老爷的示。景宋听了，不由又大大地疑惑起来，小凤出去的时候不是说接了陈家的电话而到那边去打牌的吗？怎么陈家又有电话来请打牌呢？这就是一个很大的破绽。于是他自己便去接听电话。听陈家电话里是一个妇人的声音，便问："你是谁？"

那边电话中回答说是陈家的小奶妈，景宋又问我家的姨太太是到你们那里去的，怎么又打电话来。小奶妈答道："没有来，今天我家太太有两个客人来，她们要打牌，所以叫我打电话来请的，难道姨太太不在家吗？"

景宋道："她出去了好久，恐怕先到了别人家去了，大概停会儿自然来的。"奶妈答应一声，大家挂断电话。

景宋回到画室，燃了一支雪茄，坐在沙发中，他就没有心思去画扇面了。暗想今天这事必然有些蹊跷，小凤到了哪里去呢？她出门的时候，不是和下人说过到陈家去打牌的吗？现在陈家打电话来了，可知小凤并没有到陈家去打牌，她说的是谎话。莫非她暗中去和那姓冯的小子幽会吗？

景宋想到这里，心里怦怦然地跳了起来，猛吸了两口雪茄，自言自语道："哎哟，小凤倘然变了心肠，背了我去和那个姓冯的勾搭，做出不名誉的事情来，那么我就不免要戴起绿头巾来了。我将怎么办呢？"

　　景宋这样想着，一颗心更是焦躁起来，把手搔搔头，又拍拍沙发的扶手，他不知小凤到哪里去，但是今天自己非要寻到她的踪迹不可。书童又跑来说，陈家又有电话来了。景宋连忙丢下雪茄，又去接听。只听电话里有很清脆的声音问道："你是陆老爷吗？我们等姨太太来打牌，怎么此刻还没有来？她今天究竟要不要来？陆老爷，你可知道她到哪里去的？能不能转打一个电话，免得我们三缺一，打不成牌。"

　　景宋听得出是陈姨太太的声音，就说道："小凤已出去，她本来说是到府上打牌的，为什么没有到呢？我刚才从部中回来，也不知道她究竟到哪里去了。对不起你们，只好另请他人吧。"

　　于是挂断了电话，又回到画室里。绕着圈儿走，暗想今天小凤一定不会再到陈家去打牌了，所以说打牌，乃是一个饰辞，她一定是很暧昧地有不可告人之处。凑巧我早回家来，而陈家又打了电话，这破绽便露出来了。现在我最要紧知道她在什么地方，若被我碰见时，我一定不肯轻饶。唉，小凤毕竟是个坤伶出身的女子，她不知道贞操为何物，偏偏去爱上了那个姓冯的小子，把一顶绿头巾套到我头上来，是可忍孰不可忍也，我可以不管这事吗？

　　景宋越想越气，于是他决定要出去寻找小凤。吩咐汽车夫预备把车子驶出，决心要把小凤找回来。

第七章　人情反复似波澜

景宋知道小凤的母亲也是个狡猾的人，他恐怕她要掩护她女儿，所以汽车到了那边门前，他就吩咐汽车夫不要捏喇叭。停了下来，他走下车子，轻敲门环，门里有小婢的声音问道："外面是哪一个？"

景宋并不回答，只是紧叩着门。侍婢只得开门了，景宋很快地走了进去，小婢一见是景宋，连忙立正了说道："原来是陆老爷。"

景宋有意一冒道："姨太太在楼上吗？我来得迟一步。"

小婢摇摇头道："姨太太今天没有来，老爷你弄错了。"

景宋将脸一沉道："胡说，我自己去见她。"遂大步地走进去。侍婢关了门，跟在后面，一齐走到客堂里。

只见小凤的母亲正和一个四十多岁烟容满面的男子坐在那里讲什么会钱，小凤的母亲刚才向男子说了一声："那三百块钱的散会钱总是在你肩上，要代我讨回来的。"一眼瞧见了景宋，连忙站起身来欢迎道："陆老爷，今天怎么有空到此？"

景宋问道："小凤在房里吗？"

80

他不等小凤的母亲回答，很快地一掀门帘，走进以前小凤住的房间里去。那房间自从小凤嫁了景宋以后，小凤的母亲仍旧留着，没有给他人住，预备小凤回来时打坐打坐的。景宋走进房中，静悄悄的不见一个人，走到屏风背后，也不见什么。小凤的母亲送茶进来，正在敷衍他。景宋却东张西望，好似寻找一样东西，立刻走出房间，又闯到小凤母亲的房里去，前前后后，四面看到，却仍扑了一个空，又回到小凤卧室里来，板了面孔，向小凤的母亲问道："小凤到哪里去了？快快告诉我听。"

小凤的母亲听了景宋的话，一时摸不着头脑，不明白是什么缘故，便一边请景宋坐，一边答道："陆老爷，今天小凤没有来家。陆老爷要找她吗？大概她到别地方去了。"

景宋把自己眼镜推了一推，便说道："你们总知道她在哪里的，还有那个姓冯的小子和她在一起，你们不要瞒我。"

小凤的母亲方知道景宋有了误会，连忙申辩道："我们实在一些儿也没有知道。小凤好多时候没回家来，我也好多时候没上尊府来请安。今天小凤到哪里去呢？究竟是怎么一回事，老爷你可以告诉我听吗？"

景宋便向旁边椅子里一坐，将自己所以要寻找小凤的缘由告诉出来。小凤的母亲便在旁带笑劝道："陆老爷你不要疑心，小凤这孩子只是喜欢闲逛，她是没有别的心肠的。冯小宝和她一向规规矩矩，没有什么关系。他是个穷小子，小凤早就看不起他的。陆老爷，请你不要疑心。小凤既然没有到陈家去打牌，准是往别地方去的，也许你老爷回去时，小凤已回家了。陆老爷，你放心吧。"

景宋见小凤果然不在这里，又听小凤的母亲这样温言解劝，他自然再不能说什么别的话，于是就立起身来，对小凤的母亲说道："我再到别的地方去找她，你以后叫冯小宝别到我门上来，也不要托他打什么电话。否则莫怪我。"鼻子里又哼了两声。小凤的母亲不敢说什么，眼睁睁地瞧着景宋走出去了。她又送到门外，见景宋头也不回，坐到汽车里去，汽车便向东面驶去。

　　景宋现在再到什么地方去呢？这也是他坐在汽车里自己要问自己的一个问题了。他吩咐汽车夫不必回家，挨着路途远近的次序，到小凤常去的人家，差汽车夫逐一去探问，都回说没有来。在将近五点钟的时候，他找不到小凤，只得回家去，见小凤没有回来，他心里气极了，开亮了电灯，坐在房里，只是长吁短叹，想想小凤这个人年纪太轻，性子太活，究竟靠不住的。想到她在台上演《纺棉花》的时候那一种妖媚的情态，更是使人不寒而栗。他一个人守在家里，实在没有办法，小凤只是不回来，他也没地方去找她，只得以酒浇愁。谁知酒入愁肠，愁上加愁，心里说不出的愤懑。

　　直喝到九点钟的时候，小凤方才回来，她见景宋坐在房里饮酒，脸上露出一团怒容，不由一怔，连忙说道："你一个在房里独酌吗？今天对不起得很，多打了四圈牌，只得吃了晚饭回来了。"

　　景宋放下酒杯，对她面上相了一相，鼻子里哼了一声，然后昂起头说道："你出去打牌的吗？"

　　小凤一听景宋这样说，便知道这话不对了，便说道："我不出去打牌，却做什么呢？"

小凤这句话已明明显出她的虚怯之情了。景宋把手向她一指道："打不打牌要问你自己的。你在陈太太家里打牌吗？这谎话说给谁听？"

小凤明知自己的破绽业已暴露，不得不强自镇定。她也知道景宋为人平日很是和蔼的，但今晚做出这个样子来，明明要兴问罪之师，并且吃了酒，可以壮胆，自己格外难以对付了。马上用出表演《纺棉花》的手段来，要想把景宋麻醉一下，可是景宋正在盛怒之下，也就无济于事了。

景宋便问她道："你到底到什么地方去了？我哪一处不去寻找，都不见你的影踪。哼，你到的地方一定是不可以告人的。你自己想想，可对得起我吗？"

小凤听景宋这样说，自己很难说道，只好含糊说道："你不要胡说，我自然有地方去的。我到的地方很多，你一时怎能够遍找呢？找不到我后，免不得要恼怒我，就胡言乱语地来编派人家，这是万万不可以的啊。须知我今天是预备到陈家去打牌的，但是出去的时候，因为时光尚早，没有坐街车，先到一家食品公司去买些糖果点心，预备送给陈家小孩子吃的。谁知在公司里遇见了金太太，好久没和她见面了，她硬要拖我到她家去盘桓，我只得跟她一同坐了她的汽车同去，后来便在她家里打牌，天晚时她又喊了许多菜，再三留我吃夜饭，所以回来得稍迟，谁知你正在四下里寻找我呢？真是不巧的，金太太家里没装电话，否则我早已打了一个电话回来，便没有这回事了。"

景宋冷笑一声道："你说话真的假的？我不是三岁小孩子，你休要来哄骗我。莫不是你同那姓冯的小子出去干什么坏事？这件事我决不肯饶恕的。"

小凤此时也有些恼羞成怒，便退下数步，向床上一坐，说道："你不要冤枉人家。既然你不相信我的话，你也不必再来问我，任你怎样去说便了。好在我并没有在外面干什么坏事，真金不怕火来烧，你不要听信了人家的谗言，来疑心我，向我寻事。想我当初在光明唱戏的时候，身子倒比较今日自由得多呢。你既然要多疑的，当初何必苦苦地来向我追求？到如今我嫁了你，腹中有了身孕，你倒反而疑心我起来。我以为你是一个温和风雅斯文中人，所以嫁了你。早知今日，何必当初？"小凤说到这里，身子一横，两手掩着面，在枕边啜泣起来了。

景宋见小凤哭了，他也叹了一口气，不再喝酒，坐到沙发里去，只是摸着自己的下颌，仰着头，不言不语。暗想自己真不会审官司的，何必先要向她发怒？且把自己要找她的话说了出来，反使她有了准备。倘然我不动声色，先问她在什么地方打牌，胜败如何，也许她不疑心我看出她的破绽，一定要说在陈家打牌，我就可以抓住她的错头了。景宋这样想，更觉有些懊恨。两人在房间里一个静默，一个饮泣，僵持了一个钟头。景宋又燃了一支雪茄吸着，他一眼瞧见侍婢在房门外窥探，他就喝道："你看什么？桌上的残肴还不与我撤去吗？"侍婢答应一声，走进房来，把残肴剩羹、酒壶酒杯一起收拾了去，又冲上两杯咖啡茶来。

景宋坐了一会儿，忍不住又开口说道："我明天去问金太太，倘然你在她家里的话，这事就算过去，否则我这个疑团是决不会解释的。"

小凤咬着牙齿道："很好，你明天去问吧。我现在知道你这个人也不是真能体谅妻子的。"

景宋道："你真能体谅丈夫的吗？"

二人夹七夹八地又对了几句话，方才勉强脱衣安睡。这一夜当时是同床异梦，窸窣有摽。

次日景宋起身后，要紧到部里去，也没有到金家去查问打牌的事。小凤见景宋不提这事，她也不说起了。到了下午，景宋公毕回家，虽然他心里很想把汽车开到金太太家里去，一叩真相，可是他知道金太太是在小凤的许多熟人中间最会客气的人，自己也仅和她见过一次面，怎样去向她谈这事情呢？况且在这时候去，已嫌迟了一些，也许小凤早已去通知了，我也不过白跑一趟而已。总而言之，昨天小凤出去得很是稀奇，陈家金家的话都是骗人的，其实她一家也没有去，正是同那个姓冯的小子不知在哪里玩，混着半天，她以为我不知情的，方便知我偏要查起她的踪迹来呢。唉，无论如何，我这顶绿头巾是戴定的了。

他越想越气，心里一百二十个不愿意。回到家里，见了小凤也不交谈，小凤对于景宋也很淡漠，从此二人的感情一天天衰退下来，好比由夏而秋的寒暑表，只有落，不会升，愈弄愈坏了。景宋又和小凤讲定，以后小凤出去时，不论到什么地方，一定要由景宋通过，万一有要紧的事情，也要先向家人说明白她的去处，决不可过后补告的。小凤虽然勉强答应，可是在她的心里，也是一百二十个不愿意。于是他们俩中间的黑影益发大了，渐渐地要走到破裂的途径上去。

天下的事情真是变幻莫测了，又过了一个多月，恰巧北方微微起了政潮，直皖两系摩擦甚烈，差不多要开起火来。景宋是属于皖系的，当时又随了某要人组织一个使节团，出关向张大帅游说，希望着他可以相助一臂之力，那么就不怕直系猖狂了。那位张大帅雄踞那边，秣马厉兵，久有逐鹿中原之意。他对于直皖两方面虽然都有妒忌，而对于直系更是嫉妒，他虽然愿作壁上观，效法卞庄子一举而获两虎的故事，希望两边打得筋疲力尽，好让他来坐收渔人之利。然而他顾虑直系的兵力远胜于皖系，倘然自己不去帮助皖系，那么皖系必败无疑，所以他面子上总算答应了某要人的请求，而订下合纵之约，暗地里去盼望他们两败俱伤。这一个使节团可谓不辱使命，坐着专车，很顺利回转北京。

但是等到景宋回到家里时，却不见了小凤。当景宋出去的时候，曾和小凤约定，不让小凤外出，每日要做日记，等景宋回来时给他看。倘然小凤能听他的话，他在那边一定代她买一件猞猁皮的皮筒子送给她。所以景宋已买下，此时不见了小凤，心中不由一怔，忙问侍婢姨太太在哪里，侍婢答道："昨天早上出去的。"

景宋将脚一跺道："出去吗？到什么地方去了？"

侍婢道："她说到母家去的。"

景宋道："昨晚没有回来吗？"

侍婢答道："正是，我们守了一黄昏，不见姨太太回来，直到今朝，我们仍不见她回转，正在商量要不要到马家去找她呢。"

景宋又把脚跺了两下道："该死该死，你们怎么放她出去的？"

一个老妈子抢上来说道："老爷不在这里，谁能管得住姨太太？我们都是下人，怎好做主？自然只好让她出去了。"

景宋将桌子一拍道："放你的屁！滚蛋！"

老妈子讨了没趣，悄悄地退了下去。景宋听说小凤昨晚没有归家，心中的疑问又涌了上来。他就开始检点自己房中的物件，开了铁箱，一看小凤所有的珍珠首饰等物都已不翼而飞，连自己存着的一千元新钞票和五百银洋以及百十枚美金镑也一概没有了，幸亏自己所有银行存折都经他预先另外藏起，未遭涉及。再开箱子看时，箱中贵重的衣服也少了一半，这个时候，他方才知道小凤私奔了。自悔在事前没有早些预防，以致被小凤乘机干出这事来了。现在自己将怎么办呢？料小凤一定是跟着冯小宝去的，我必须找到了小宝，便可查出小凤的行踪，当然只有先到小凤的母亲那边去查问一下了。

景宋这样一想，立刻就坐着汽车开到小凤的母亲那边去找寻小凤。谁知汽车驶到马家大门前时，只见大门紧闭，没有人影。景宋走下汽车，和汽车夫向门上继续不断地猛敲，哪里听得到一些儿声息？好像没有人居住在内的样子。左右邻舍却都闻声出来探望，早有一个四十多岁的中年妇人走上前来，对景宋说道："你们二位到马家来的吗？"

汽车夫点点头道："正是，你可知道里面有人没有人？"

妇人答道："马家在昨天已迁去了。"

景宋不由一惊，连忙问道："他家为什么要迁移？你可知道马家迁在哪里？我有要紧的事情，要见马家人呢。"

妇人摇摇头道："这个却不知道，我们只知他们是搬去了。"说着话，回身走了进去。

景宋没奈何，只得仍坐着汽车回去，恰巧部长打电话来正要召集部中高级人员开会，商议要事，景宋也只得暂时丢下了私事，而到部中去开秘密会议。等到这天回家时，已是晚上十二点钟了，精神疲乏，不得不就寝。他的一颗心既要对外，又要对内，自然忐忑不安。他料定小凤准是被冯小宝诱惑了，和自己的感情渐渐淡薄，以致乘这机会，席卷所有而去了。小凤的母亲当然也知道这事的，恐怕等我回来后势必要连累及她的，所以举家他徙，使我找不到他们，无如之何。然而像小凤这样薄情无义，甘心卷逃，我怎肯轻易饶恕他们？一定要把一双奸夫淫妇捉到了手，重重地惩戒一下，方才可以稍出我胸中之气。又想像马小凤这样聪明美丽的人，却不知爱惜名誉，努力向上，做一个贤妻良母，却反去和那种狂且之流干没廉耻的事情，自己走上黑暗的路，踏入毁灭的门，自甘堕落，一致如此，真所谓自作孽不可活了。

景宋心里这样想着，一会儿怒，一会儿恨，通宵没有一刻的安眠，真使他灰心极了。往日的美梦一朝打破，更是使他忍受不住万种凄凉。次日他就一早坐着汽车，开到常觉白那边去，把这事告诉出来。常觉白听了，也是出于不意，很代景宋扼腕。二人商议一番，因为景宋名誉的关系，暂且守着缄默，暗里去寻找小凤，寻到后再作道理。常觉白且答应景宋到唱戏的朋友中间去暗暗访问小凤的母亲搬到哪里去了，只要先找到了小凤的母亲，也不难使这事水落石出的，若然登报缉拿，那未免惊动得太大了。他劝景宋暂且忍耐一下，景宋也只得听从常觉白的话，一方面正要顾及大事，所以匆匆到部里去了。

但是从这天起，政海怒潮汹涌而起，直皖两系行将火拼，在北京市上已闹得满城风雨了。景宋对于自己的地位已觉得有些惴惴难保，因此他对于找寻小凤的事，也就不能全神贯注地去办，只托了常觉白去探听消息。岂知常觉白在这个时候正和景宋一样，大家为了政潮的掀动，而为着自己的地位发生顾虑，也没有心思去代人家找求出亡的人了。平常时候，光阴似乎很优游的，一切的情绪都是十分舒松，但是这几天的光阴却是差不多一分一秒都在紧张中挤过去，各种报纸上把各地的要电用大字披露出来，北京城里街道间一般人民都在窃窃私语，谣诼纷起。因为蓬莱将军已督率精锐部队，由京汉铁路向京中陆续开来，直系的大军已云集在保定一带，其势难免一战。当然皖系的军队已早在平津一带据着要隘，掘壕布防，战事一触即发。北京市上满街都见兵士们穿梭来往不绝，又听得关外的奉军先头部队也已开过了滦河，虽然他们是派兵来了，不知道能不能出力相助。

　　景宋在这几天内更觉得心绪不宁，便是段凌云、吴云章这辈人也是眉峰紧蹙，嚷着不得了不得了，大家见面时，总问前线有没有开火，最后的冲突可能幸免。因为大家知道蓬莱将军夙谙韬略，善于行军，每战必胜的，恐怕自己这方面的军队很少有得胜的希望。大家不免自馁起来，这可见得蓬莱将军的先声夺人了。

　　又隔了两天，果然两边已开了火，前线非常吃紧，北京城里已下了戒严令。景宋等虽然照常到部里去办公，便也没有什么公事可办，大家都注意在战事上，所谓成败利钝在此一举，可是前线的消息一天坏一天，自己一方面的军队被人家两面包抄，吃了

89

一个大败仗。有一个姓曲的师长已被虏，天津方面消息混沌，电讯中断，不知道奉军可能相助抵挡，北京自然已是觉得岌岌可危。

景宋此时情绪颓丧，好如蚂蚁在热锅上，万分的难受。看看自己的前程，也已一团漆黑，将要奏着丧礼曲了，再也没有心思去顾到小凤的事。又过了数天，这方面的军队已是一败涂地，直军过了廊坊，直逼京师，再也不能支持了。于是执政者宣告下野，军队竖起白旗来，要求停战。而蓬莱将军的部队迅速地开入了北京城，内阁改组，部员解散，景宋自然跟着上面的人一齐解职。在此兵荒马乱之中，幸得保全性命，未尝不是便宜的事呢。扰攘了一个多月，这一场的政海风潮，阋墙之祸渐告平息。

景宋既然解了职，政治舞台上自然另有一辈人去扮演，再也轮不到他了。况且他同时又遭着小凤私奔的打击，便格外觉得灰心起来。他找寻了小凤好多时候，依旧是石投大海，杳无消息。他也不再去找寻，只当小凤这个人已不在世间了。不过所悬的，尚有她腹中的一块肉，将来不知是男是女，不免要跟着这个不名誉的母亲，流浪在天之涯海之角了。他闲着没事做，更是无聊，诗也没有心思吟咏，画也没兴致涂抹，只有和吴云章、常觉白等喝喝酒，弈弈棋，消磨时间而已。

这样又过了一两个月，他和吴云章本是江南人，便觉得再逗留在北京更没有意思了，不免动起思乡之情。吴云章又对景宋咏着"冠盖满京华，斯人独憔悴"的诗句来，要劝他一同回乡。景宋也是这样想，所以他们将京中未了的事情赶紧交代清楚，摒挡行箧，作返里之举。景宋又把自己住的这座屋子出售，将金钱预先一次一次地汇回家中去。到了动身的日子，许多京中的朋友都来送行，景宋在北方相处已久，一旦离别，也觉有些恋恋之情。但是在他的环境，也不得不早赋归去来辞了。等到他回转了江南，顿时又换了一种生活。

第八章　中年难慰悼亡心

世间的事有盛必有衰，有昔者必有今日。其间盈虚消长之道，虽然有些不可测知，然而也自然有它一定的公式。芸芸众生，或富贵荣华，一生享受，或困苦憔悴，半世蹭蹬，也难逃这个例子的。即如景宋，起初仗着他自己的才华，喜托龙门，宦海腾达，在十丈京尘中博得个名利双修，又娶了色艺双全的坤伶为簉室，大家哪一个不艳羡他在温柔乡中安享艳福？哪里知道曾几何时，风云剧变，一切的一切恍如做了一场春梦。所以他遭逢着仕途情海中的两大挫折之后，他便如倦鸟归林，回到故乡陈墓去，要想息影林下，舒啸东皋，不复作出岫之云了。

他夫人曹氏见丈夫在外面混了好多年，政海之中时常有惊风骇涛，本来也应该急流勇退，明哲保身。现在铩羽归来，总可以识得今是而昨非了。且知道她丈夫新纳的坤伶马小凤业已在政变之前，跟着他人私奔别处去了，景宋仍旧是水月镜花，一无所获，遂尽心尽意地安慰她的丈夫。幸亏景宋在外做了许多年的官，虽然他的志向并不在乎专事聚敛，而因为他所做的都是肥缺，所以他的宦囊尚称不薄。不但优哉游哉，聊以卒岁，而可自营菟裘，我将老焉。夫妇俩在乡间看看乡人种田，樵夫伐薪，或是徜徉水滨，或是盘桓林下，听听树上好鸟的鸣声，赏赏阶前名花的芳馥，倒也一些儿没有心事。只因景宋还有几个朋友如吴云章、龙翥双等都在苏州，常常要招他去饮酒赋诗，遣有涯之生，所以他也常常买棹赴苏，与他的朋友欢会。

有一天，秋高气爽，白云在天，龙翥双雇了一艘画舫，陪着景宋等一辈朋友，又携了金阊之间的两朵名花，一同去游石湖。船中有花有酒，颇不寂寞。到了石湖尚方山下，舟便泊住。他们并不是来烧香的，只在山下田野里散步一番，玩赏大自然的美景。景宋瞧着石湖边上的大好风景，不觉兴致很高，口占两首七绝，要求吴云章等步和。他对龙翥双说道："前读范成大石湖诗，心向往之。今日自己立在石湖的边上，左顾右眺，真觉得青山绿水，妩媚清丽，使人对此足以荡涤心胸。若能在此间购得数弓之地，鸠工庀材，造起一座房子来，给我和拙荆居此，那么也可远避尘嚣，静领天趣，不必定要去西子湖边，匡庐山顶，方称领略山水之乐了。"

龙翥双听了景宋的话，微微一笑道："陆兄果有这个意思吗？这事真巧极了，记得上月舍亲秦焕领了一个乡人到我家里来，要介绍我来买这石湖上的一块种桑的园地，我因为没有用处，也没有答应他，只说有暇时或者到此地来看一看。那乡人也因近来养蚕的事业失败，桑叶卖不起钱，自己又负了一些债，所以急欲售去。现在不知那块桑园地有没有卖给人家。倘然陆兄要买时，我可以领你去一看，倘你买了下来，将来在这里造了房子，度隐士生涯，那么我们这些老朋友在春秋佳日，也可以挐舟访友，诗酒联吟，也使这石湖不致终古落寞了。"

吴云章在旁也带笑说道："不错，前人有'石湖风月属词人'的诗，景宋兄是今之词人，应当住到这地方的啊。"

景宋点点头道："很好，那么有烦龙兄导我前去看一下吧。"

龙翥双把手向东边树林里一指，说道："绕过了这一座树林，就是大石村。那乡人姓洪名阿大，是住在大石村里的，我们到那边一问便知。"

于是他们几个人就向东边走去，绕过了林子，那边有一条小溪，走过了木桥，便是大石村，也不过十数家人家而已。所以龙翥双走到那里，向一个乡人问起洪阿大在哪里，那乡人见他们是城里来的，又像是富贵人家的人，对他们更是敬重，便说："请你们在此少待一下，洪阿大在小茶馆里掷骰子，我去唤他前来便了。"

龙翥双点点头，那乡人回身跑去，一会儿已领了一个身材矮短、其貌不扬的乡人前来，那就是洪阿大了。洪阿大认得龙翥双的，连忙上前带笑招呼道："龙老爷，可是来这里看地皮的吗？我已盼望多时了，秦老爷可同来？"

龙翥双摇摇头道："没有，我并不要买你的地皮。今天我们来游石湖，无意中说给我的朋友陆老爷听了，他倒有几分意思的，所以我陪他来一看，烦你快快领我们去看吧。"说着把手向景宋一指，又说道："这位就是陆老爷。"

洪阿大向景宋点点头，带着笑脸叫了一声陆老爷，马上领着众人去看那块桑园地。众人跟着他走，从田岸上转到北面一条河浜边去，那边靠近水滨，果有一块荒废的桑园地。外面虽有矮墙围着，但已坍塌了一半，草长没胫，荒秽满目。价钱也不高，走进去了，立在墙边石头上观看地势。洪阿大把手指着四周的分界，告诉龙骞双和景宋听。他说这块园地有一亩七分多，若把来造一座小洋房，那么还有余地可做园林呢。或者改种田也是很好的。

景宋细察这地势，还不甚低，面临石湖，湖上风景都在眼底。他不觉很爱这块地皮，大有欲得之意，遂向洪阿大问明了售价，且对他说一星期内当和那位秦焕先生接洽后，再唤你到城里来做交易。洪阿大欢欢喜喜地答应着，景宋于是便和众人缓缓地踱回船上去了。洪阿大送出村外，看他们走远，方才回到他的小茶馆里去赌钱。景宋等回到船上，又欢饮起来。到天晚时，方才驶回金阊，已是黄昏时候了。景宋下榻在龙骞双家里，从阊门城外到桃花坞是很近的，所以他连轿子也不坐，走回桃花坞去。

次日，景宋和龙骞双谈起昨天所看的地皮，景宋很有意思要出囊中之资，买下那块地皮来，建筑一座小小的别墅，以便夫妇俩住在石湖边上，做隐居的人，不事王侯，高尚其志，管领湖山风月，优游一生，岂不是好？

龙骞双也很赞成景宋的意思，怂恿他买那块地皮，且说道："我现在做了律师，案牍劳形，无福享受清闲。待到我六十岁的时候，了却向平之愿，必定也要摆脱这个业务，可以与君偕隐了。"

景宋点点头道："很好，到那时候你不要失约才好。"

于是便去请了秦焕来，向他细问洪阿大的这块地皮的来历，将来买下后可要有别的纠葛发生。秦焕说这是洪阿大一个人有的桑园地，洪阿大并没有弟兄姐妹，只要他自己情愿卖去，将来决不至于有什么别的问题的，他可以做保证。景宋听秦焕这样说，便觉十分放心，就对秦焕说道："请你设法送信去唤那个洪阿大，带了地契粮串到城里来做交易吧。我决定买那块地皮了。他说的价钱我可以答应他，决不计较。大概稳稳可以成功了。"

秦焕大喜道："像陆先生这样的慷慨，这件交易马上可以做成功的。"于是秦焕别去。

隔了两天，洪阿大进城来了，秦焕做中人，大家便到一家酒楼里去做交易。洪阿大也是很爽气的，他委托秦焕代他写了出卖园地的契约，很快地做成了交易，景宋得了契据，便将银洋如数付给洪阿大，大家欢欢喜喜地吃了一桌酒菜，方才分别。

秦焕做了中保，当然也有好处到手，但是洪阿大把钱带回家去，一半还了债，一半却去办理在小茶馆里，仍旧是两手空空，一无所有。然而他那块卖去的园地，不多几时早由景宋派了许多江北工人前来，先将桑树完全斩去，拔除芜草，扫剔粪秽，填平低洼，变成了一块清清洁洁齐齐整整的土地。后来又有建筑师来察看地势，制造图样，又有许多工匠运着建筑材料前来，造起新式的屋子。于是数个月后，在石湖边上绿树丛中，竟涌现出一座新式的小洋房来了。

当建屋的时候，景宋已将此事告诉他的夫人，说自己等到石湖新屋落成以后，便要举家迁移到湖上去住，为风月之人了。曹氏本是一向以顺为正的，景宋说要住到那边去，她自然没有不赞成的道理。中间景宋又屡次到苏州，为了造屋的事情而忙，等到新屋落成，他果然选了一个吉日，夫妇俩运着许多东西，乔迁到石湖的边上去了。好在他家中人数简单，婢仆多于主人，优游林下，生活舒适，另添了许多新式的器具，把这座小小别墅收敛得清洁朴茂。景宋晨看青山，晚赏明月，波光帆影，鸟语花香，很恬静地在这里过日子，颐养天年，城市里也懒得去了。倒是有几个老友如龙翥双、吴云章之流，时常要买舟过访，盘桓二三日始去。

四周的乡人当然起初时候很觉惊异的，纷纷猜测，后来因为景宋夫妇待人接物非常谦和，又肯常常拿出钱来帮助一班穷苦的农民，为着人家的事情都肯热心帮忙。景宋身上衣服又穿得十分朴素，有时闲步垄上，和乡村野老杂话桑麻，好像自己人一般。因此乡人对于他们都有好感，称呼他们是陆善人陆神仙，这样景宋可谓优哉游哉，得其所哉了。

谁知世间的事总是缺陷多而美满少，景宋在石湖边上住了一年多光阴，忽然他的夫人曹氏患起痢疾来，这痢疾是真性的赤痢，他们住在乡间，一时没有好医生看，只到蠡市镇上去请了一位姓范的中医来代她诊治，吃了一剂药，不但毫不见效，病势反而剧变，一夜之间，泻了五十多次，到明天上午，曹氏已睡在床上，气息奄奄了。景宋真是发急，连夜吩咐下人雇了乡人的船，到苏州城里去，不惜出了重金，聘请博习医院的内科主任李医生到石湖来治病。李医生因为病情紧急，马上带了针药，坐着汽油船赶到大石村来，然而等到李医生来的时候，曹氏已在易箦的一刻了，连忙注射了两管强心针，又注射了特殊的痢疾药，可是时间上已是不及，李医生也无术可以回天，却送了曹氏看终，懊丧而回。

景宋和曹氏虽然伉俪间的情愫不十分浓厚的，可是一念到曹氏平日怎样地善守妇道，体贴丈夫，以及她的节俭美德，一旦永别，能不伤心？也痛哭了一场。连忙差人去请了亲戚朋友前来，帮助他料理丧事。曹氏的母家现在只有一位老兄，名唤彭年，还有一位侄子，年纪尚小，名唤天羽，都在乡间。此番得着了噩耗，曹彭年携着他的儿子天羽一同前来吊孝。因为景宋住在石湖边上，离开城市，所以诸事不十分方便，都是比较迟慢一些。等到大殓以后，灵柩暂放别墅里，诸亲戚渐渐散去，曹彭年父子在景宋家里差不多住过了告回的日期，到底也和景宋告别，回转故乡去了。

景宋自遭鼓盆之戚，觉得十分凄凉，枕上泪痕，梦中月色，充满着悼亡的情绪，遂吟了不少悼亡诗，追忆到他夫人的种种的好处，倍觉孤雁离群，极人间萧索之致。等到终七以后，他又把曹氏的灵柩运回陈墓去，卜葬在祖茔上，代她立了一块墓碑，拜托吴云章作了一篇墓志铭，费了不少精力，方把新墓造成。他偶然想起唐元稹的悼亡诗中有"今日俸钱过十万，与君营奠复营斋"两句诗，好像为着自己写照。此后他重返吴门，独居别墅，一意致力吟诗作画，以消块垒，所以他的画到这个时候又是一变，比较以前苍凉而老健了。

有时也想起马小凤，北望燕云，不知伊人沦落何处。小凤的私奔一定是受了冯小宝的诱惑而然，总是她的年纪太轻，知识太浅，自己没有定力，所以弄出这种事来，这是大大对不起我的。不知道小凤能不能觉悟？料想她跟了那个冯小宝去，也一定没有什么好结果的。她虽然是个女伶出身的人，可是近年来养尊处优，挥霍已惯，那冯小宝是个轻狂无能之辈，在社会上并没有什么地位，决不能去赚多大的钱。小凤和他同居，一切用费是谁拿出来呢？倘然冯小宝没有能力开支门户，那么势必至于要小凤掏出自己的腰包来了。小凤的私房也是有限的，何能取之不尽，用之不竭？而小凤的母亲一向是贪婪成性，大家称她的别号是朝天穿头绳，只知道有钱进账，便是佳事，自己是一毛不拔的，何能同居下去呢？小凤定要吃冯小宝的亏，到那里悔之莫及了。小凤固不足惜，不过在她肚子里的一块肉，应该已产生于人间，不知是男是女，可怜的也不知要怎样地吃苦了。当时已找不到影踪，现在更是无处访求。这件事真是自悔当初了。假使章湘云在那时不和我绝迹的话，那么自己的情丝一定缱绻在湘云的身上，而不至于无端去爱上一个女伶了。天下的事真是变幻莫测，谁能料想到后来？我只得譬如做了一场梦吧。

所以景宋有时缅怀往事，无限低回。虽欲忘情，而在他的心版上总是留下了痕迹，常常要想起的。有几个朋友见他鳏居无聊，便劝他重续鸳弦，以娱暮年，也有来代他做冰人的，但是景宋却摇摇头说道："老夫耄矣，曾经沧海，不再作求凰之思了。"

吴云章却仍要常常劝他说："你的年纪并不能算老，人家比你年纪大的人，纳妾藏娇的尚多，龙马精神，老当益壮，你既然一向自命风流的，为什么偏甘岑寂呢？难道陆学士心目中尚没有第二阴丽华吗？"

景宋笑笑道："观于海者难为水，恐怕我这一双老眼过于高了一些。'娶妻当如阴丽华'这句话，我虽然还不敢说，只是我必要谨慎一些，应不致重蹈覆辙，再增我的创痕。"

吴云章等一班老友知道他的往事的，很赞成他的说话，便知景宋也并不是绝对愿做鳏鱼，不过佳人难得，高自矜持，所以没有什么表示。倘然他一旦遇到有心目中许可的人，古井便要重波的。

但是景宋虽然说了这话，荏苒数年，却不见他有何事业的演出，别墅中依旧冷冷清清，他一个人很寂寞地过他的隐士生活。一班乡人也知道居士是个清静寡欲，不亲女色的人，其实这都是皮相之谈了。

有一年，景宋和龙矞双到南京镇江一带去游玩。一天，二人在镇江游北固山回来时，在江边忽见路旁有一小堆人围着，不知瞧什么。且闻人丛中有小女子哭泣的声音，他们好奇心生，也驻足而观。挤进人群看时，见有一个六十多岁的老妪，携着一个少女，立在那里哭哭啼啼。那老妪已是龙钟不堪，白发如雪，而少女却只有十岁左右的光景，虽然身上穿着半旧的衣衫，而面目仍是姣好，憔悴风尘，不掩其美。更可奇的，经瞧那少女的面貌，眉目间竟有些像以前他的女弟子章湘云，不由使他顿触旧情，对着这少女呆呆地瞧出了神。

那老妪见人聚得多了，便向众人且哭且说地诉说她的情形。她说道："我本是浙江余姚人氏，十数年前带着我女儿到天津去做卖笑的生涯。那时候我女儿很是红的，有多少达官贵人要娶她回去，可是我的女儿却是糊里糊涂地不肯早早嫁人，以至年纪渐渐大了，门前车马更是冷落起来。我女儿后来又得了羊痫风的疾病，不能应客。病是一天一天地加深，百药罔效，不知用去了多少钱，渐渐地手头十分拮据，典质俱空，不能再留津门了。于是向人家告贷了一些盘缠，南下返乡。谁知到了南京，在旅舍里我女儿忽然又发起羊痫风来，那一次发得十分厉害，救治无效，顽痰上塞，竟没有醒回来，就此她离开我而脱离这个世界了。叫我这个白发老人，在外边孤零零的，怎么办呢？幸亏店主人热心帮忙，代我们捐募了一些钱，草草把我女儿棺殓了，抬到义冢地上去暂时安葬。死者虽已过去，只是生者将如何办呢？"

老妪说着话，又把手向少女一指道："这是我女儿的寄女菊宝。我女儿生前很是欢喜她的，她的父母已是没有了，一向跟着我们过活的。所以我女儿也带着她一同南返。怎知道我女儿死在旅途，抛下了我们两人，更是万分的凄凉。在南京旅店中，那店主人曾有一度劝我把菊宝卖给妓院里，也可以得几百块钱，回乡去享用。但是我因为已眼见我女儿做妓女的下场，十分凄惨，难得有几个能够享福到底的，因此也有些踌躇。而菊宝听说我要把她卖到妓院中去为娼，她就痛哭不已，饮食不进，宁可饿死，一定不肯去干这种生涯。我也不忍强迫她，只得和她一路求乞回乡。当我们离开南京的时候，身边尚有店主人代我们捐募到的数十块钱，我们坐了火车到镇江来，也因在镇江城外我本有一家远亲在那里开设酱园的，此番我想投奔到亲戚家去暂求托足。谁知我们在这里火车站上又被坏人在我身边挖去了我的钱，变得一个钱也没有了。忙去投奔亲戚时，却不料那家亲戚因为儿子生得不肖，近年来营业不振，亏空很大，已在去年将店盘去，全家迁回故乡去了。这样我们投亲又投不到了，离开家乡尚有许多路程，盘缠一文也没有，岂不要做他乡的饿鬼吗？所以希望诸位大善人女菩萨能不能大家施舍一些钱给我们，帮助我们一老一小。并且我年纪老了，总难照顾这小小的女孩子，倘有富贵人家，肯把她好好地收养做女儿，那也是一件阴功积德的事情，我的亡女和这女孩子的父母，也是感激不尽的呢。"

这老妪唠唠叨叨地说了一大堆话，双手掩着面，频挥老泪。那少女也在旁边低着头啜泣。景宋听得清楚，他心里发出了恻隐之念，很可怜这两个穷途无告的老妇弱女，便回头对龙翥双说道："我们听这老妪的说话十分可怜，应当想法帮助她们的。"说着话，又将手向那少女一指道："老友，你瞧这女孩子的不是很有几分像我的女弟子章湘云吗？我倒很喜欢她的。你瞧像不像？"

龙翥双点点头道："果然很像的。你没有听见老妪情愿把那女孩子送给人家收养吗？你倘然真心喜欢她，倒不如收养了她，造就一个人才，也是人年阴功积德的事。这机会我劝你不要失去吧。"

景宋给龙翥双这样一说，心中更是跃跃然不能自已，果然要想实行这事了。他本来感觉到寂寞无聊，收养一个女儿，也可以稍慰桑榆暮景的。何况那女孩子的面貌又像湘云，将来她收在自己的身边，岂不是等于自己天天看见了湘云了吗？这故剑之思，景宋总是时常要萦回在心头的。于是他就分开众人，走到老妪身边，说道："我听你说得可怜，情愿将钱帮助你回乡。又闻你说情愿把这个女孩子送与人家收养，倘然这女孩子自己也情愿，那么我可以领回去，抚养她成人，且要教她受教育，造就她成一个美材。你的意思怎么样呢？"

老妪对景宋上下相视了一下，知道景宋是个有钱人家的宽厚长者，倒是很可以托付的人，她便对说道："先生肯这样地做好事，我们是非常感激的。我女孩子得从先生回去，这也是她的幸运来了。"便回转头去，向女孩子问道："菊宝，你听得这位先生的说话没有？你的寄母已死了，叫我年老的人怎样能够照顾呢？所以你既然不肯鬻身为娼，那么跟着这位先生前去，总是不愁衣食了。"

景宋跟着又说道："你们可以放心，我若把她带回去，想认为我的养女的。不但给她吃，给她穿，而且要给她读书。我决不会像有些人无理虐待的。但也要她自己情愿跟我去，那么我方才肯带她回家。"

那老妪听了景宋的说话，立刻又回过头去，对那少女说道："菊宝，你可听得这位先生的说话吗？你跟了这位先生前去，不但能衣食无忧，而且可以读书，这是你要交好运了。现在你情愿答应吗？好孩子，快快说吧。"

那少女一边听老妪讲话，一边对着景宋细细相视，好似在那里转念头一样，仰起了头，两颗漆黑的眸子真像湘云凝思时的状态。景宋瞧着，心里真是欢喜她。不知那少女究竟可愿意跟从他去？

第九章　绿窗有女读新词

　　此时那老妪又在旁边催着道："菊宝，你千万不要失去这个好机会。我年纪老了，无力抚养，自己已是阎罗王口里的点心了，哪里能够顾得到你的将来？你快快随着这位慈善的先生一块儿去吧。"

　　少女便含着眼泪对老妪说道："我若跟了先生去，抛下寄婆一人又怎么办呢？"

　　老妪听了，挥泪说道："这个你不要管我了，我倘然能够转回家乡，这是最好的事。否则死在外边，总有地方上的善士来收拾我尸的。你寄母不是也死在外边的吗？这也顾不得了。好孩子，你快答应吧。"

　　少女方才点点头道："那么我愿意跟随这位先生去。"

　　景宋听那少女已是答应，心中一喜。又对老妪说道："我们是住在苏州的，恰巧到此地来游览，不能多耽搁。这少女你既然肯让她跟我去，而她自己也是情愿的，那么你究竟要几个钱呢？我是喜欢爽爽快快的，请你说一声吧。"

　　老妪摇摇头说道："这一回是因没有办法，而把菊宝送给你先生收养的，我不是将她鬻卖与你，如何可以要钱？便请你帮助一些盘缠，使我这副老骨头能够死在家乡，便是先生的功德了。"

龙鬟双在旁说道："她既然如此说法，你不妨随意送她几个钱好了。"

景宋一摸身边还带着三百数十元的纸币，他就拿出来，数了三百之数，交与那老妪道："那么我就送你三百块钱吧，这少女给我领回去，好好抚养。我是没有儿女的人，决不会亏待她的，你请放心。"

老妪接过纸币，口里喃喃地说道："谢天谢地谢神明，我们逢到这位大善人，真是不幸中的大幸，也许是我亡女的阴灵在暗中保护我们呢。"又问景宋道："请问你先生的尊姓？"

景宋道："我姓陆，陈墓人。现居苏州。这女孩子可以跟我去吧。"

老妪遂叫少女过来，向景宋磕了一个头，说道："你谢谢这位陆先生吧，你现在可以跟他去了。"

少女立起身来，眼眶里又滴下一串泪珠，握着老妪的手说道："寄婆，我离开了你，你一个人可能够回乡去吗？寄婆，寄婆，你和寄母的恩德，我也没有图报，真不舍得离开你老人家呢。"说罢，竟掩面哭将起来。老妪听了她的话，也抽抽噎噎地哭起来了。景宋和龙鬟双见了，也觉得有些惨然。

还是那老妪恐怕景宋心里要觉得不爽快，便硬着头皮对那少女说道："菊宝，你好好儿去吧，别要来管我。我是天生苦命的人，你小小年纪，也不能照顾我的。只要你有了好去处，我就放心，也对得住你自己的生身之母了。"

于是景宋也不能再顾她们了，就和龙鬻双带着少女回转旅舍去。景宋很喜欢这少女，暂时仍唤她菊宝两字之名，买了许多糖果给她吃，晚餐后灯下无事，向菊宝问她的来历，知道那老妪姓孙，是她的寄外婆。老妪的女儿是她的寄母，死在南京的。这事老妪已告诉过了，她自己的生身之母，也有些模糊了。记得她母亲也是住在天津的，她母亲死的时候，自己方才五岁的光景，所以有许多事情都不知道，只知道她的母亲是抽大烟的，很欢喜她的。等到母亲死了，家中没有什么旁的人，所以自己跟了寄母过日。据寄母对她说，她的母亲是她寄母很相好的小姐妹，所以托孤与她。至于她寄母是有羊痫风的，自己也曾在小学里读过几年书，后来因为寄母没有钱，便中辍的。景宋又问她可知道生身的母亲名唤什么，可有同居的人，她说自己也不能知道了，似乎姓马，或是姓罗，以前常有男人到她家里来玩的，后来渐渐少了，家中的景况似乎有时很有钱的，有时却又没有钱。景宋又问她可知道她父亲是怎么样的人，菊宝又说她从来没有见过父亲的面，寄父倒有几个的，到了孙家去，孙家的寄母是没有丈夫的，但是起初也有几个寄父常常买食物给她吃的。

景宋听了，点点头道："那时候你的年纪实在太小了，在那种环境里，实在是不容易知道的。"

菊宝又道："据我生身母亲告诉我说，我父亲在外边经商，多年不归，也许是和我不睦，所以在外边另有新欢了。这是我记得有一次向我母亲问起父亲，而她这样说的。"

景宋又点点头，因为菊宝对于自己的身世既然不十分清楚，所以也不再向她去追根究底了。叫茶房添了一只临时床给菊宝睡，又叫她去洗浴。次日，景宋带了菊宝到外边去，向百货公司买了两套新装以及绒线的小马甲皮鞋长筒丝袜，一切都代她购好，又领她到理发店里去剪过了头发，回到旅馆里叫她脱下旧式肮脏的衣服，换上了新装，穿上新皮鞋，只见她容光焕发，又和昨日大不同了。景宋、龙翥双见了，不由都啧啧称美。

龙翥双又向景宋拱拱手道："恭喜老友，得着这样一个美丽可爱的女孩子，将来收为养女，一定可以承欢膝下，给予你莫大的安慰的。"

景宋点点头，带笑说道："恐怕这也是佛说有缘吧。菊宝这小孩子端的可爱，虽然她的出身我还不能详细知道，可是她总是从污泥中挺生出来的一朵青莲，将来一定不错的。"

菊宝在旁边听景宋如此说，心中更是感谢，自庆脱却噩运交好运了。景宋又和龙翥双在镇江盘桓一天，然后带了菊宝返苏。他回到石湖别墅里来时，下人们见了这位清清洁洁、美丽可爱的小姑娘，还以为是景宋的远戚，有谁知道是主人在外边收留下来的天涯孤女呢。

景宋既然决定意思要认菊宝为养女，所以择了一个吉日，在家里点起一副绛烛，正式收菊宝为女儿，且教菊宝唤他为父亲，代菊宝另起了一个闺名，唤作文莺。取文如谢家，莺迁乔木之意。并请了一位女教员来教授英文、算学以及常识各科，至于国文由他自己指教。好在自己在乡间闲着没事做，每天教读一二小时，反可遣去自己的寂寞。恰喜文莺天资甚是颖慧，虽然小小年龄，常能举一反三，都会领悟。所以那位女教员也常常在景宋面前称赞她。景宋当然自己也独特。在文莺读千家诗朗朗上口之时，他在旁边正襟危坐，如听树上黄莺绵蛮百啭的清声，足使他心悦神怡，因此他益发钟爱她了。朋友中知道景宋新收养了一个螟蛉女，美丽聪明得像小天使一样，凡是见了她的无不向景宋忭贺。文莺除了读书而外，更喜唱歌，时常开着收音机聆听各种歌曲，引吭学歌，珠喉呖呖，声音曼妙，学一样像一样，那女教员称赞她有歌唱的天才的，送了不少唱歌书给她。景宋除了爱听她的书声，更喜静听她歌声。只要文莺唱一二声，他的脸上便辗然以喜了。文莺也依依膝下，一言一动，天真烂漫，无不博得景宋的欢心。虽然是养女，而无异于自己的女儿。他庆幸有了这一位养女，即便将来自己再没有机会重续鸾弦，而也可以安慰他的桑榆暮景了。

果然，他心目里所要的机会终于是不可得到，而年华易逝，日月不居，自己已由庾信中年而近不惑之数，而文莺也已长大得很快，转瞬已至古人所谓及笄之年。明艳动人，灼灼如映日芙蕖，比较当年的章湘云真有虎贲中郎的相似。景宋也就把她当作章湘云看待了。文莺要入女学校去读书，所以家里请的女教员也早辞去了，这时文莺胸中学问很厚，中西都精，那女教员自知青出于蓝，她也不能再教下去了。文莺便由景宋伴送到城里去考入了正风女学。那女学校是新设的，校规很严，课程完善，取录的学生都是优秀分子。校内特别注重国文英文算学三项，更有琴科，聘请留美回来的女教员担任教授。文莺进了正风女学，专心求学，她是住在校中的，每隔两星期必要回家去拜望老父，承欢膝下。在家里盘桓一天，然后赴校。

景宋此时也只有一心萦系在女儿的身上了，每次文莺回来时，别墅中便觉平添喜气与欢情，自己顿时高兴起来。而下人们见主人这般宠爱小姐，自然对小姐更是看重，件件事情也要讨文莺的欢喜。这时景宋又用了一个书童，就是洪阿大的儿子，本名小和尚，只因洪阿大嗜赌不辍，年来输得家中赤贫，妻子也跟着人家逃走了。洪阿大有一次摇舟出去，遭逢风浪，溺死在石湖里，身后萧条，只剩小和尚一人，无能过活。便有乡人来向景宋说项，要求他收小和尚做下人。景宋看在以前买地皮的关系，一半也是做好事，遂答应将小和尚留在别墅中，权充书童。可是小和尚生性太戆，常常引人发笑，而性子倒很忠厚。景宋时时原谅他的。大家叫他戆童，久而久之，他自己也承认了戆。景宋也唤他戆童而不名了。有一个聪明的小姐，却又有个愚戆的书童，别墅里便不感寂寞了。

此次文莺因为校中小考，又有别的聚会，已有四个星期没有回家了。所以她预告寄一封信给她的父亲，告诉说自己在这个星期要放春假，可以回家来侍奉数日，请父亲最好有便船来接，否则可坐轮船到蠡市，再步行回家。景宋十分思念女儿，果然托了便船，接她回到石湖边上来欢聚。又把他要代文莺画的《花间玉立图》要在这个时期中完成工作，自然全副的精神倾注在这个上。而在他挥毫的时候，瞧着文莺的眼波眉黛，真和当年的章湘云相像，想不到自己偶然在江边发了慈善心领回来收养的女孩子，竟被自己抚养陶冶得如此文雅秀丽，和罗浮仙子一般，真合了自己理想中的人，遂不由想入非非。

然而天真的文莺怎知道他老人家的心理呢？立在花间，娇声唤道："父亲，你画啊！为什么停着笔，转什么念头？可是我立的姿势还不好吗?"

景宋被文莺娇声一唤,耳朵里听了如乳莺出谷的清声,立刻如梦初醒,笑了一笑道:"不,你立得很好。我画了,我画了。"

他就提起笔来,赓续描绘。半天工夫过去,他的工作已告成了三分之二,吃过午饭,下午便和文莺走出别墅去,在野田边散步一会儿。乡人们见了他们父女俩,莫不敬爱,都上前来叫应。景宋和文莺对他们也很客气。文莺走到了水边,和景宋坐在柳树下的青石上,望着波光激滟的石湖,胸襟便觉廓然澄清。文莺想要钓鱼,却没有钓竿,好在湖滨距离自己的别墅很近,所以她让景宋坐着,自己便跑回去取钓竿。景宋独在湖滨,听着树上黄莺儿的娇啼,身上又被春风一阵阵地吹着,仰起了头,又胡思乱想起来。

一会儿,文莺已走回来,背后还跟着蠮童,捎了两根很长的钓竿,手里还提着一只空的竹丝篮,一齐走到景宋身边。文莺立停了娇躯,向蠮童手里取过那两根钓竿,将一根比较长的细的提给她的父亲说道:"我们左右无事,我和父亲钓一会儿鱼吧。"

景宋笑嘻嘻地接过钓竿,蠮童说道:"我愿老爷和小姐多钓得几条大鲫鱼,回去做鲜鱼汤喝。"又把他带着的鱼饵交给他们。

景宋和文莺各把饵装在钓竿上,然后走近水边。恰巧那边有一条大石梁,伸出在水面上,旁边有两枝桃树,开着烂漫的花,斜覆在石梁之上。景宋便和文莺一步一步很小心地走到梁上,席地坐下,一齐把钓竿伸出,在湖滨垂钓起来。蠮童蹲在一旁,一眼不霎地看着水里的浮子。隔了一会儿,瞧见文莺钓竿上的浮子微微一动,便喊道:"鱼来了!"文莺很快地掣起她的钓竿来,但见钩子上空空的，没有什么鱼，不由笑道："我上了戆童的当。"

景宋微笑道："不要紧，这是小鱼来窃食，一会儿便有大鱼来了。"

文莺重把钓竿放下水去，双目不瞬地看着她的浮子，可是寂寂的好久不见动静。而景宋把钓竿很快地拉起来，说道："我钓得鱼了。"

文莺一看她父亲钓竿上的鱼乃是一条一尺左右狭长的白条鱼。景宋道："昔人说过屠门而大嚼，虽不得肉，聊且为快。现在我虽不得鲫鱼，而得一白条，可说聊胜于无了。"

戆童过来，把白条鱼取下，扔在篮子里。景宋再装上鱼饵，依旧垂钓。隔了一会儿，文莺见自己的浮子一动，这一回已有了经验，略待一下，急忙掣起钓竿来，果然是一条鲫鱼，有四五寸长，便展开笑颜说道："到底被我钓得了。"

戆童道："恭喜小姐，有了小的，再有大的。"就取下了鲫鱼放在篮里。文莺又装上鱼饵，再把钓竿伸到水里去。父女二人竞争着钓鱼，隔了一个多钟头，二人共钓到五条小鲫鱼，一条白条鱼，一条小鲤鱼，得不到大的鲫鱼。文莺钓鱼的兴致已尽，便抛下钓竿，对景宋说道："我觉得有些手酸了，父亲怎么样？大鲫鱼在这里是得不到的了，除非换一处。"

景宋尚没有收起钓竿，带着笑对文莺说道："你不要不慊于心。我们第一回钓鱼，有这一些成绩可说不容易了，比较空无所得的不是好得多吗？你又何必心急呢？况且我们钓鱼是偶尔遣兴，闲情所寄，并不是渔人要想多得鱼多获利，得到了这数尾鱼，回家去做鲜鱼汤喝，已很够的了，何必要贪得无厌呢？想古人太公望皤溪垂钓，年八十而遇文王，这是以钓为仕，心系魏阙，得志则兼善天下，到底成了他王佐之业。而汉时的严子陵虽然他和光武帝是老朋友，而光武帝再三请他出仕，他始终不肯答应，披着羊裘，钓鱼富春江畔，不事王侯，高尚其志，到底成就了他的处士生涯。所以范仲淹作《严先生祠堂记》，末后系着赞语道：'云山苍苍，江水泱泱，先生之风，山高水长。'像他的高风亮节，真足以辉映千古……"

景宋的话没有说完，文莺早嚷起来道："不错，严先生真是一个高人。记得去年我在学校里读过郑日奎的《游钓台记》，他把严先生赞美得了不得，桐江山水使人渴欲一游的。那位国文教员程先生还把严子陵的故事一桩一桩地讲给我们听，听得很有趣味。但是有一件事，我却有些不明白。"

景宋微笑道："什么事？"

文莺道："他说当光武帝平定了王莽之乱，登了帝位后，想念故人严子陵，所以差人访问着了严先生，把他请到宫里来剪烛西窗，一谈旧事。光武帝降低了帝王之尊，陪着这位布衣之交，殷殷款接，备极欢洽，甚至和严子陵同榻抵足而眠。次日光武帝上朝时候，钦天监忽奏星夜仰观天象，有客星犯帝座，不知宫中可是平安，陛下有何惊恐。光武帝笑答道：'朕与故人严子陵同卧耳。'因为昨夜严子陵和光武帝同榻时，严子陵好梦正酣，不知不觉地把一只脚加在光武帝的腹上，光武帝不敢惊动他，也没有将他的足移去，所以惊动天象，要说客星犯月帝座了。我就是为的这件事有些不明白，严子陵一足踏在光武帝的腹上，这是在宫阙内卧榻上被窝里的事，况且是一件很小的事，怎会影响到天象？假使是真的说话，那么帝王的一言一动，随时有影响天象的可能，帝王所做的事只要钦开监看看天象便可知晓，钦天监将要记不胜记，而彼苍天也是不胜其烦了。我想绝没有此事的。我当时就向那国文先生诘问，那国文先生说这事也不可以理解的，不过史书上也记载此事，不好说它是齐东野语，我们也只好姑妄言之、姑妄听之罢了。那国文先生也没有肯定地决断此事的有无，可是我总不明白，不相信。父亲你怎么说?"

景宋点点头，放下钓竿说道："不错，这件事在史书上也是有的，不过史书也不是完全可以相信的。孟子说'尽信书则不如无书'，这句话说得很对，况且古代的史书本来有些难以稽考的。好奇的人士每欢喜把他们得到的耳食之谈连类地记载起来，反使后世的读者冬瓜缠到茄门里，大上其当，以讹传误，不敢改正。况且还有许多神迹也是在古代迷信神权时代，有些聪明的人假借来谎骗世人的，别有一种作用在内。我来说几个例子吧。古时周朝的先祖后稷，他是一位教民稼穑的圣人，史书上却说他的母亲姜嫄祭天时踏了巨人的足迹而生的。虽然这件事也有许多人论断，有人以为神人化生是不可以常例论的，但是据我的观察，无非是两种作用。一种是姜嫄也许不知与何人私生下的，所以要丢掉他，后来经人收养长大，等他成人后，自然要问起自己的父亲。因为说不出的缘故，只好造作这些神秘的妄言来了。不但是后稷如此，像这种事古代很多的，往往有许多豪杰之士，而他们的父亲是没有来历的，都是这个样子说法，而推托过去，掩饰了他们的不名誉的。"

景宋这样侃侃地说，却触动了文莺的心。她低了头，暗想自己在小时候跟着可怜的乡亲，从没有见过自己的生身之父的一面。记得我向母亲问起时，我母亲却说父亲在外边经商，不知下落，好如已把这家庭抛弃下的，连名字也不知道。后来问问我的寄母，她也是模糊不清，告诉不出。所以我也是一个不知父亲的人。眼前的父亲虽然爱我怜我，却并不是我的亲生的父亲，那么假使我将来做了女界伟人，也要同古人一样了。

她低着头，只是深思。景宋见她这个样子，便哈哈笑道："文莺，你在想什么？"

文莺被景宋一句话惊醒，抬起头来说道："不想什么。父亲，还有一种作用呢？"

景宋道："便是把神权来威服人，借着说自己是天生的异人，一定是可以统治天下的，所以故作神奇。或是有许多好奇之士有意称颂，把他渲染得如此的。还有史书上载商朝的高宗梦见神人，把贤人显示他，醒而如画工来，画了傅说的容貌，去求傅说，果然在傅岩的地方访到了那位居于版筑之间的贤人，于是请他来做宰相，到底成功了中兴之业。难道真的是有神人显示的吗？其实高宗在没登帝位的时候，也许早已认识那位傅说，有心要用他做自己的股肱，但因那时候是封建时代，贵族擅权，傅说居于版筑之间，可见得他的出身微贱，不是阀阅之家。倘然一朝把他加在百官之上，做大冢宰，当然有许多卿士要不服从的。所以高宗想出这条计策来假托神人，远途访问，然后请他到朝里来，好使没有人敢反对。就是文聘吕尚也是预先假托飞熊之梦的。"

景宋这样说了，文莺拍拍手道："父亲说得不错，我本来也有些疑心如此的，只是不敢说出罢了。"

景宋道："这些事实在史书是不胜枚举的，所以我要说古人写的东西未必尽实，或者中间自有作用呢。"

文鸳又道："那么光武帝说这句话也是有意说的了。这样可使人家知道他们君臣俩上应天象，生也有自了。"

景宋又道："话虽这样讲，我就是喜欢学严子陵。东汉士大夫气节之重，也未始不由于周党严光二人所造成的。我想在宦海名场之中，也像钓鱼一样，患得患失，心劳神疲，到底是为的什么呢？像吴敏树所作的《说钓》一篇，更是感慨多多了。"

懋童在旁边听他们父女俩讲故事，倒也听得津津有味。看看时候已是不早，景宋立起身来说道："文鸳，我们回去吧，你肚子里恐怕要饿了。"

于是文鸳也立起身，拍拍身上的灰尘，懋童收拾钓竿，提起竹篮，笑嘻嘻地说道："总算没有白钓，回去可以煮鲜鱼汤。"

于是三个人仍从田岸上走回去。红日已将西沉，西边天空里余霞成绮，映着石湖里的一碧波，煞是好看。二三牧童骑在黄牛背上，口里唱着山歌，缓缓归去。还有赶鸭奴将长鞭高高地举起，驱着一群肥鸭，打从他们旁边走过。还有农人们也荷锄而归，见了景宋，都很恭敬地叫声石湖居士，景宋也和颜悦色地慰劳他们一二语。

走回了别墅，父女俩都到楼上去休息，景宋爱品茗的，所以下人已泡了一壶雨前茶来，文鸳却冲了一杯咖啡茶喝着。天色渐渐黑暗，别墅中的电炬已灿灿然地亮起来。文鸳进房去换了一件旗袍，拿着一本小说，看了一会儿，懋童已来请吃晚饭了。父女二人坐在餐室中，女仆把菜肴一样一样地端上来，中间一大碗就是鲜鱼汤，汤里横着两尾较大的鲫鱼，用火腿冬菇笋片一同烧的，当然其味更是鲜美了。还有一盆是炒鲜蕈，是应时的佳肴。还有一样是栗子黄焖鸡，是文莺喜欢吃的，所以她只拣这三样菜吃。景宋独自喝一些家酿的玫瑰烧，父女俩一边闲谈，一边吃晚饭。

晚餐后回到楼上，文莺又拿一本词书来请景宋讲解。景宋嘴里吸着雪茄，笑对着这位如解语花一般的女儿，相着她的脸庞儿，越看越像章湘云。文莺见父亲相她的面庞，便把手在自己脸上一摸，微有些胭脂，不由笑了一笑，一手偶然翻到了李后主的词，她对于那几首词是很熟的，所以低声吟诵起一阕《虞美人》的词来：

春花秋月何时了，往事知多少？小楼昨夜又东风，故国不堪回首月明中。

雕栏玉砌应犹在，只是朱颜改。问君能有几多愁？恰似一江春水向东流。

文莺读过了一首《虞美人》，继续又吟一阕《浪淘沙》道：

帘外雨潺潺，春意阑珊。罗衾不耐五更寒。梦里不知身是客，一晌贪欢。

独自莫凭栏，无限江山，别时容易见时难。流水落花春去也，天上人间。

景宋在沙发上吸着雪茄，半闭着眼睛，听文莺读书。笑了一笑道："文莺，你读了这两阕词有何感想？"

文莺答道："这是靡靡之音。其声哀以思，故国月明，不堪回首。无限江山，别易见难，读了使人也要为之郁郁不欢。这些词多读了，容易使人颓废的。我想李后主清才绝调，确是一位词人，他是不配做国君的。只合倚声叠韵，吟风弄月，所以他难免要受倾国之祸了。"

景宋点点头道："你这话说得不错。但那两阕词果然是黄绢幼妇之作，以情制胜的。据说为了那阕《浪淘沙》中间有'无限江山，别时容易见时难'两句，不免引起了宋太祖的猜疑，而不肯让这位词人之君寿终正寝呢。"

于是文莺叹了一口气，又翻到了秦观的词，读了一首《如梦令》道：

莺嘴啄花红溜，燕尾点波绿皱。指冷玉笙寒，吹彻
小梅春透。依旧，依旧，人与绿杨俱瘦。

读完了，笑笑道："眼前的景物依稀相像，停会儿待我唱一支歌儿给父亲听好吗？"

景宋说声好，又道："你再读一首吧。"于是文莺又翻到了苏轼的一阕《蝶恋花》，曼声而诵道：

花褪残红青杏小，燕子飞时，绿水人家绕。枝上柳
绵吹又少，天涯何处无芳草。

117

墙里秋千墙外道，墙外行人，墙里佳人笑。笑渐不闻声渐悄，多情却被无情恼。

文莺读到"多情却被无情恼"句，将尾音拖得很长，景宋听了，不觉笑起来道："不料那位唱'大江东去'的苏学士有此芳草天涯，春情绵邈之作，很好很好。我长久没有填词了，也要来填一首《蝶恋花》哩。"

文莺道："父亲作了新词，我第一个先要拜读的。"她一边说，一边又翻到辛弃疾的一阕《祝英台近》，说道："这也是一阕绝妙好词，我也要读一下子。"她遂又娇声读出来道：

宝钗分，桃叶渡，烟柳暗南浦。怕上层楼，十日九风雨。断肠片片飞红，都无人管，倩谁唤、流莺声住。

鬓边觑，试把花卜归期，才簪又重数。罗帐灯昏，鸣咽梦中语。是他春带愁来，春归何处？却不解、将愁归去。

景宋听了，叹道："宝钗已分，流莺宛在，真令人感慨系之了。"

文莺不明白景宋话中之意，拿着书又走到她父亲面前来，要请他老人家讲一些词的源流。景宋吐了一口烟气，把雪茄烟挟在手里，然后说道："词至宋而大盛，然而可以分南北两派，待我来略述一下吧。"

于是景宋讲起词学来，滔滔地如倾三峡之水，讲了一大堆，

118

文莺坐在一边静听。景宋讲了一会儿，方才停止。文莺道："父亲讲得吃力，我来唱一支歌给你听听吧。"

景宋道："很好。"

文莺遂去取过一张月琴来，一边弹一边唱，唱起一支《明月天涯》的新歌来。歌声又清脆又婉转，真像树上的黄莺一般。歌声飞出了朱楼，邻近的乡人听了，都说洋房里的陆小姐又在那里唱歌给她的父亲听了。文莺唱过了一支，又唱一支《春江花月夜》和一支《海上生明月》，她今夕唱的都是明月，而天上的月姐也好像知音一般，坐在天空里静静地听。皎洁的月光射到窗里来。

景宋对着明月，听着明月之歌，又触动他的故剑之思，对文莺说道："好了，你也歇歇吧。"

文莺便把月琴放下，走到阳台上去，见月色非常清明，望到野田里，板桥小溪，茅屋竹篱，历历可睹。四围静悄悄的没有一些儿声音。又望到石湖里一片银光，映着天上的彩云，大有画意。她不由喊道："父亲父亲，快来一赏月景。"

景宋听了，也走到阳台上来，睹着月光，不由喝一声彩。父女二人并立在朱栏边赏月，觉得春宵的月和秋夜的月比较起来，别有一种清丽之致。文莺又唱起西方的《月光曲》来，戆童立在楼下窃听，手舞足蹈地做出种种表情，逗引得园丁们几乎失声笑将出来。

文莺和她的父亲在阳台上盘桓多时，听钟声已鸣十一下，景宋就对文莺说道："时候不早了，你可回房去睡吧。"

文莺也道："父亲可觉得疲倦吗？也请早些安置吧。"

于是父女俩熄了电灯，各回卧室安寝。景宋得了这一个可爱的女儿，真可以慰他的桑榆暮景了。然而景宋在这个时候，心里却另有一种爱，但是只可以深深地埋藏在他的心窝里，而不能和文莺说的。

转瞬春假已过，文莺照常到校里读书去了。景宋已将那幅《花间玉立图》绘好，特地请裱画匠把来裱得非常工致，配了红木的玻璃框，悬在楼上客室里。凡到别墅里来的人见了这画，无异和文莺睹面，都啧啧称赞。

景宋独居别墅，闲着无事，便又将自己允许代龙翥双画的《寒夜读书图》也绘成了，交与龙翥双，自己顺便到苏州城里去一游。龙翥双得了图，非常欣喜，便陪着景宋饮酒赋诗。吴云章也来相聚，不是在桃花坞，便是在胭脂桥，虽非平原十日之游，而知友晤方，流连文酒，高士雅怀，也是与众不同的。景宋得闲又去正风女学里探望文莺，带她出来在观前街上买了一些东西，又在松鹤楼吃了一顿夜饭，送她回校。他在苏盘桓了一来复，方才回到石湖去。

光阴过得很快，由春而夏，由夏而秋，其间龙翥双和吴云章在端午节边一齐到湖边来拜访景宋，住了两天而去的。还有他的内侄曹天羽，也曾在六月里到他家里来耽搁数天，且有一件事要和景宋商量。就是天羽因为他的父亲曹大洪在前年已故世了，家境不免有些拮据。而他今年已从高中毕业，考取了上海的交大，下学期当然要到上海去读书。但感到学膳费等一切支出很大，要请景宋帮忙。景宋一则看在亡妻面上，二则知道天羽的学问很好，是个有志向上的青年，自然乐于造就他，所以一口答应。那时文莺已放了暑假，在家里休息。表兄妹俩因为难得见面，所以感情也很淡漠的。天羽住了数天，也就回乡去了。

在这一个长夏中，文莺在别墅里浮瓜沉李，看书读画，消遣她的永昼。而景宋饭后无事，常在北窗下效羲皇上人的高卧，做华胥之游。有时叫文莺学作诗词，有时濡毫挥写，落纸云烟，偿去他一些画债。晚上父女俩坐在阳台上藤椅子里，闲谈逸事，喝着鲜橘水，清风徐来，暑气都消，二三流萤飞到栏杆边来，野田里蛙鼓蚓笛，好似奏着天然的音乐。他们在这个时候，可以说得享尽清福了。谁知刚至新秋，时代却有了一个大大的转变。

第十章　世有桃源何处寻

古语说得好，上有天堂，下有苏杭。苏州一向是个安乐之乡。不逢兵革之灾，各地的人民都到苏州来购置房产，愿做吴下的寓公。但是这一次南方的战事在上海发动后，苏州地处京沪路和苏嘉路的中枢，形势却渐渐严重起来。苏州人一向是柔弱的，变得风声鹤唳，草木皆兵。大家纷纷扰扰，急急忙忙，从城里迁到四乡去躲避。景宋虽在乡间，地方又偏僻，似乎没有什么紧要。然而感到石湖靠近太湖，平常时候也常有盗劫的事情。不过大石村却很平安的，此番却也不免要受影响了。

景宋常常差下人出去探听消息，考虑自己避祸的方针。至于粮食是不成问题的，家中存储得也很多，坐吃一二年也不妨。只恐环境迫得自己不能苟安罢了。文莺也不能到校了，在家里看书写字，也觉得没有心思。乡人们到了夜里，也不再听到别墅里曼妙的歌声了。黑夜睡梦中偶然听得远处一声二声的来复枪响，从沉寂的空气中传送到耳朵里来，心里自然而然地要发生一种恐怖的情绪。景宋父女当然也逃不出这个例子，尤其是文莺一向是胆小的，在此时更是芳心惊悸，不知所可了。景宋虽要安慰她，也实在没有方法想。

在这时候，龙蓍双已将眷属预先送到上海租界里去居住，而自己一人在苏州办事。吴云章早已举家徙避西山，有书信前来，问起石湖近况，且问景宋要不要迁到西山去。因他现在的新邻居尚有两间空屋子没租去，他可以代留下来的。景宋知道苏人一时迁往东山西山的很多，大家都认那地方比较是隐避而安乐，也许不会逢着刀兵之灾的。他虽然很想到那边去，而舍不得自己的别墅，因此犹豫不决。文莺坐在家里一天到晚守在收音机边听时局的消息，但也没有什么可听。戆童时时从外面跑回来报告些消息，但大多是耳食之谈，未可尽信，而一半带着恐怖性质的，听了更使人不安。于是文莺的一双柳眉常常紧蹙，而没有一刻的舒展。

有一天，戆童从邻村回来，报告白马涧有土匪抢劫镇上三家人家，听说他们也在觊觎大石村。戆童又说他走回来的时候，曾遇见两个身穿黑衣的彪形大汉，在村里徘徊不去，探问有没有姓吴的做官人家。乡人因为他们面目陌生，疑心他们是通匪的，所以没有理会他们。而他们在村中兜了一个圈子，方才走出去的。

景宋父女听了戆童的说话，心中自然更是不安起来。文莺对景宋说道："父亲，恐怕在此乱世，连这隐士生涯也是难过的。我们隐居在这里，虽然自己知道家中也没有什么多大的钱财，可是在这个乡村里，独家建造起这座洋房来，人家又知道父亲一向在北方做官的，无论如何他们一定认我们是最好的目标。倘然我们守在此间，说不定早晚要受惊恐。单是抢去几个钱，倒也罢了，只恐怕他们还要绑架人去，那么这问题太大了。不得不未雨绸缪，早些避免。所以我劝父亲不如也迁到西山去，和吴家老伯住在一块儿，那边总是比较安稳一些。"景宋听了文莺的话，心里也是这样想。他开始有迁地为良的意思了。

这天晚上，文莺睡在床上，因为有了心事，辗转反侧，终是睡不着。许多的事萦绕在心头，约莫到下半夜的时候，她方有些倦意，蒙眬着双眼睡去。耳边忽听砰的一声响，把她惊醒过来，连忙留神再听，接着又听啪啪两响，在沉寂的空气中非常清楚而尖厉。她知道这是枪声，恐怕有土匪来了。接着村狗四吠，邻近乡人家里也有一些声音。她连忙披衣而起，跑出房门，要去唤醒她的父亲。只见景宋也已惊起，走了过来，对她说道："你也听得枪声吗？好孩子，不要害怕。"

文莺道："不知是不是有抢劫的事？"

他们不敢开亮电灯，暗暗地开了长窗，溜到阳台上去，隐身在柱子边，一齐向外窥探。恰巧是个月黑夜，黑沉沉的瞧不清楚。听听外面，也无动静。冷露如水，秋风萧瑟，四壁虫声如雨，好似哀诉它们的身世。父女俩听了一会儿，景宋恐怕他女儿要着凉，一拉文莺的手臂，说道："好孩子，进去吧，大约没有什么事的。"文莺只得闭上长窗，和景宋一齐回到里面，大家依旧回房去睡。然而他们哪里会睡得着呢？幸而不再听得枪声，东方也大白了。

次日父女二人起身，鬟童早跑上楼来报告，昨夜的枪声是石湖东边的李家村被劫，据说在半夜时候，有两艘土匪的船驶到村口泊住，立刻就有二三十人上岸行劫，放了几声朝天的空枪，向乡人示威，直抢到五更过后，方才去的。景宋和文莺听着这报告，自然更是吃惊。土匪会劫李家村，那么他们不好来抢大石村吗？因此更是坐立不安。父女二人商议一番，决定明哲保身，要迁到西山去住了。景宋马上写了一封信寄给吴云章，请他务必将邻屋预先代为租定，自己将于下星期中到西山来了。

他把信交给蘷童寄去后，父女二人便在这日起检点行装，凡是细软东西及贵重衣服，当然都带了走，还有一些古董不便携带，就在夜间和蘷童等秘密埋藏在后花园。还有一些字画是不能埋藏的，只好也带了走。景宋对于那幅《花间玉立图》是他心爱之物，所以也从壁间取下，预备带去。预先雇定了艘快船，文莺巴不得立刻就走，心急如箭。在临走的前一天，村中又有谣言说土匪不日要来抢劫大石村了，景宋父女更为寒心，幸亏未成事实。

到动身的时候，景宋将楼上的房间一齐封锁，吩咐园丁和一个老妈子看守门户，许以重谢。留下粮食和一些银钱，交给那园丁。他们父女俩只带着蘷童走，携带箱笼网篮等十数件行李，坐了船离开那水明山秀的石湖，挂起了长帆，到西山去了。乡人们听得石湖居士也携爱女远避，他们都到湖边来送别，很不舍得二人去。景宋心中当然也很觉难过的，希望他日可以平安地早些回来。

父女二人到得西山，先去访见了吴云章。经吴云章领导他们到所租的屋子里去，乃是两间矮屋，房里只有两扇明瓦的小窗，而且是方砖地，若和自己别墅的房屋比较起来，真有天壤之别。但是在那里已可说是上等房间了，尚有许多是碎砖地或是泥土地呢。屋中只有两张棕垫架子，别无长物。景宋便和吴云章商量，

125

托房东到一家小木器店家代租了一些桌椅，其他零碎应用之物，暂向房东借取。那房东是一个五十多岁的老妪，大家称她谢家好婆的。她只有一个小儿子，年纪近二十岁，名唤连生，是个游手好闲之徒，不务正业的。以前也曾娶过媳妇，却被连生屡次地毒打，打得那媳妇投河自尽，因此没有人再敢把女儿嫁给他了。此次谢家好婆因为贪了几个钱，所以让出这两间空屋来租与人家，押租先拿一百块钱，房金也要三个月先付，每月房租二十元，都是吴云章代景宋一起先付。乡间的房屋本来出租的很少，房价并不高贵，比较城里价廉得多，可是此番苏州城里的中等以上的人家纷纷迁避下乡，到东西山来的人为数甚多，求过于供，东山早已满了，还是西山可以想些法儿呢。乡间的房租自然也是飞涨起来，一般乡人暗想，趁此机会我不赚些城里人的金钱岂不是呆鸟吗，所以手段也要辣起来了。此刻景宋父女只要有屋居住，其他的问题也顾不得了。从此他们父女就在西山住了。

西山在太湖里，所以风景也很好的，不输于石湖。虽然地方比较东山冷落一些，而在这个时期因为东山的人实在住得太多了，也有一部分人住到西山来。况西山偏僻，更可以远避战祸。因此西山房屋渐渐住个满，自然而然地热闹。

景宋初到这里后，安排比较觉得麻烦一些，过了十多天，渐渐定心，家中除了蛮童，另雇了一个女佣，烧饭洗衣。在乡间没有什么事情做，便和吴云章弈棋饮酒，或是对着山水吟咏。镇上有个小茶馆，此时茶馆里开辟了一个小小书场，请了一位评话家开讲《三国志》，每天下午开书时总是挤个满，因为山上多了不少有钱阶级，十九无处消遣他们的光阴，大家遂到这茶馆里来听书。每个人书资及茶钱，总数不过两角大洋，真是惠而不费。景宋和吴云章天天去听的，有时戆童也去，立在窗外窃听。正讲火烧赤壁，听得他津津有味。文莺在家里只是看小说或是习字，歌也不再唱了。有时天晴，她在高兴的当儿，便带了戆童出去水边钓鱼。

一到晚上，大家为了防空，一齐熄灭灯火，早入睡乡。乡间的人早起早睡，并不觉得怎样，可是城里人却大大的不惯哩。而且一到傍晚，许多蚊虫成群结队地飞来飞去，嗡嗡之声震耳欲聋，好似蚊虫也下了总攻击令，要来吸取人身上的血液，饱它们的馋吻。景宋父女的床上幸亏都有蚊帐吊着，又点起蚊香，尚可避御，而臂上腿上已是叮满许多疮疤了。城里的人见了蚊虫真是害怕，无法防免它们的袭击，所以都唤蚊虫为小飞机。夜间的小飞机实在多得很，成千成万，非常猖獗。景宋父女对于蚊虫更是头痛，因为蚊虫是传染疟疾的媒介，在这个环境里恐怕不免要生疟疾了。除了预服一二奎宁片以外，简直也没有法想了。

他们在西山住了一个多月，忽然有个少年跑到西山来寻找他们，此人就是景宋的内侄曹天羽。他本来要到上海去读书的，后来因为战事已起，交通梗阻，风闻上海租界也十分危险，有许多人反从租界里迁出来，所以他也不能去了。起初在乡下倒也苟安无事，后来风声日紧，他那边也有些不稳了，自己没有父母，在乡间本来依着远房的叔父度日的，现在他想起了景宋，便带着随身行箧，赶到苏州来，到石湖边上去拜访，方知景宋父女已迁避西山去了。于是他又买棹而至西山，和景宋父女见面。景宋此时也需要人相助，见天羽前来，也很欢喜，便叫天羽在这里住下，外房添了一张床铺给他卧宿。天羽当然如鹪鹩之栖一枝，得了安身之处，也就不去了。

少年人最容易投合，所以文莺和天羽表兄妹俩时常聚在一起，谈论学术。天羽虽然对于艺术一方面没有文莺那样的好，而他的科学思想却比文莺深，而且新旧文学也很有研究，自然彼此谈得下。而文莺心里对于天羽也有相当的敬佩，且因此而减少她的寂寞。但是景宋眼见他们时常坐在一起笑谈或是出去散步时，他心里不知怎样的便要感觉到不快。有一天景宋和吴云章到小茶馆里去听评话，景宋要叫天羽同去，可是天羽因为前几天跟了他们去，听得没有兴味，而且地方狭隘，坐了很狭的长凳，屁股便觉得疼痛，倘然同坐的人忽然立起来时，自己若不留心防备，那长凳一边重一边轻，立刻就要竖起来，使人倾跌。他自己也跌过一跤，因此他懒懒的不欲再去，且自己去了，恐怕文莺没有伴侣，便是懒得去了。文莺也不愿意天羽去听书。景宋见天羽假痴假呆，不肯跟去，他只得自己和吴云章去了。但是当他坐在书场里的时候，心里转着念头，很觉不能宁静，连说评话的人讲的什么，他也没有听清楚。等到书场散的时候，他赶紧走回家来，不见了文莺和天羽，只有戆童在后边偷看连环图画。他见主人来了，便把连环图画很快地藏过一边，立起来叫应了一声，过去伺候。

景宋便问小姐到哪里去了，戆童答道："小姐和天羽少爷一同到湖边去钓鱼了。"

景宋听了戆童的报告，嘴里不由自言自语道："他们倒会玩的？现在文莺有了这一个伴侣，连父亲也忘记了。我知道天羽不

128

到书场里去，必是和文莺有约的，果然不出我之所料。唉！"说罢叹了一口气，回头又问戆童道："那么你为什么不跟他们同去呢？"

戆童又道："莺小姐不要我随去，说老爷就要回来的，叫我守在家里。我自然只好不去了。"

景宋闻言，鼻子里哼了一声道："我自己寻他们去。"

于是景宋回身出门，他一路走着，把手杖时时击着地，好似抱恨的样子。走完了市梢，到得一条小河边，早见前面大榆树下蹲着两人，在水边垂钓，不是文莺和天羽还有谁呢？这地方景宋曾和文莺钓过一回的，所是景宋料二人在这里钓鱼，一找就遇见了。他见二人背后的身子，先不去惊动他们，悄悄地蹑足而前，立定在后面，听他们二人在那里讲些什么。二人各拿着钓竿，垂纶清溪，怡然自得。身边篮里已有两条鲫鱼钓得了。

景宋听文莺开口说道："表兄，我想你还是继续读书的好。为山九仞，功亏一篑，你切不可以半途中止。此次事出非常，当然是无可奈何的事。倘有机会，还是出去读书的好。"

天羽答道："表妹说得不错。不过我自己经济的力量还是薄弱，否则也早已到了别地方去，不跑到这里来了，在这里是永远没有机会的。我的意思也预备度过了残年，一定也要设法挣扎到外面去。"

文莺道："我在这里也闷得很，很想出去。恐怕我父亲不会允许我的，不敢和他说。难得有你来谈谈，略减我的寂寞。至于表兄当然更是不可耽误的，你若缺少经济，不妨向我父亲说，他老人家不能不答应你的啊。"

天羽道："表妹倒能体贴我的。我和姑夫大概因为不常聚在一起之故，所以当了他老人家的面，有些话终是讲不出来的。他老人家待我也好。"

文莺又道："这是正大光明的事，你为什么不好和他说呢？他老人家也很肯帮助人的。你不说时，得闲我去和他老人家说也好。"

天羽道："这要谢谢你了。"

景宋在他们背后听文莺对于天羽很有惺惺相惜之意，不由暗暗太息。他本想再听下去，忽然喉咙里一阵痒，咳出一声嗽来。二人听得声音，一齐回转头来，瞧见了景宋。天羽第一个跳起身来说道："姑夫来了！"

文莺也叫了一声："父亲，你怎样也会走到这里来的啊？"

景宋只得微微笑道："我听书回来，孪童告诉我说你们出外钓鱼，我左右无事，所以也走来看看你们了。"

文莺道："我因为不喜听书，所以父亲出去后，我忽然想起钓鱼，便和表兄到这里来的。父亲，你也要钓一会儿吗？"

景宋摇摇头道："不，我不要钓鱼。你如高兴可和天羽在此多钓一会儿。"

天羽道："这里没有什么大鱼，我们也不必钓了，不如陪姑夫在附近散步一会儿吧。"

景宋本也没有事做，遂点点头道："很好。"

文莺听天羽这样说，也不便异议，只得收拾钓竿，随他们去。天羽不舍得丢掉篮中的两条鱼，遂提在手里，但是走得不多路，恰巧遇见吴云章家里用的小厮，买了东西跑过。文莺就喊住那小厮，托他把钓竿和鱼篮顺便先代他们带回家去，二人跟着景宋一路慢慢地散步。景宋拿着司的克，在前安步当车，天羽穿着一身西装，丰神俊秀，而文莺也是天生佳丽，一望而知是个女学生。平日在乡村里是很少见到的，不过现在避难的人多了，城中人也占有多数，似乎不足为奇。可是当他们走过的时候，乡人们见了，总是十分注意，觉得这三个人非常秀气，自顶至踵，毫无伧俗之态，真是斯文中人了。

他们走了一个圈子，天已近晚，秋风萧瑟，袭人衣襟。文莺恐怕父亲力乏，遂道："我们回去吧，恐父亲要喝酒了。"

景宋点头笑笑，无可无不可地掉转身来，慢慢儿踱回去。路过一家小茶食肆，文莺见玻璃橱窗里放着十多个面包，上面贴着一条红纸条，写着"新到新鲜奶油面包"几个字，所以她就走上去，买了半打面包回去，当点心吃。忽然一眼瞧见柜台里坐着一个女子在那里记账的就是自己的同学徐婵英，连忙喊道："婵英婵英。"那女子闻得呼唤，她也瞧见了文莺，就立起来，走到柜台边和她讲话。大家问起情况来，文莺始知婵英跟着她的哥哥迁移到西山来，她哥哥闲着没事做，本来会做生意的，就和几个家人拼凑出资本来，开起这家茶食肆。不但售茶食，连中西糖果以及南北海货五洋杂货都卖的。她哥哥每隔两天到城里去贩货物回来，利息很是不薄。因为乡间的店本来很少，货物又是不齐，城市人常常感觉不便。有了这家店开出来，自然格外欢迎，而门庭若市，生意大好了。一方面不至于坐着没事做，一方面又可生利，何乐而不为呢？文莺又把自己所住的地方告诉了婵英，请她暇时来坐谈。谈了一刻话，方才告别。文莺买的半打面包也没有付钱，因为婵英定要送她，不表拿钱。文莺也只得老实不客气地拿了。

当他们将近回到家门时，又走过一家小酒店。在店里沿街座头上，坐着两个短衣的少年，相对饮酒。其中有一个瘦长的，身穿黑色夹袄，胸前一排密密的纽扣，头上歪戴着一顶鸭舌帽，一只左脚搭起在凳子上，手里拈着花生米，正和对面一个满脸横肉的人，一手指着文莺窃窃而语。景宋和天羽都没有注意到这个人，但文莺眼快，早识得那人就是自己现在的房东谢家好婆的儿子谢连生，是个游手好闲的小流氓。识面虽然识面，一向却不招呼的，所以自己也不睬不理，由他去休。

回到家里，景宋果然走得有些力乏了，赶紧坐下休息，吩咐戆童代他烫酒。戆童见景宋找得他二人回来，不由暗暗地好笑，趁文莺不留心的时候，偷偷地对她扮了一个鬼脸。文莺却不知觉，趁面包软的时候，从纸袋里拿出来，给她父亲和天羽分而同食。停一会儿，景宋在房里喝酒，他们却坐在外房黑暗里谈话。景宋也只好让他们去亲热，未便干涉了。

他们在西山做了几个月的寓公，已是隆冬天气。岁暮天寒，在平常时候，一半乡人将在腊鼓中除旧布新，欢度新年了。可是在那个时候，西山的情形又跟着外来的环境为之一变，一般人便起了大大的恐怖，谣言纷起，一天之中刻刻在那里闹恐慌的。景宋和吴云章等自然也是异常担忧，他就常常差遣天羽到东山去探听苏州的消息。天羽十分灵敏，常能探得消息回来，报告与众人知道。他见文莺面上的一双蛾眉一天到晚地深锁着，便用话劝慰文莺，叫她不要害怕。西山地方隐避，既非富饶之处，又不是军事上必争之地，无论如何决不会受到战祸的。万一有意外的危险，自己情愿出死力保护她的玉体。文莺听了他的安慰之言，自然对他更是感谢。但是那时候太湖里的土匪一股一股地联合着，乘了机会渐渐在四处蠢动起来，往往数十人或一二百人为小股，到各处村庄里去洗劫，甚至绑架勒赎，无恶不作。他们都挟有盒子炮、机关枪等锐利的武器，地方的老百姓有什么能力去和他们对抗呢？所以土匪的势力日益猖獗，老百姓受的苦更是水深火热。西山的风声因此一天紧一天，常常听得什么村被劫，什么镇有匪踪，杯弓蛇影，惴惴不安。

景宋觉得大地茫茫，何处乐土？现在叫他们再迁避到哪里去呢？据文莺的意思，一样是不安谧，还不如搬回石湖去，比较起居上安适得多了。景宋却以为不可，既然无路可走，一动不如一静，还是暂且仍在这里的好。有几家人家却又搬到光福去，也有坐了船要想避到江北去的。但是景宋听得有几个消息，传说出去的人大都在途中逢到危险，所以他更加坚固自己的信念了。

有一天，正是灶君上天之日，景宋已向乡人买了三只鸡、半头猪以及其他食品，预备在西山度一个乱离中的新年。忽然有一个很紧张的消息传到他们的耳朵里来了，也是在西山有几个地痞的嘴里说出来的，他们房东儿子谢连生也在其中。说是他们知道某某山头有一伙湖匪要在日内来洗劫西山，目的就是在一班城中迁避到此的富人身上。若要免去这祸殃，此间亟须有人出去和他们磋商，赠送一笔过年盘缠。有几个胆小的富翁听得这个消息，

133

慌慌张张地聚集拢来，商量怎样可以凑出一笔钱来，托代表去和湖匪软商量，恳求他们不要光降这地方上来。风闻湖匪的目的要五十万过年盘缠，此间却只能凑出五六万来，因为有半数的人都不肯先出钱。景宋的意思一半赞成一半又不赞成，因为恐怕这个消息不是十分正确的，难免另有作用。即使凑了钱出去，谁肯去做代表？恐怕那些地痞也是靠不住的。因此他又叫天羽到东山几个朋友处去探听消息，天羽自然奉命出去。

这天天上有些彤云，西北风吹得很紧，大有雪意。他临行的时候安慰文莺，叫她不要害怕，传来之言一大半带些恐吓性质，不可不信，也不可全信。不必过于惊慌，自贻依戚，自己去去就要回来的。文莺也叮嘱他早去早回。

天羽去了，到得东山后，探听一二消息，知道十有七八是谣言，也许是地痞们故意造作之刻画，土匪决不至于来洗劫西山的。因为东山的情形也很安谧，不比其他各村。天羽听着较觉安心。傍晚下起大雪来，他被友人留着，不及赶回西山，就在友人家里下榻一宵，谈谈外面的事情。等到明天，雪已停止，可是太阳尚没有出来，天气冷得很，寒风呼呼，积雪不隔，檐际挂着冰柱的很多，有人再劝天羽在东山盘桓一日，因为有一亲戚正到城里去探听消息，在今天可以回来，倘若再留一天，可以得闻最新的消息了。天羽估料西山的谣言未必会见诸事实，心里也就懈怠了一下，遂听了友人的话，再在东山多留一天，等友人的亲戚回来，可以听得些城里的真消息。所以他在第三天的早上，方才别了友人，回转西山。

因为文莺爱吃野鸭，于是在市上买了一对湖葱烧的熟野鸭和一黄篮猪油年糕带回家去，预备把野鸭请文莺吃，那年糕便给景宋吃，希望可以安度新年。过了旧历新正，再想迁地为良之法。所以他踏着残雪，匆匆回去。山上湖里的雪景一白无垠，天地也格外显见得纯洁。然而在这个时候，他又无心赏览，要紧回去和文莺相聚。谁知等他回到西山的时候，西山却已发生过一次大骚动，谣言竟成事实，而文莺也已被湖匪绑架去了呢。

第十一章　西山寇盗来相侵

当天羽耳朵里听到了这个不祥的消息，眼瞧着西山市街上一种骚乱的景象，三三两两地交头接耳，都在谈起那事情，他心里就觉得十分空虚，一颗心怦怦地跳跃，急忙赶到景宋家门前，见戆童正立在门前东张西望，一见天羽便迎上前来说道："天羽少爷，你回来了吗？家里出了祸事了！"

天羽立定脚步问道："戆童，家里有什么祸事？土匪到过吗？文莺小姐有没有惊恐？"

戆童跌足说道："莺小姐被湖匪绑架去了！"

天羽骤闻此言，好似晴天里起了一个霹雳，真是使他万万料想不到的事，顿然脸上变色，呆若木鸡，半晌说不出话来。隔了一歇，瞪圆了眼睛又向戆童问道："你你你……这话可真吗？不要哄骗人家！"

戆童道："我怎敢捏造谣言？你快去见老爷吧，他急得饭都没有吃呢。"

天羽遂三脚两步走到里面去，见景宋正坐在房里唉声叹气的急得没有办法，天羽走到他身边，叫了一声："姑夫，究竟是怎么一回事？"

景宋见了天羽，便颤声说道："天羽，你为什么去了两天方才回来？你可知道家里出了很大的乱子吗？"

天羽道："我因要在东山守候城里去的人带回来的消息，所以多耽搁一天，想不到家里就会逢到祸殃的。"

他一边说，一边把手里拿的野鸭和年糕丢在一边，一手只是搔着头，又问道："文莺表妹怎样被湖匪绑架去的？为什么不早早躲避？"

景宋叹了一口气道："这也是厄运难逃吧，你坐了，待我来告诉你。"

天羽遂在旁边椅子上坐下，可是他的身子总是摇摇摆摆的未能安定。景宋便告诉他说道："这里自从你去后，风声甚是紧张，居民皆惴惴不安。我和你表妹都换了半旧的衣服，装作没有钱的样子。你表妹脂粉不施，膏沐不加，身上穿了一件青布罩袍，脚上穿着乌绒棉鞋，差不多和乡间女子一般。又把家里贵重的东西藏去了十分之七八，留一些在外边，预备给土匪来时让他们带去的。那天晚上我们差不多一直戒备着，没有安眠。到了昨天，风声似乎反见缓和了一些，有人说湖匪改换目的地，到无锡方面去了，也许此地可免波及。我们听了，略觉放心一些。晚上大家有些疲倦，天气又是冷得很，都想早些上床去睡。

"不料就在那时候，听得外面有了枪声一响，文莺立刻跑到我身边来，叫我注意。我听得那枪声，知道不是偶然的，连忙去唤起戆童，叫他爬到屋顶上去偷看外面有什么动静。文莺对我说道：'恐怕湖匪果然要来骚扰了，我们躲到哪里去好呢？'我叫她

137

不要慌，在我们房后有一条夹巷，是十分隐避，外面走进来的人一时察觉不到的。不如让文莺躲在里面，也许可以侥幸避过湖匪的耳目。

"这时外面又起了三四响盒子炮的声音，越加尖厉而清晰。那声音是很近的，可是左右邻舍却反而寂静无声，沉寂得如鬼墟一般，只有数家人家有狗吠之声。我恐怕戆童在屋上要中流弹，连忙唤他下来。而戆童也气急败坏地溜下屋来，告诉我们说道：'在东南角方面有一带火光蜿蜒地移动着，莫不是湖匪来了？'同时我们隐隐地听得别人家打门的声音，我知道今夜十九是无可幸免的了。马上催促你表妹快快躲避到我所说的地方去。她虽然嫌那地方阴冷而污秽，很不愿走到里边去，到底也只得听了我的话，藏匿到夹弄中去。

"我叫戆童去看看房东谢家好婆，戆童告诉我说姓谢的老妪睡在床上，索索地抖，口里正在念高王经，唤她也不答应。老妪的儿子连生却不在家。这时女仆也吓得东西乱跑，口里只喊'怎的怎的'。我叫女仆避到后面柴房里去，不要声张，倘遇湖匪来时，也不要说什么。你们是仆人，当然湖匪不会为难你们的。于是我和戆童坐在房里，等候他们到临。自己心里暗想，最好湖匪一时来不及家家抢劫，这里的门面并不好看，间壁吴云章所住的高大，希望他们忽略过了，便是侥天之幸。

"然而到底劫运难逃，外面门上乒乒乓乓地一阵乱响，湖匪好似在那里用大石撞门。一会儿门已撞破了，有三四个土匪闯到里面来，为首的一个身体很长，披着皮领大衣，手里高高举起一支手枪，操着北方口音，大声喊道：'屋子里的主人快快出见。'

背后两个人一个手握电筒，烁亮的电光直照到我房间里来。那时候我只得硬着头皮和蛮童出去见他们，蛮童也吓得战战兢兢的面无人色。那为首的湖匪见了我，便厉声说道：'你是屋主人吗？为什么不早早出来招待？'我也就操着北方官话，对他说道：'我是借住在这里的，并不是屋主人。此间的屋主人是一个老婆子，早已睡了，不懂什么事的。我们并非富贵之家，请你们要原谅的。'那湖匪点点头说道：'很好，此次弟兄们到这里来借粮，天亮就要走的，你们快快把钱拿出来，大家客客气气。'我就说避难的人衣食为难，所有些东西都在这里，不敢藏匿。你们要拿时就请尽管随意拿便了。那湖匪将眼一瞪道：'不要隐瞒，你们怎会没有钱呢？'立刻和他的同伴在我屋里翻箱倒箧地任意搜索了一番，普通的衣服都丢在地上，唯有一件猞猁猫的皮筒子被他们拿了去。其余还有些金银饰物以及二三百元的现钞，是我留在外面的，都被他们拿去。湖匪又把手枪对着我，逼我说出有什么藏金来。我说全在于此了，又把身边藏着一百多元现钞给了他们。那湖匪又在我身上搜索，把我那只爱而近挂表也拿了去，还有两个表坠子，是美金镑做的，当然也一起去了。幸亏他们都是武人，对于书画却一概不要的，看都没看，全数保存。他们向蛮童问了一遍，蛮童回答得很好，总是一概不知。他们因为要再去抢别人家，所以连谢家好婆那边也没去惊动，只对我说一声便宜了你，立刻跑出门了。"

景宋说到这儿，天羽说道："既然这样，表妹怎会被他们绑架去的呢？"

景宋又摇摇头，叹口气道："这件事情说起来也很奇怪，文莺的被绑当然是有了奸细在内嗾使出来的。我再告诉你听吧，那时候湖匪虽然去了，我家不过抢去一些钱和东西，这也是我意中之事，且喜一家无恙，侥幸逃过这祸难。我遂叫文莺慢慢儿出来，且等外面风声平定了再说。谁知不到二十分钟的时候，我刚才和鸾童出去堵塞那已坏的门，忽然那一伙人又跑来了，人数再多了三四人。我不晓得怎么一回事，却被那为首的湖匪将我一把拖到里面来，对我说道：'姓陆的，你不要隐瞒。我知道你们是做官人家，一定有钱的。还有你的女儿呢，躲在哪里？快快招出来！'我被他逼紧了，只得说女儿是有的，但现在不在这里。他们不相信我的话，便照着电筒，四下里去搜寻。我和鸾童被他们监视着，身子不许越雷池半步。

"隔了一会儿，听得文莺惊啼之声，知道文莺已被他们搜着了，心里更是惶骇不安。见一个湖匪把手枪迫着文莺走出来，向那为首的湖匪请示。此时的文莺面色惨白，觳觫万状，站在一边，好像待宰的羔羊。我就向那湖匪说道：'这小孩子很可怜的，你们不要伤害她。你们到此的目的无非是要钱财，但是我们家里所有的你们方才已拿去了，你们也是好汉，决不会过于逼迫人家的。我女儿也没有钱，她手上只有一枚金戒指，你们也拿了去吧。请你们还是到别地方去发财。'我说了这话，文莺已将她手指上戴的一枚镶蓝宝石戒指脱了下来，交与那湖匪。但那湖匪斜睨着双眼，不去接她的戒指，反对我大声说道：'姓陆的，你休要花言巧语。人家告诉我你是很有钱财的，为什么不肯献与我们做军饷？可恶极了，你再要多说话，老子就要揍你。'说了这话，又对文莺说：'你好好跟我们去，我们决不伤害你性命。好在你家不是无钱的，你若要回来的话，只要你家老头儿拿钱来赎便了。走走走。'他们一伙人顿时将文莺绑架去了。可怜我无拳无勇，又无家伙，眼见文莺哭丧着脸，跟他们走去，却不能将她夺回，这是何等痛心的事啊！"

景宋说到这里，凄然泪下，文莺虽不是他亲生的女儿，而是他自幼抚养长大，一向珍爱得无以复加的。现在给盗匪绑架了去，生死莫卜，当然要万分舍不得的了。天羽也十分恨恨地说道："可恶的湖匪，他们不但抢劫钱财，还要绑架勒赎，真是猖獗非常，他们去而复还，把表妹绑去，究竟是谁泄露的消息？"

景宋道："戆童告诉我说，当湖匪重到我家来时，他曾瞥见远远地有一个人在他们背后指点，很像谢的模样。我也疑心是他。此人游手好闲，交结匪类，也许是他怂恿出来的。在这种乱世，正是那些人得志的当儿了。"

天羽咬牙切齿地说道："我也认识他的，待我去向他要回表妹来。"说罢，回身便走。

景宋忙把他一把拉住，说道："你到哪里去？"

天羽道："我找那个小子去。"

景宋道："他又不常常住在家里的，你到哪里去找他？况且这也是嫌疑，没有佐证，如何可以去向他说话呢？我们只得耐着性子，从长计议吧。"

天羽道："那么这地方上的人经过了这一次的洗劫，有什么良好的善后办法呢？"

景宋摇摇头道："没有听得。我们的国民性本是一盘散沙，总是团结不起来的。大家空口说说，三心两意，各有自私自利的主张，谁肯出来仗义发言呢？况且听说昨夜被劫的人家也不多，不过二十多家，十有八九是苏州迁来的人。湖匪的目的可想而知了。"

天羽又问道："那么可知道在这里共有几人被湖匪绑架去了呢？"

景宋道："听说共有四人，三个都是小姐，一个是十二龄的童子，大概都到太湖里去了，叫我们怎样去寻找呢？"

天羽听了景宋的一番叙述，搔头摸腮，一时也想不出好的办法。隔了一会儿，他方才说道："姑夫请不要忧虑，听说湖匪中有些弟兄也很讲规矩的，他们绑架目的仍旧是要得金钱，大约日内必有消息。只要我们肯牺牲金钱，不难使表妹珠还合浦的。"

景宋摇摇头道："这件事总是难办了。倘然他们狮子大开口，索价太大，那么在这个时候叫我也无法可想的。"

天羽心里也十分难过，大家心上好如压着一块大石，未能解除。茶饭无心，食而不知其味了。

过了三天，已是小除夕，人家忙着过年，景宋更没有心思了。忽然从邮政局里寄来一封书信，景宋一看信封上是文莺的笔迹，忙和天羽拆开来，一同观看。见上面写着寥寥数行字道：

父亲大人膝下，敬禀者：

　　女在此间尚安，勿念。大人若要女重返家园，请以二十万现款，遣代表到太湖横山领与章君接洽。七天为期，万勿迟延。余不白。

　　　　　　　　　　女文莺敬上　除夕前二日

142

景宋看了这信，对天羽说道："你瞧这封信虽然是文莺亲笔写的，可是字迹十分潦草，透露出她是被他们强迫着而写此数行的。不过借此也可以知道你表妹尚困在匪窟之中，没有丧失她的性命。但湖匪一开口便要我二十万，叫我哪里拿得出呢？即使打对折也要十万呢。此间悉数敝赋，也不过一两万光景，再向朋友挪移，也不能凑到五万元，文莺总是难以归来了。"说罢长吁短叹。

天羽反负着手，立在旁边，低倒了头一声儿也不响，好似深深思索一般。隔了良久，他抬起头来，对景宋说道："表妹是姑夫心爱的人，金钱是身外之物，无论如何，我等必须想法把她救出来的，断不能使她陷身在匪窟中，夜长梦多，日后发生不测之事的。我们有钱的出钱，有力的出力，请姑夫预备五万现款，让我做代表，亲到太湖中去和那姓章的湖匪接洽。无论如何，我必要同表妹一齐回来的，否则我宁可死在那边，和湖匪拼一下子了。"

景宋皱着眉头说道："你要到匪窟中去吗？我是很不放心的。还是让别人去的好。五万元之数当然我还可以勉强筹措，只是你却万万不可去的。倘有不测，教我怎能对得起你地下的双亲呢？"

天羽听景宋不放他去，他不由发了急，又说道："姑夫请放心，我去做代表，决无他虞。我到了那边自会见机行事，不致贻陨越之虞。若派他人前去，不但恐不足恃，且惧偾事。所以我自告奋勇，不辞跋涉，愿意赴汤蹈火，救表妹回来。请姑夫放心。"

景宋把手摸着自己的下额说道："你一人前去，使我总是不放心的，最好另有他人去。"

慈童在旁边说道："那么让我陪伴天羽少爷同去便了。"

景宋不禁微笑道："你又不是古时的秦舞阳，有什么勇气？秦舞阳十三岁杀人，人不敢忤视，但是等他跟了荆轲一入秦庭，也不免震恐失色，童子到底是不中用的，要你陪去作甚？"

慈童虽然不懂什么秦舞阳和荆轲，被景宋一叱，也就默默然退下去了。天羽又向景宋请命，只要景宋能够筹款，他必要到太湖中去援救文莺出险。景宋虽然愿意他去救文莺，可是因为湖匪很不好惹的，倘然不幸而有三长两短，叫自己怎对得起天羽的父母呢？然而文莺身陷匪窟，也不能不想法把她救出来的。于是他思索良久，被他想出一个计较来了，他就对天羽说道："我当然要想法救你表妹出来的，少安毋躁，我想古语说得好，解铃还须系铃人，文莺被绑，那个姓谢的小子总是有重大的嫌疑的。不过我们得不到凭据，奈何他不得罢了。大概他是对于湖匪有些路道的。我们若要到湖匪那边去接洽，还是先和他商量，请他帮忙。只要许以重酬，他一定能够答应我们的。"

天羽道："姑夫虽然说得不错，但谢连生这种人恐怕靠不住的。他一定要借这机会，从中多捞摸些钱财。人面前说人话，鬼面前说鬼话。设使他的欲壑填不满时，也许这事情便要弄僵的。"

景宋道："我们用诚心去待他，又许他厚利，人孰无良，想他不至于偾事的。"

天羽想了一想，又说道："那么我可以和谢连生同去，比较事情就容易办了。"

景宋听天羽一定要去，便道："这须要我和谢连生谈过后，再斟酌行事。"

他们正在商量，忽然听得外面叩门声，鬟童出去开门，引进一个三十岁左右的男子来。那男子头戴绒帽，身披大衣，面目也还生得整洁，像是个商人模样。走到里面，便问哪一位是陆先生，景宋说是我，问他姓甚名谁，到这里来有何事见教。那男子便说姓徐，坐谈之下，方知此人就是文莺同学徐婵英的哥哥国英，新在这里开设那家茶食肆的。文莺和婵英那次邂逅以后，婵英曾来陆家盘桓过，而文莺也到他们店里去玩的。不过景宋对于婵英的哥哥尚没有认识容颜呢。此番湖匪来劫西山，文莺既被湖匪绑去，而无独有偶的，徐婵英也是在被绑中间的一分子。徐国英也接到湖匪的来信，要他出钱去赎。他就去访问山上被绑的人家，要想商议一种稳妥的办法，共同派遣代表到横山去磋商。有一家姓夏的，就是十二龄童子的家长，他也去接洽过了，闻得婵英的同学陆文莺也被绑，所以他到这里来访问。

景宋当然很愿意听从大家的意见，他又听徐国英说镇上有个姓赵名金保的，是本地的流氓头，他可以和湖匪去说话。还有谢连生也愿做代表，一同前去代我们说话。不过因为湖匪向各处索价是不同的，所以也只好各还各的价。赎价多少虽有上下，而办法却要一致的。景宋听了谢连生也在其中，正合其意，所以答应一致进行。徐国英遂约景宋明天上午九时即至他家里集合各家家族，和赵金保、连生一同商议。彼此约定了，徐国英就告辞回去。

天羽听大家已经进行赎票，心中稍为安定，又对景宋说道："那么我们不必再找谢连生了。大家凑出钱来，托他们两个人去办吧。不过明天姑夫去集议的时候，最好设法使我做被绑家庭代表的一分子，能够跟随同去，那就是我最大的希望了。万一将来谢连生等和湖匪谈判不成时，我也可以去自己和湖匪交谈了。"

景宋点点头道："这样也很好，明天倘有机会，我总要把你的希望达到的。"

这时候吴云章又来慰问了，天羽也就走开去。

次日上午九时，景宋跑到徐国英家里去集议，天羽守在家里听候好消息。直到将近下午一时，景宋方才回来。天羽和懋童等他回家吃饭，坐定后马上开饭，景宋和天羽一边吃一边讲，把集议的大略情形告诉一遍。天羽方知被绑家族已许酬谢赵谢二人一万元，要求他们尽力帮各家族说话，减低湖匪的讨价，好使事情成功。现在先送三千元，事成之后，再送七千元。赵金保和谢连生当然一口允诺，决定明天一早动身。赵金保曾对众人说你们中间最好也有一位人出来，跟他们到匪窟中去做代表，可以证实一切，将来不致疑心他们要在中间捣弄什么玄虚。当时众人一时间难得有人肯大胆冒险前去，景宋乘机说他的侄儿曹天羽愿做代表，跟随赵谢二人同往，于是这样地决定了。

天羽听说景宋已代自己说妥，自己可以跟谢连生等到匪窟去，心中甚为兴奋，连说："很好很好，我可以趁此见识见识哩。但是自己不认识赵谢二人，如何一起去呢？"

景宋笑道："你莫发急，今天晚上我们几家被绑家族在镇上聚丰园酒家宴请赵谢二人，我也要出席的，你跟我同去便了。"

天羽听景宋这样说，方才安心。吃过饭，姑侄二人又坐着谈论这事情，景宋虽已答应天羽随赵谢二人同赴匪窟，但仍叮嘱他一切小心，不要自作聪明，得罪赵谢二人。天羽自然听从景宋的说话。

天暮时，景宋带着天羽到聚丰园去做东道主，徐国英先到，其余众人也同时来了。一会儿，赵金保和谢连生皆到，谢连生的面目天羽是见过的，赵金保却是第一次见面。见他是一个大胖子，相貌倒也生得魁梧奇伟，不过两只眼睛是三角眼，露着凶狠的样子。大家入座后，景宋向赵谢二人敬过酒，大家随意吃喝。赵金保和谢连生酒量都好，一杯一杯地灌了不少黄汤。景宋又介绍天羽和二人相见，说他就是被绑家族的代表，要请二人多多指导，保护他平安。赵金保跷着大拇指说道："陆先生，你放心便了。我们虽然没有什么本领，但是外边的人很熟，弟兄们也很多，湖匪也知道我赵金保这个人的，不论什么人跟我同去，决无妨碍，放心放心。"

谢连生也说道："在外边提起了我们赵大哥三个字的大名，可以说谁人不知，哪个不晓？不是我连生说一句夸口的话，在西山地方除了我们两人，有谁敢去和湖匪开口讲话呢？"

徐国英道："对了，我们就是为了知道二位有这能力，所以拜托你们去办的。"

赵金保喝了一杯酒，点点头道："承蒙诸位看得起我们，我们自当竭心尽力，代你们去接洽。我们也希望这事办得顺利，于我们有面子的。"

大家又向二人说了几句好话，方才散席。徐国英又把大家先凑出的三千块钱交与赵金保，赵谢二人和天羽约定下船的所在，告辞去了。

景宋和天羽回到家里，又闲谈了一刻，方才各自安寝。天羽有了心事，哪里睡得着。次日天色方曙，早已起身，早饭也不要吃，漱洗毕立刻要去下船。景宋也起来了，又叮嘱一番，给他二百元纸币，藏在身边，以便使用。天羽别了景宋，又去街上买了许多纸烟糖果等食品，带到船上去。急急跑至下船的所在，见是一艘中等的快船，泊在水滨，跳上舟去，却见赵谢二人已在舱中等候他了。天羽忙向二人打了一个招呼，说声对不起。等到他坐定后，船也开驶了。其时到太湖里去的船非常之少，在这风声紧急，噩耗频传的当儿，谁敢再到三万六千顷中间去蹈险？但是天羽一心援救文莺出来，所以镇定心绪，视险若夷，不惜躬自到龙潭虎穴中去一行，坐着一叶扁舟，向那烟波浩渺中破浪驶去。

第十二章 孤舟一叶横山去

这天阳光暗淡，凝云不解，老天又有酿雪之意。风也吹得很紧，太湖里浊浪排天，似有鬼神在那里怒号，湖面上景象异常惨淡。天羽坐的小快船更是上下颠簸不定，天羽好似处身在摇篮里，幸亏他的胆子很大，不是弱者，一心要去救出文莺，也顾不得风波的危险了。赵金保和谢连生是个老江湖，他们更是无所谓的，在船舱里喝酒谈天，若无其事。天羽便把他买来的纸烟敬给二人，又将糖果孝敬与二人吃。二人见天羽很有礼貌，也乐和他亲近。问问天羽以前在哪里求学，年龄几何，家中可有什么人，和陆家是个什么亲戚。天羽胡乱回答他们，乘间又对他们说明自己的意思。因此次前去和湖匪接洽，是初度商议，肉票当然不会即时赎回的，最好能让自己和文莺见一面，看看她是否无恙。赵金保道："曹先生，你放心，湖匪也很知义气，他们既然写书来要你们取赎，那么在限期之内，对于肉票一定不会无端伤害的。就是饮食起居待得也很好，和他们自己一样。不过若到了撕票的时候，那就难说了。你要见见令戚吗？少停到了山上，瞧看情势再作道理，此刻我不能预先答应你。"

天羽道："仗二位大力，使见一面，那么不胜感激之至了。"

在下午将近五点钟的时候，他们的船方才驶近横山。赵金保指着远远的一个山峰，对天羽说道："我们到横山了，且喜一路平安。"

天羽见舱外云雾里隐隐有一个山头，和上方山差不多一样高，今天因为日光早已隐匿，所以瞧去不十分清楚。在湖中这样的山峰很多，谁知道这上面竟有一伙打家劫舍的山泊英雄，龙盘虎踞着呢？他正在遥瞩之际，忽然旁边港汊里橹声咿呀，摇出一只小小的渔船来，船头上立着一个渔夫，向这里的船大声喝问道："你们是哪里来的船？要上哪儿去的？快快老实告诉，可知道前面的横山是去不得的吗？"

赵金保闻得呼唤，连忙走到船头上去，向对面的渔船相视了一下，便高声答道："我们正是上横山去接洽要事的，我姓赵名金保，你们莫非就是横山上的船吗？"

赵金保说了这话，那边船上的渔夫哈哈笑道："原来如此，你就是西山的赵老哥吗？可是为了票子的事情，要和我们章大哥相见吗？"

赵金保拍拍手道："不错，我们此来正为了票子的事，要见章大哥。烦你们引导。"

渔船上的渔夫便道："很好，我来引你们上山去。你们的船请随我来吧。"

渔船立刻掉转船首，向横山摇去。天羽的船紧跟在后面。一会儿横山已涌现在面前，二船一先一后，进了港口，港内也有几只大快船泊在里面，船上的渔夫向他们船上打个招呼，天羽的船就绝无拦阻地驶过去了。天羽知道那渔船就是湖匪派出来游弋的小船，弟兄们扮着渔夫的，外边人哪里知道呢？等到船傍岸后，那渔夫已换上了黑布棉袍子，去了头上的篓笠，换上皮帽子，跳到这边船上来，和赵金保谢连生先后握手，喊声辛苦，好像是很熟的。赵金保问他姓名，方知姓吕，名焕彪。赵金保便尊称他一声吕老哥，又介绍天羽和吕焕彪相见。天羽连忙敬上纸烟，代他划着火柴，吕焕彪便引导三人上岸。天羽留心观看，山上住的人家很少，大都是些渔户，甚是荒凉，还远不及西山呢。暮色苍茫，他也未能细察。

到得山上一座庙宇里，这就是湖匪临时的大本营了。吕焕彪引他们走入庙中，那庙一半已是破旧，佛殿上坐着几个弟兄，在一盏煤油灯下面斗纸牌。吕焕彪招待三人到一间小室里坐定，那小室也没有布置，只是一张白木方台子、几张长凳，灯火也没有。

吕焕彪对赵金保说道："有屈你们在这里坐一会儿，待我去找章大哥。"

赵金保道："一切拜托你吕老哥，快给我们引见。"

吕焕彪答应一声，回身走去。三个人坐在黑暗里，也不知道什么。恰见有一个弟兄点了一支蜡烛进来，把烛盘放在桌子上，向三人脸上瞧了一瞧，就走出去了。隔了一会儿，吕焕彪走来，对赵金保说道："赵老哥，对不起，我们的章大哥真不凑巧，下午三点钟的时候和几个弟兄出去了，大概要明天上午回来，只得请你们稍待一下。不知你们愿意住在山上呢，还是住在你们的船上？"

赵金保道："这倒随便的。曹先生，你怎样？"

赵金保说着话，向天羽望望，好像征求他的同意。天羽道："我们没有带铺盖，还是住在山上吧。"

吕焕彪点点头道："很好，我们理当招待的。只要你们不嫌简慢罢了。"遂陪着他们坐谈两三句，便立起来说道："你们的肚子想必饿了，我开饭来吃吧。"

赵金保道："谢谢吕老哥费心，改日我们请吕老哥喝酒。"吕焕彪说一声好，马上走出去了。

天羽的肚子正觉得饿了，隔了一会儿，有两个人送来饭菜，放在桌上。小小的碗碟，是两荤两素，天羽一看那两样荤，一碗是烧鲫鱼，一碗是肉丝豆腐汤；那两样素一碗是青菜，一盆是萝卜丝，真是山肴野蔌了。有一锅子饭，四副碗筷。跟着吕焕彪也来了，指着菜对三人说道："这样的菜是实在不好敬客，因为山上没有好的庖厨，临时也烧不出什么，请你们胡乱充饥吧。"

三人又谢了一声，大家把碗盛着饭吃，吕焕彪陪他们吃饭，天羽瞧他一连吃了五六碗，一霎时四个人已把一锅子饭吃个精光，让人收去。吕焕彪又去倒了几杯茶来，陪着三人坐谈。天羽身边恰巧带着两包美丽牌纸烟，遂取出来敬给三人吸烟。

吕焕彪对赵金保说道："我们此番惊动了贵处，实在也是不得已的事。你们做了肉票的代表，到此接洽，当然我们是不胜欢迎的。只要所说的赎价相去不远，我想章大哥一定能够答应的。"

赵金保吐着烟气，慢慢地说道："我们也愿此事能够谈妥，那么大家有面子，大家快活。"

吕焕彪也道："有你赵老哥的面子，十有八九可以成功的。"

谢连生道："也要拜托吕老哥从中帮帮忙。"

吕焕彪笑道："我是无可无不可的，也不能做主。不过我总代你们添几句好话。"

天羽道："吕老哥功德无量了。我要问问你那些肉票在山上可安好吗？他们住在哪里？舍亲陆文莺小姐也是中间一分子，我很惦念她。明天能不能烦吕老哥的力，给我和她见一见？"

吕焕彪答道："你放心，他们都好好儿地在山上住着。我们的目的是要钱，并不要人。他们都是财神菩萨，我们岂肯损伤他们呢？"说到这里，哈哈地笑了两声，又道："你要去见你的令亲吗？这个我也不能做主，明天见了章大哥以后再说吧。"

天羽道："我总要拜托你吕老哥的。"

吕焕彪陪着他们讲了一刻话，方才走出去，叫人拿了一张棕垫和几块木板，搭了两张临时床铺，铺上被褥和枕头，又对三人说道："有屈你们在此将就一宵吧。"

赵金保道："很好很好，谢谢老哥费心。"说罢打了一个呵欠，吕焕彪告退出去。

三人没事做，也就解衣就寝。因为赵金保身躯硕大，让他独睡一张床，天羽和谢连生同睡在板铺上，而将就了一宵。次日一早起身，有人送上洗脸水来，大家盥洗毕，又有人送上三碗肉面，三人也吃过，只不见吕焕彪来，又不敢胡乱走动，只立在房门口，看看外面走廊里也是静悄悄的没有什么人。

直到十一点钟时候，吕焕彪匆匆走来，说道："对不起得很，早上我因出去游弋，不能奉陪，没有向你们先打招呼。现在章大哥回来了，我已和他说过，他在里面等候你们去见他。你们好好

153

儿地和他去讲话吧。"

赵金保听了这话，马上要走。谢连生却对天羽说道："你且在此等一会儿，让我来先去见章大哥。谈到有些成效时，再请吕老哥来唤你去见面，可好吗？"

赵金保说道："连生说得不错。"

于是天羽只得让他们先去了。他独坐在室中，心里暗想，恐怕谢连生进去要捣弄什么玄虚，所以不要我同时进见，真是可恶之至。那么我难道白白地跟他们来吗？此刻他心里灵机一动，又有别的计划浮出在他的脑海里了。守了一刻多钟，方见吕焕彪走来，对天羽说道："他们已同章大哥谈过，此刻要唤你进去说话了。"

天羽道："谢谢你。"说着话，就从他自己身边摸出一百元纸币来，塞给吕焕彪手里，说道："我是不会讲话的，一切要烦你的指导。此番匆匆前来，没有什么礼物孝敬老哥，这一些请你收了吧。以后这里若得成功，我再要请老哥喝酒，重重谢你。"

吕焕彪一边把纸币很快地藏到他衣袋里去，一边对天羽带笑说道："你这个人很是聪明，我总帮你的忙。我们的章大哥最欢喜说话爽快的，你和他讲话，不要期期艾艾，爽爽快快地回答就是了。"

天羽又道："谢谢你，我渴欲一见舍亲之面，停会儿你不要忘记有机会时代我要求一声。"

吕焕彪点点头，立刻领着天羽曲曲折折地走到后面一间僧房里，赵谢二人都坐在那边，正中桌子上坐着一个三十多岁的健儿，相貌很是雄壮。身上穿着皮大衣，头上戴着獭皮高帽，在他旁边还坐着一个身穿西装的男子，年纪有四旬左右，戴着眼镜，倒不像是个武夫。吕焕彪指着正中的健儿，对天羽说道："这位就是章大哥。"又指着旁边穿西装的说道："这位就是胡大哥。"

天羽对着这两位草莽英雄，不得不磐折为礼。章大哥对天羽上下相了一眼说道："你就是陆家代表，姓曹的吗?"

天羽说声是，章大哥一摆手，又说一声请坐。天羽就在旁边椅子上坐下，吕焕彪也远远地坐在一边。章大哥对赵金保说道："你和他说吧。"

赵金保就告诉天羽说，他们方才已谈好肉票的赎价，照西山肉票各家族所要求的赎价和这里原来提出的相去甚远，章大哥不能答应。现在经我们两人和章大哥再三恳商，说明各家族的艰难情形，他方才答应照原来的数目打一七折，便限我们要于五天之内，亟待回音。你可以在此做证人，一同回去复命。你如有什么说话，不妨直接和章大哥说便了。

天羽谢了一声，又说道："既然二位已和章大哥谈过，这是很好的事。我总照样一同去复命的。我既然是肉票方面的代表，当然要向这里诸位英雄恳商，倘能体念各在此时期种种艰难的情形，肯把原来提出的价钱诚意减低，那么这是各家族大大的幸事了。"

天羽说了这话，章大哥就对天羽说道："你知道了吗? 我们提出的数目也不好说大。因为我们曾经查问过各个肉票家里的情形而提出的，决不至于无的放矢。现在我看赵谢二位的脸上，业已减至七折，不能说没有诚意的了。请你回去向各家族转言，如要保全肉票的性命，快快照了限期把金钱来赎。我们做事喜欢爽爽快快的，不高兴多说废话。你知道了吗？"

天羽答道："知道了，我回去一定催促他们早些来赎。不过事实方面我也知道各家族困难的情况，这里倘然再能够减少一些数目，这事情便好办了。"

章大哥冷笑一声道："嘿，我已很让步了，还要我减少吗？这事只好难办了。"说着话，把头摇了两摇。

胡大哥接着说道："我们做事很爽快的，现在各家族要求的数目实在太不能使我们满意了，只好有烦你们回去快快地劝导，只要不至相差太远，便好讲话了。"

赵金保说道："不错，我们准照章大哥的意思回去说的，希望要把这事办妥，大家快活。还要仰仗二位多多帮忙，感激不尽。"

章大哥点点头道："好，我再等候你们的回音。我也不客气了，恕不招待，请你们回去传话吧。"

章大哥这样一说，赵金保和谢连生都立了起来，说道："多谢章大哥，我们就此告辞，五天之内必能复命。"

天羽虽然跟着立起来，但因他心里的愿望未能达到，不由暗暗发急，双目对吕焕彪紧瞧了一下，吕焕彪明白天羽的意思，立刻走到章大哥身边，带着笑脸，低声说了几句话。章大哥皱皱眉头，好像很勉强似的对吕焕彪说道："这事情交给你去办吧，至多五分钟，不许他们多说话。你在旁边监视着，你要负责任的。我昨晚一夜没有安眠，实在觉得疲乏了，我就要去睡觉，你们当心着吧。今天晚上还要开会哩。"

吕焕彪说了一声是，便陪着三人告退出来。走到了那间室中，吕焕彪对天羽说道："我总算代你办到了。你就跟我去一见你的令亲，好让你们就下船回去。"

天羽谢了一声，便对赵谢二人说道："我去看看我的表妹，请你们二位在此稍待一下。"

谢连生口里咕着一声道："还要去见什么表妹？我们不好早些回去吗？"

天羽也顾不得二人的同意，跟着吕焕彪便走。吕焕彪引导着他，走出这座庙宇，向左边一条小路上高高低低地走去，前面有一个小池塘，池侧有一株很高大的榆树，在那榆树之下，有三间矮屋。吕焕彪陪着天羽走到矮屋面前，见有一个弟兄站在门前，吕焕彪走上前，叫一声："萧兄弟，我奉章大哥之命，陪这位姓曹的到此一见陆小姐，只谈五分钟就走的，你放我们进去一见吧。"

那姓萧的说道："很好。"把手向右边一间小室里一指，又说道："陆小姐正在里面看书，你们进去见她吧。"

吕焕彪说一声好，就引导天羽大踏步走到右边屋子里去。天羽此时一双目光好如猎犬一般，搜索他的目标。一脚跨进房门，只见文莺坐在向北沿窗桌子边，低着头在那里看书。那房间里也只有北面的两扇小窗，还是纸头糊的，所以不甚明亮。

天羽叫一声："表妹，我来了。"

文莺回头瞧见了天羽，不由呆了。连忙立起身来，很惊奇地问道："啊哟，表兄，你怎样来此的？"一眼又看见了吕焕彪立在旁边，便不敢说什么话。

天羽道："我是到这里做代表的，姑夫得了你的信，正在凑

157

集款子来赎你回去。"

文莺道:"那封信是……"说了半句,却又缩住,不说下去了。

天羽道:"我们一共三个人来的,现在商量的情事我也不必告诉你,你也不必问我。无论如何我们总要想法把你赎回来的,你且耐心等候好消息吧。你在这里安好吗?"

天羽一边说,一边观察文莺的俏面庞,已清瘦了不少了。

文莺答道:"我在这里尚好,起初我和那同学徐婵英住在一块儿,后来他们知道我们是同学后,便把我们分开,我也不知道徐婵英住在哪里了。我一人在此闷得很,幸亏他们拿些书来给我看看,稍解我的寂寞。我父亲在家里安好吗?"

天羽道:"他老人家还好。不过他为了你也是日夜不安的。"

文莺听了这句话,不由眼眶里落下两滴眼泪来,她的头也低了下去。

此时吕焕彪在旁边说道:"好了,你们不能再说下去了。陆小姐在此很好,我们决不会亏待她的。只要你回去劝她的父亲快快想法来赎她回去吧。"说罢,强迫着天羽和文莺离开。

天羽不敢违拗,且因许多话当了吕焕彪的面也不好说,只得硬着头皮又对文莺说道:"表妹,你在此耐心等候数天,我必要再来带你回去的。你千万要保重身体要紧。"说着话,跟了吕焕彪走出门去了。

天羽回去见过赵谢二人,吕焕彪便要送他们下船。赵谢二人亦急欲回去复命,遂跟着吕焕彪下山。途中天羽左顾右盼,十分留意上山下山的途径。到得水边泊船的所在,吕焕彪送三人登舟后，自己驾了一艘小船，护送他们出港。经过港口，有船停泊之处，船上有人喝问口令，吕焕彪说了一个"太"字，他们的船便安全过去了。于是天羽知道出入的船要有口令的。

等到出港后，吕焕彪不再相送，在后面船上说一声"你们好好回去，早来交代"，赵金保也谢了一声，看吕焕彪的小船驶回去了，他们三人遂迤返西山。幸喜这天遇着顺风，所以回至西山时，天尚没有黑哩。赵谢三人便一家一家地前去复命，约定明天午时再在徐家集议，听取回音。

天羽独自回到家中，见了景宋，把自己随同赵谢二人到横山见匪磋谈的情形详细告诉，蛮童也立在外室，很注意地窃听。景宋听了天羽的报告，眉峰频蹙，叹了一口气，说道："照他们前番信上所要求的赎价为二十万，若然打一个七折，那么也要十四万，这个数目教我也是筹措为难的。若然不去赎吧，文莺的性命定要不保，我也觉对不起她的。况且我从江边领回家时，她的年纪尚小，抚养她到今日，也费去我不少心血呢。她也依依膝下，十分孝顺我的。我又怎样舍得坐视不救呢？这真是使我进退狼狈了。"

景宋说着话，只是搓着手，表示无可奈何的样子。天羽见景宋这般模样，也知道这事是十分困难的。然而自己在横山返棹的时候，心里早有一个筹划，只是此时还不能向景宋发表。所以他对景宋说道："姑夫，你也不必过于焦虑，你们领会商议过了再说吧，也许可以再托赵谢二人去和湖匪商量，把赎价再行减低一些。"

景宋只是摇头，他也并非不舍得阿堵之物，实在这时候现款

159

奇绌，一时凑集不拢，友朋中间也难为将伯之呼呢。

到了次日，景宋去和众家族集会，大家对于七折之数也觉难以办到，于是有的主张四折，有的主张五折，意见渐渐不洽起来，结果又各人自己认定了数目，托赵谢二人再去和湖匪接洽。赵金保的意思以为众人做事太迂缓一些，空口说白话是毫无益处的，遂要求各人先凑出二三成来，让他们带到横山去，好使章大哥对二人有信用。众人中间有一半人赞成赵金保的，于是决定要带些款项再去接洽，因为大家凑钱的缘故，赵谢二人不得不稍缓两天动身了。

景宋是答应先凑出一万五千块钱出来的，他回到家里，告诉了天羽。因为自己手边现款不足，要托吴云章去代为挪移一万元来，他将自己藏着的五千元当着天羽之面，点了一点，锁在手提箱里，钥匙却放在抽屉里。他自己先走到间壁吴家去托吴云章想法。吴云章为了这件事特地到东山去移款子。

这天晚上景宋和天羽坐在房里谈着这事情，景宋总是难抱乐观，因为两边的数目相去太远，恐怕赵谢二人难以把这事圆满解决。景宋问天羽要不要再跟他们到横山去，天羽摇摇头道："我看这俩小子也做不来什么事的。我若有能力，当自己去救表妹，何必要仰仗他们呢？"

景宋听了天羽这话，不明白天羽的意思，以为天羽和赵金保谢连生还有什么意见龃龉，也就点点头说道："所以我始终不能够抱乐观，但你个人要到横山去援救文莺，也是一件难事啊。"

天羽低着头不响，似乎不赞同景宋的说话。他们二人讲了一刻，也就各自去睡了。

次日早上，景宋又到徐家去，和徐国英谈谈赎票的事情。到午饭时回来，却不见天羽在家，便问戆童可知天羽在哪里，戆童答道："在老爷出去以后，天羽少爷便差我到市上去买一筒洋蜡烛，等到我买回来交与他后，他就挟了他的手提箱，匆匆出门去了。我问他到哪里去，他说到东山去。"

景宋听了这话，很觉有些奇怪。天羽有什么要事？何以不别而行呢？他心里十分纳闷儿，猜不出天羽的行踪。他只得独自一个儿在家中用饭了，平常时候本是三个人同桌而食，现在去了一个又一个，自己如何不更觉寂寞寡欢呢？所以他觉得食不下咽，吃了一碗饭就放下筷子来。直到晚上睡眠，他方才发觉枕边有一封信放着，乃是天羽留给他的。他拆开信来，在暗淡的灯光下展读，见这信上写着道：

姑丈大人赐鉴：

　　赎票之事，赵谢二人恐不足恃。且对方欲望甚奢，亦恐姑丈一时力有不足。侄思维再三，决定亲自单身重至横山，与湖匪谈判，务必用计救出表妹。箱中五千元今已秘密取出，事先未能预告，尚请多多恕寡。不救表妹出险，侄不欲生回矣。故请大人对于所认赎款，目前不必交与赵谢二人，徒耗金钱，于事无补也。容余返家后面禀。此请

　　金安

　　　　　　　　　　　　侄　天羽上言

161

景宋看过了这封信，心中又不免狐疑起来，连忙向屉中去取了钥匙，开了手提箱一看，果然自己昨夜放入的五千元已不翼而飞。他暗想天羽这封信是不是由衷之言，他要去救文莺，这五千元之数也是杯水车薪，无济于事。他既没有仪秦般的生花妙舌，又无昆仑奴的身手，如何能够去到匪窟中救文莺出险呢？胡乱行事，是一定要失败的。我不愿意他这个样子去做，恐怕对于二人的生命将有非常的危险，若然说天羽眼见了这款项，不心窃取了去，故意如此托辞，那么照平日天羽的言行而论，也不至于这样丧尽良心的。景宋想了多时，仍旧想不出个所以然来。睡在床上更是辗转反侧，寤寐难安。

　　那么天羽究竟到了哪里去了呢？是不是真的重上横山去援救文莺？当然这事是十分危险的，然而天羽是个有血性的青年，他和拿破仑一样，在字典中没有一个难字。果然他是上横山去了。至于能够救得出文莺与否，他自己也难预先决定呢。

第十三章　珠还何幸遇昆仑

天羽一心要救文莺，他自己决定了办法，抱着大无畏的精神，亲自蹈着危险上横山去，成败利钝，置之不顾。隔夜他瞧见了景宋的五千元，就想利用这笔款子，去用在救援文莺的身上。若然这事侥幸成功，此数已很足够了，不必再要使景宋去筹措巨款。所以他乘景宋出门的时候，借着买洋烛为名，遣开了蛮童，自己从抽屉里偷取钥匙，悄悄地开了手提箱，取出五千元，放在自己衣袋里。立刻写了一封书信，藏在景宋的枕边，好让景宋知道自己出去的目的，而不至于疑心到别的问题了。他也知道事贵神速，若被赵谢二人知道了，那么于自己大有不利的。料想景宋不至于把这个消息泄露于他们知道的，所以他赶紧带了自己的手提箱，悄悄地离开了陆家，跑到停船的所在，找着了前天坐到横山去的船。他向舟子商量，要雇他家的船再上横山去，许以重利，先把一百块钱付给那舟子，要舟子立刻动身开船。舟子见了花花绿绿的纸币，自然一口答应，于是一叶扁舟，载着这位侠义勇敢的少年，又向太湖里去乘风破浪了。

天羽的船将近横山时，恰巧又遇见吕焕彪的渔船在港口巡弋。吕焕彪见了天羽，便问道："你一个人来此作甚？赵谢二人在哪里？"

天羽答道："他们隔一天也要来了，此刻我是来和章大哥单独商量的，请吕老哥多多帮忙，我就感谢不尽了。"

于是吕焕彪的渔船又引导天羽进了港，泊船的当儿，天羽请吕焕彪到他船上来坐谈。天羽告诉他说，赵谢二人自从这里回去复命后，各家族的意见尚未一致，有的凑不出钱，意欲再求减低。他是代表陆家来的，因为文莺的父亲要紧把女儿赎回去，情愿遵照此地章大哥的说话，即付十四万元的代价，赎取肉票。差自己先来接洽，要求从速成功。所以自己冒险而来，一切还要吕老哥帮忙，事成后当重重酬谢。

天羽把话说了，又取出六百元纸币，送给吕焕彪说道："这一些钱先送给你买酒吃的，以后再当致送。"

吕焕彪老实不客气地拿了，便说道："很好，你们这样办事爽快，我自然乐于帮忙的，此事包能成功。章大哥现在山上，大约今天没有什么事，我即刻可以引你去见他。你可将现款带齐吗？"

天羽笑笑道："这数目很大，陆小姐的父亲正在筹措中，我也不敢一起带来的。现在且先和章大哥说妥了，约定地方，人钱两交，我们是欢喜爽爽气气的。"

吕焕彪道："这样很好，我引你上山去吧。"

天羽又道："我还要有烦吕老哥，停会儿给我和陆小姐再见一面，让我报一个喜讯给她，也好使她安心。"

吕焕彪点点头道："可以可以。"于是吕焕彪陪着天羽舍舟登陆，上山去见章大哥。

其时也有下午五点多钟了，天羽见了章大哥，把自己到此的意思向他陈述一遍，和方才向吕焕彪说的意思仿佛，不过措辞方面比较郑重而肯定一些。章大哥虽然对于天羽此来单独接洽有些不大赞成，但因天羽爽快地依了自己的数目，当然也不便拒绝，答应天羽先把陆小姐赎回去，遂和他约定大后天中午两边在横山港外湖面上一边付款，一边交还肉票。彼此说妥了，天羽便要告辞出来，吕焕彪又和章大哥说明天羽要送信与肉票，恳求放他一见。章大哥因为陆小姐不久就要取赎，自然一口答应。吕焕彪马上又引着天羽去见文莺。

这时候文莺的屋子里已点上一盏惨淡的煤油灯，晚餐也吃过了。天羽一见那看守文莺的萧某，又把两百元纸币塞到他的手里，告诉他说，不日要来赎取陆小姐了。萧某见天羽肯用钱，当然对他表示好感，就让吕焕彪监视天羽进去和文莺见面。文莺一见天羽又来了，又惊又喜。天羽当着吕焕彪的面，依然不能和文莺多说什么话，照样说了一些，叫文莺安心守候，回家有日了。文莺听了天羽的话，将信将疑，也不能详细问他，只是点头说好。天羽在将要离开文莺的时候，把他身边大衣袋里预备好的一个小纸团乘吕焕彪不留心的当儿，向文莺脚边轻轻抛去，又咳了一声嗽。这时候室中光线不明，所以吕焕彪也没有瞧见，就陪着天羽走出去了。

天羽走到了外边，见天色已是昏黑，但是明月已上，有些地方被月光照着的，很是清楚。吕焕彪道："我送曹先生回船去吧？"

天羽说道："我屡次麻烦吕老哥，于心很是不安，我们必要重重报酬。现在我要请吕老哥到船上去一同喝几杯酒，不知可肯赏光？"

吕焕彪道："你到山上来，理该我们做东道的，方才我要紧引你来见陆小姐，没有招待你用晚饭，抱歉得很，怎么反到你船上去喝酒呢？不如请你到庙里去将就吃一顿淡饭吧。"

天羽又问道："那么山上可有什么酒家？我可以和吕老哥去畅饮。"

吕焕彪道："这地方不比东山西山，没有什么酒食馆的，只有一家姓陈的乡人家里，他们是做酒的。姓陈的老婆很会烧菜，我们有时也到他家去，吩咐他们烧几样菜吃吃的，酒也很好。今晚我陪你到陈家去喝酒也好，我理当做东道的。"

天羽大喜道："既有这个地方，当然是很好的了。仍由我来做东，不知那地方可近吗？"

吕焕彪把手向南面一指说道："就在那条小河西边，离此不过一二百步，很近的。"

天羽道："很好，我想要请萧老哥一同去。"

萧某听天羽要请他，便道："多谢曹先生的美意，只是我有职使，不能离开。况且晚餐已吃过，你们二位去吧。"

天羽道："我存心也要请萧老哥，请你一定要赏光的。你不好把门锁上了去的吗？表妹是一个文弱的女子，又在这山上，难道怕她会逃走到什么地方去吗？况且在两三天内我们就要把她赎回去了，还怕有什么变化？萧老哥，你放心同去便了，晚餐虽吃，喝几杯酒可好吗？"

萧某听了，对吕焕彪脸上望望，似乎要答应还不敢答应的样子，吕焕彪一想天羽的话也不错，便对萧某说道："你高兴去时也好的。"

萧某遂高高兴兴地进去，取了锁和钥，把文莺的房门锁上，又把大门带上，便跟着天羽吕焕彪走去。吕焕彪走在前面，转了一个弯，已到了那乡人家里。陈某正在门口看鸡上棚，一见吕焕彪，就带笑招呼。吕焕彪对他说道："今晚我们要到你家里来喝酒哩。"

陈某说道："很好，今晚恰巧没有别人，你们不妨进去畅饮。"遂引着三人走入门里。

天羽见房屋虽然湫隘，而收拾得倒也清洁。他们三个人就在正中一张桌子上坐定，陈某点上一支蜡烛，送上三杯茶来。天羽见屋中还有一个三十多岁的乡妇走出来，向吕焕彪招呼，谅就是陈某的妻子了。

陈某过来带笑说道："今天叫我老婆蒸一只腌鸡，还烧一段腌鱼可好吗？花生米和海蜇皮子等都有的。"

吕焕彪道："很好，今晚你烧得特别好一些，先烫三斤酒来，我们多多给你钱便了。"

吕焕彪说时，天羽早抢着说道："今晚二位务请赏光，让我兄弟做个东，表示我的诚心，千万不要客气吧。"一边说，一边又从身边摸出一卷纸币，有五六十元，付给陈某道："这一些些你先拿去，不够时我再照补便了。"

陈某接到手里说道："太多了，这里没有什么好的菜，很惭愧的。"

天羽道："你拿去好了。"

于是陈某进去端整几只盆子出来，乃是花生米、豆腐干、海蜇皮和皮蛋之类，先烫了一斤酒，放着三个大酒杯，让三人先吃喝起来，他们夫妇两便在厨下忙着烧菜煮饭。天羽陪着吕萧二人殷勤劝酒，又胡乱讲些时事。萧某本是喜欢吃酒的人，又经天羽相劝，便一杯一杯地喝下肚去。吕焕彪也不觉喝了许多。陈某一道一道地送上菜来，今晚特别讨好，除了蒸腌鸡以外，特地还烧了虾米炒蛋、煮咸鱼、红烧羊肉、雪菜冬笋汤等几样菜，在山中已是不可多得了。天羽只是吃菜，酒却只喝了一杯，有心不敢多饮，只推说自己不会喝酒的，所以尽让吕萧二人痛饮。吕萧二人今晚各有金钱到手，格外高兴，举杯畅饮。喝了长久，天羽瞧二人都有七分的酒意了，再叫陈某烫酒，说道："今晚我们要喝一个畅快。"

吕焕彪大着舌头说道："我不能再喝了。我们二人醉倒了，如何是好？"

天羽道："你们都在山上，有什么要紧？"

于是又劝他们各喝了两杯。吕焕彪嘴里已是回出酒来，人已醉了，实在不能再喝。萧某吃了半碗饭，吕焕彪饭也不要吃了，独有天羽吃了两大碗，又吃了不少腌鸡，赞美腌鸡的风味真好。

他们吃喝毕，吕焕彪立起身来，要送天羽回船，但是他脚步摇摆不定，好像只是要呕吐的样子，大着舌头说道："我不能送曹先生回船了，若让你一人回去，只恐没有口令，半路里要有人拦阻。"

天羽趁势说道："今晚的口令是什么？吕老哥倘能告诉我，

我一个人回去也不妨，不必劳驾相送了。"

吕焕彪大着舌头说道："口令是有的，只是如何能够告诉你知道呢?"

天羽道："这个却不可勉强。但我想你们的口令是天天换的，即使今夜给我知道了，明晚又换了别的，不怕我泄露出去了。我是规规矩矩地来商量赎取肉票的事，决无他虞的。"

萧某道："对啦，我想曹先生是一个规规矩矩的人，即使我们把口令告诉了他，他一个人也不会出什么乱子的。"

吕焕彪点点头道："好，我就告诉曹先生吧。今天的口令是'义气'二字。"

天羽大喜道："谢谢吕老哥，我要回船去歇息哩。你们二位多喝了些酒，也请便吧。隔一天我们再来畅聚一下。"

这时陈某送上热手巾来，天羽向他问道："我给你的钱可够吗?"

陈某道："太多太多，我还要找还给先生。"

天羽道："不用找了。"

陈某谢了一声，他们夫妇二人来撤去残肴，天羽和吕萧二人一齐立起身来，走出屋子去。陈某还送到门外，又谢了一声。吕焕彪脚步踉跄地走得不多几步路，天羽对他说道："吕老哥，从这里下山，我也认识途径了，你们俩请早些去睡眠吧，再会再会。"说罢，又向二人点点头，掉转身子，便往山下走去。

此时吕焕彪也不能送了，和萧某说一声明天会，自己走回去了。萧某喝醉了酒，独自走回那矮屋里去，开了门走进去。他瞧见的房里还有一丝灯光，从门隙里透出来，知道她尚没有睡眠，门上的锁也懒得去开了，这样地锁上，岂不比较更是稳妥吗？他自己就关上了前门，到他房里去酣睡了。喝醉了酒的人睡得更是酣熟，一切都不知道了。

但是不多一会儿，便有一个黑影悄悄走到这屋子边来，蹑手蹑足地踅到后面房间的北窗之下，看到里面有一丝灯光，那黑影就伸起手来，向窗上轻轻叩了三下，屋里的早已得到天羽掷给她的纸团，在灯下拆开来看了一遍，见上面写着"今夜请勿睡，我必至北窗下援救，到时请开窗随我同行"，所以文莺早已知道天羽已下决心要来救她出虎穴了，精神十分兴奋，坐在屋子里静静地等候，盼望天羽早些到来。果然听到北窗上的剥啄声，虽然很轻微的，可是已直送到她的耳朵里来。对于那两扇小窗上的阻碍物早已被她想法除去，因此她就悄悄地把两扇窗开了，望见窗外的黑影，借着月光的映照，正是天羽的模样。她就轻轻地问一声："你是天羽表哥吗？"窗外答应一声："是的，你快出来吧。"文莺好在不要带什么东西的，她立在凳子上，爬到窗上，向外边奋身一跃，跳下地来。天羽早上前将她扶住，此时二人心里各有说不出的欢喜和恐怖，立刻向山下走去。

幸亏一路没有遇见什么匪党，到得船上，舟子等候了好多时候，见天羽回来，便上前说道："曹先生，你怎么去了这许多时候才来？我们很不放心呢。"一眼又瞧见文莺，不由大为惊奇，正在问讯，天羽早凑在舟子的耳朵上，轻轻说了几句话，又把一卷纸币塞在舟子的手里，说道："你快与我们开船，到了目的地我再谢你。"舟子听说，不敢怠慢，立刻回到船艄，和他的伙伴解缆开船。

天羽心里惴惴然，希望可以逃出港口，便可没事。但是他们摇得不多路，前面有数艘大船泊在那边，船上有人听得这边的橹声，钻出舱来，将电筒向天羽的船照了两下，喝问口令，天羽立刻回答"义气"两字。船上的人仍旧有些疑心，说道："你们是不是西山来的船？为什么半夜里开回去？"

天羽走出舱，不慌不忙地答道："章大哥叫我们赶紧回去办事的，有了口令难道你们还要疑心吗？"

船上的人听了天羽这样回答，果然没有什么表示。有一个伙伴走出来，两个人正在那里窃窃私语，天羽吩咐舟子快快摇船，他们也没有拦阻，又把电筒照了数下，让天羽的船过去。天羽和文莺不由暗暗地各自捏了一把汗。

等到船出了港口，舟子立刻挂上了一道帆，要夜渡太湖，这也是十分冒险的事。幸而湖上尚有月光映照，不至黑暗摸索。行了一段水程，天羽略觉放心，便将自己如何取了姑夫的现款五千元，跑到这里来贿通吕焕彪，重见章大哥，谎言赎取肉票，乘机请吕萧二人喝酒，如何灌醉他们，骗出了口令，又如何一个人假作回船，暗地里却潜行到文莺禁锢的地方来，救出文莺，一一告诉。这些都是他自己在西山预先想好的计策，果然侥天之幸，得以一一成功，不胜欣喜。

文莺听了，自然芳心十分感谢天羽能够这样蹈风波，冒危险，舍死忘生来救自己出险，他的热情厚德，使她终生不忘了。便谢谢天羽援救的好意，且将自己在匪窟里的情形告诉一二给天羽听。天羽听文莺虽然受到了莫大的惊恐，而在横山上尚没有遭逢湖匪残酷暴虐的待遇，总算不幸之大幸了。

二人正在舱中讲话，忽然舟子在船艄头探身到舱里说道："曹先生，你看背后不是有船追来吗？如何是好？"

天羽闻言，连忙从舱中探出头来，向船背后一望，见水面上果有三四艘帆船向这边紧紧驶来，月光下看得清楚，大约是横山上的匪船，发觉了肉票逃逸，所以从后追来了。便说一声："啊呀，果然有船追赶来了，我们到哪里躲避呢？"

文莺听有追船，她心里也发了急，知道天羽一个人孤掌难鸣，手中又没有家伙，怎样抵御呢？不禁玉颜失色，连呼怎么办。还是天羽比较主意，他向湖上一望，见东边有一港汊，芦苇长得很高，连忙吩咐舟子快快将帆落下，到那芦苇丛中去隐藏，千万不要给匪船瞧见。

舟子也怕湖匪的，听了天羽的话，赶紧落下了布帆，悄悄地将船摇入芦苇丛中去。恰巧那芦苇长得一人多高，足够隐蔽。天羽的船到了里面，当然也瞧不出外边了。舟子船停住，大家一声儿不响，各带着几分恐怖。船舱里的灯也早熄灭了，天羽坐在舱里，默默无语。文莺也是如此，她可以听得出自己的心跳。

隔了一会儿，听得外面有船只经过的声音，水波晃动，且有人在那里问道："老弟，方才不是瞧见前面隐约有一艘船的吗？怎么一忽儿不见了？决不会行驶得这般神速的。"

又听有人答道："是的，我也瞧见有一艘船的影子。难道他们进了港了吗？否则躲在芦苇里也未可知。"

文莺听了这话，急得面色泛白，恐防湖匪要到芦苇里来搜索，那么自己和天羽的性命难保了。天羽听着，握拳咬牙，正要准备抵抗。那两个舟子也在后艄头吓得索索地抖。

又听一个人说道："决不会的，他们稳是驶得快，转弯去了。我们快快向西山这条路上追去，不要耽搁时候。"这话说过，船也过去了。

天羽和文莺方才惊魂初定，暗暗庆幸湖匪错过机会，没有到芦苇中来搜索。他们追到西山路上去，那么叫他们扑个空，自己可以脱险了。但他们仍藏在芦苇中，不敢出头。寒风敲窗，冷气直往里钻，二人各蜷伏一处，既不敢动，又不敢开口说话，只得忍着寒冷，守到了东方发白，天羽方才透了一口气，轻轻对文莺说道："现在大概已脱离危险的时期吧。"便叫舟子将船摇出芦苇去。

晨曦初升，湖面上静悄悄的不见有什么船舶，知道匪船已不在这里了。天羽额手自庆，吩咐舟子快把船驶至光福，重重有赏。舟子立刻又挂上了大帆，向光福方面飞快地驶去了。

他们从匪窟里逃走的时候，景宋也在西山代他们暗暗发急。他又不好把这事告诉他人知晓的，连戆童面前也不敢泄露一句半句，自己暗代天羽和文莺担忧，不知天羽此番冒着险去营救文莺，可能如愿救出虎穴？本来此次文莺被绑，湖匪索价甚大，自己感觉到经济方面拮据万分，倘然天羽能把文莺救出，当然这是很好的事情，免得自己拿钱出去了。所以此日徐国英来问他款项可已凑齐，他就推说明天或可办到，因为向朋友方面挪移，一时不及凑数。在这个时候，徐国英也知道要凑巨款是十分困难的，所以他也不能过于紧逼人家了。徐国英既去，景宋一颗心只是悬在天羽和文莺身上，自己没有方法想，只有坐待佳音。

又隔了一天，他因为明天赵谢二人要到匪窟中去了，而自己的钱尚没有凑齐，若不交出时，一则自己无颜见人，二则赵谢二人也不肯等待自己的，所以他心里如辘轳一般，七上八下地忐忑不定，不晓得怎样办才好。戆童在他面前常常露着忧愁的面孔，问起天羽的行踪，景宋怎肯老实告诉他呢？只说天羽到东山去看朋友，代自己凑款子去了。戆童伸长了脖子，盼望天羽早早借钱回来，可以去救出文莺小姐。因此他时常立在门口，守候天羽回来。他心里的焦急也不输于他的主人。

这天他在门口守候天羽回家，立在寒风里，痴痴地望着。看看日已西下，暮鸦归巢，一阵阵地在天空噪着，他心里暗想，今日天羽又不回来了，明天老爷要交出款子去的，万一凑不成数，人家是不肯耽搁的，文莺小姐岂不要留在匪窟中，不能脱险了吗？他十分无聊，抬起头来望着空中的乌鸦在那里盘旋，却触动了戆童的感想。乌鸦尚有归宿之处，文莺小姐现在陷身在匪窟里，生命还不能一定安全，自己跟了主人躲在这里，也是有家归不得。前途茫茫，不知如何是好，不觉微微地叹了一口气。这口气刚才叹出来，忽然有人在他肩上轻轻拍了一下，他回过头来，见是一个乡人，头戴烟毡帽，身穿短棉袄，脚踏草鞋，面目黧黑，却不认识他是谁。

第十四章　乡居无事爱河深

　　戆童既不认识这个乡人，便发怒道："你是谁？拍我的肩膀作甚？"

　　那乡人沙着喉咙说道："你可是陆家的下人吗？你家老爷可在家里？我要去见他。"

　　戆童很奇异地说道："是的，我正是陆家的戆童。老爷在家里，你要见他作甚？"

　　乡人道："我自有要事，既然在家，我自己去见他吧。"说罢，大踏步便望门里走。戆童要想拦阻也不及，只得跟他前去。

　　此时屋子里已点着灯，景宋还没有吃晚饭，独坐在房里纳闷儿。却见外边闯进一个乡人来，连忙问道："你是哪一个？到哪家去的？不要乱闯。"

　　景宋说话时，那乡人不管三七二十一地早已走到景宋的房里。景宋细瞧乡人面庞，却不认识，正要呼叱他时，那乡人早凑到他耳朵边低声说道："姑夫，我就是天羽。"

　　景宋听出天羽的声音，知是天羽乔装而来，便问道："你为什么要这个样子？所办的事情怎样了？文莺在哪里？"

175

天羽又低声说道："请姑夫关了门，我再来告诉你听。"

景宋点点头，便立起身来，把房门掩上，和天羽相对立着，轻轻说道："你快说吧，究竟文莺有没有救出来呢？"

天羽遂把自己怎样到匪窟里去结交吕焕彪和看守文莺的匪党萧某，灌醉他们二人，骗出口令，援救文莺下山，登舟逃逸以及匪船追赶，夜宿芦苇荡等情一一讲给景宋听。景宋听他的报告，忽而惊，忽而喜。天羽又告诉他说，他们不敢重返西山，恐防泄露了消息，再有祸殃。因为湖匪对于他施用巧计救出肉票一事，一定非常怒恨，不肯甘心的。倘然他和文莺回转西山时，给赵金保谢连生二人知道了，反不方便。因此只得避到光福去。因为天羽知道他有一个朋友姓崔的，也借住在那里，或者可以想法的。那边比较西山安静多了，于是他们到了光福，又重重谢了舟子，叮嘱舟子千万不可泄露消息。舟子得了重谢，自然不至说出来了。

他们到光福镇上去访问那个姓崔的同学，一找便着。他就托姓崔的代他们找屋子，恰巧镇上有一家人家搬回苏州去了，有两间屋子空着，他就托了崔君，立刻租了下来，房金虽然贵一些，然而房间里床榻桌椅一切都是现成有着，可以借用，这个就便利得多了。而且房东是一位中医，也是镇上上等的人家，更非这里谢家可比了。因此他留文莺住在那边，自己要紧赶来报信，又恐防给人家看见了要泄露消息，所以特地问一个乡人借了衣帽，改扮着模样而来的。

天羽向景宋告诉了一遍，景宋方才明白一切，心里暗暗欢喜。天羽年纪虽轻，倒很有毅力，很有智谋，居然能把文莺救出虎穴，真不是容易的事啊。便道："你真能说得到做得到，文莺此番脱险，都是你的力量。不但她要谢谢你，而我也很是感谢你的。"

天羽道："姑夫言重了。大家都是自己人，说什么感谢不感谢？我能够侥幸救出表妹，心里已是莫大的快慰了。因为我眼见着姑夫家里遭逢着这样不幸的事，心里十分难过，何忍袖手旁观，秦越相视呢？此番我来见姑夫，是要请姑夫今夜从速立即预备，明天一早就秘密搬到光福去，不要给他们知道。我是雇船来的，那船停在水边，姑夫不妨就坐着我原来的船到光福去暂避，好和表妹见面。"

景宋听了天羽的话，又点点头道："照你的办法很好。在此间我并没有许多东西，只有几件箱笼和什物，很容易搬走的。今天晚上我一准预备。"

天羽道："很好，我和姑夫说明了，也要回船去，不便多留在这里，以致被他人瞧出行径，反而不利。我决定天一亮就和舟子再到这里来，相助运物，悄悄一走，是为上策。吴云章那边也不要给他们知道。"

景宋说道："好，我们既已约定，我也不再留你用晚饭了。"就开了房门，送天羽出来。只见戆童立在一边，两只眼睛骨碌碌地向他们紧瞧。景宋疑心他窃听，向他白了一眼，送天羽出门。其实戆童也听不到什么，不过他也疑心这个乡人的模样很像曹天羽。景宋和乡人关了房门，轻轻讲话，岂不是令人可疑？准是和文莺小姐的事有关系的。但他也不敢向主人询问。

景宋送了天羽走后，回到里面便吃夜饭。吃过夜饭，他将本月份的工钱付给那女仆，自己便叫戆童在房中相助着他收拾一切东西。戆童忍不住问道："老爷，我们要搬场吗？"

景宋正色说道："你不要管他，以后自然知道。"

戆童也就不敢再说什么话了，帮着景宋收拾一切。直到下半夜方才竣事。景宋坐在房中休息一会儿，吸着纸烟，他也不想睡眠了，预备今夜坐以待旦。戆童见景宋不睡，他也不好睡眠，坐在一边打瞌睡。直到五更鸡啼，纸窗上微微有一些曙光，天色才亮了，听到门上叩门声，景宋自己去开门，见天羽引着两个舟子走来，问景宋道："姑夫，你办好了吗？"

景宋点点头道："好了。"遂关上了门，让他们走进房去。

戆童跟在一边紧瞧，此时那女仆也已闻声而起，不知是怎么一回事。戆童虽戆，他也知道主人要迁到别处去了。他对于那位乔装的乡人始终怀疑，给他听到叫一声姑夫，他便估料那位乡人便是曹少爷了。但他也不敢问询，暗暗地对女仆说他们要迁去了。女仆已拿着工钱，也不管这事。景宋就吩咐戆童快去唤起谢家好婆来，戆童听了景宋的吩咐，便去喊起谢家好婆，要她来讲话。谢家好婆披了棉袄，摩挲睡眼，走过来相问。景宋便对她说自己即刻要迁去了，把房金交付与她，却不说明迁到什么地方去。谢家好婆也不便说什么，眼看着景宋叫舟子把箱笼网篮等什物搬出去，其余租借的东西，景宋都点交与谢家好婆，有几件从木器店里租下的，也托谢家好婆去唤店中人来取去。景宋一一交代已毕，又遣去了女仆，然后带着戆童，跟天羽等一起下船去，也不惊动吴云章了。

等他们到船上时，太阳方才出来，天羽便叫舟子快快摇向光福镇去。开船后，天羽方才换去乡人的衣服，恢复本来的面目。鬶童对着天羽只是憨笑，仍不明白怎么一回事。于是景宋开始讲给他听，鬶童听得小姐已脱离匪窟，都是天羽的力量把她救了出来，心中好不喜悦。若非在船上时，他早要曲踊三百，距跃三百，表示他的庆贺之意了。

下午三点多钟时，舟至光福，靠岸泊住，天羽遂和舟子鬶童等分携着行李，引导景宋上岸，走到他们现在租赁的住屋去。只见文莺正立在门口，守候她父亲到来。她一见景宋，不由跑上前，叫了一声父亲，若不是在门口，她早要扑入他的怀抱里去了，但是眼中已落下眼泪，不知是悲是喜。景宋见了文莺，心中说不出的快活，便说："文莺，我来了。自从你去后，把我急死了，想不出主意来……"

景宋说到这里，天羽在旁说道："姑夫，我们有话到里边去说吧。"又向景宋使了个眼色。

景宋心里明白，也不再说。鬶童上前很热诚地对文莺叫一声小姐，文莺和天羽引导景宋入屋去，将箱笼行李各物安放到房中。景宋瞧瞧屋子内布置俱已整齐，不由暗暗称赞天羽调度有方。天羽取出钱来，付去了舟资，打发舟子出去。鬶童便去整理物件，天羽和文莺陪着景宋在一张桌子旁坐下，景宋便向文莺问起她在匪窟里的情形。

文莺说道："我自那天被湖匪掳去后，心中非常害怕，自己也不想活了。下船时许多湖匪把抢劫来的财宝什物运到船上，往来不绝地很忙。一会儿船便开了，到得横山，日已中午。我们便被湖匪扎没了双目，押着上岸。起先我被湖匪幽禁在寺中一间小屋子里，恰和徐婵英在一起，原来她也是被掳中间的一分子，真是同病相怜了。又有一个姓王的女子，大家泪眼相对，同为楚囚。后来湖匪把我唤去问话，细询我的家世。我虽含糊而对，但他们仍逼我写那封信来要求父亲赎票。我在威胁之下，也只得照写，悉凭父亲怎样办吧。后来湖匪知道我和徐婵英本是同学，他们恐防我们要商量什么计策，于是又把我们分别拘禁。我遂独个儿在那姓萧的匪党监视之下，住在小屋中，万分感伤。后来表兄来和湖匪接洽的时候，我们幸得一见，我的心里便得到了不少安慰，同时又代父亲忧虑，因为我知道父亲在这个当儿若要拿出一笔钱来赎取我，真是非常不容易的事情。却不料表兄竟会大着胆子，冒险到横山来，乘隙施计，把我救出虎穴，这也是出于我意料之外的，使我不得不深深感谢表兄了。"

文莺说到这里，向天羽看看，天羽在旁边脸上充满着喜悦之色，接着说道："这也是行险侥幸的事，幸而做得顺利。否则恐怕我也要和表妹一同葬身在那边了。"

景宋点点头道："不错，所以你去后，我也代你非常担忧的。恐怕事机不密，不但葬送了你，而对于赎取文莺的事也要受到大大的波折了。现在总算如天之福，救出文莺，非但文莺要向你感谢，而我也要谢谢你了。"

天羽道："大家是自己人，我早已说过了，何必说什么感谢？像我这样的擅权行事，能够得到姑夫的原谅，已是便宜了。"说完从他身边取出余款，交还景宋，说道："这五千块钱还有一千多哩，敬以奉璧。"

景宋道："很好，隔一天我要唤一桌酒菜来谢谢你，算作庆

180

功，且为文莺压惊。"

天羽笑道："很好，本来新年里为了这事大家充满着恐惧和忧虑，茶饭也无心吃。现在逃过这个大难，大家快活一下也好。"

三人谈了一刻，文莺又引导景宋到这新住的屋子前后去视察一下，景宋觉得这屋子比较西山所住的谢家的房屋好得多了。当晚又叫戆童烧饭，到馆子里去唤了几样菜来，吃了一顿。次日又托姓崔的代为雇到一个乡妇，做他们的女仆，料理烧饭洗衣的事。新迁了一个地方，不免又要布置一番，父女二人较为忙碌。隔了一天，景宋要实践自己的诺言，便向镇上酒菜馆里订了一桌上好的筵席，在新屋里，父女姑侄三个人团聚欢饮，一享天伦之乐。又当上元节近，也合着庆贺元宵的意思。虽然社会杌陧，人事多故，外边很不安宁，而光福一隅尚能苟安，他们也姑且乐一番了。

席间景宋拿着大杯喝酒，天羽能略饮少许，唯有文莺最不会喝酒，但是今天她要当作庆功宴，感谢天羽救援之德，所以她敬过了父亲，又把酒壶去敬天羽，代他满满地斟着一杯，带着笑对天羽说道："我若没有表兄相救，恐怕今天还在匪窟里寝食不得安宁。表兄的恩德无以相报，敬劝一杯酒，为君祝康宁。请干了这一杯吧。"

天羽听文莺说得这样的诚恳，在他的心坎里好像有个熨斗很热而贴体地烫着，顿时便觉有无限温馨。所以立刻举起杯子来，一饮而尽，马上又提着酒壶，把文莺面前喝剩的半杯斟个满，说道："这是我的本分。表妹这样说，反使我惭愧了。表妹是姑夫的掌上明珠，一旦失去，姑夫心里非常的忧愁。我又恨不能代姑夫分忧，再三思维，出此下策，侥幸成功，何德之有？且喜表妹已得安危回来，在此乱世，我们几个人仍能团聚在一处，未尝不是不幸中的大幸。我也当还敬表妹一杯，请表妹也干一下子。"

文莺道："啊哟，我是不会喝酒的，方才已喝了一些，怎能再干这一杯呢？"

天羽笑道："无论如何，今天一定要请你干此一杯的，你喝过了，我可以再答你一杯。"

景宋又带笑说道："文莺，你就喝了这一杯吧，倘然喝醉了，你尽可去醋睡，此间没有人惊扰你的。"

戆童也在旁边拍手说道："莺小姐，你快快干一杯吧。天羽少爷的好意不可辜负。今天大家快活，我戆童也是快乐不尽呢。"

文莺回转头去说道："戆童，你也知道快乐吗？少停也让你喝两杯，好吗？"

戆童笑而不答，眼睛望着桌上的菜，很有垂涎三尺的模样。文莺此时只得拿起酒杯来，张着樱桃小口，自己灌下肚去，皱了一皱眉，又把筷子去夹了一些菜送到口里细嚼。天羽见文莺干了一杯，果然他自己又喝了一杯。一会儿，只见文莺的桃腮上已泛起两朵红云，好如方开的玫瑰，又像鲜红的苹果，娇艳无伦，不觉对着她做刘桢的平视。景宋今天心里当然很是快活，一杯一杯地喝了不少。席散时，剩下许多菜，三个人自然哪里吃得下这一桌菜呢？景宋便叫戆童都搬去吃，今天让他也得大嚼一顿，以快朵颐。

文莺星眼微饧，大有醉意，揩过了面，便到房里去睡了。景宋也带着三分醉意，陶陶然地坐在椅子里抽纸烟卷。唯有天羽却还不觉得醉，兴致很好。恰巧姓崔的同学来看他，二人遂约着一同到镇外去散步，顺便探听些城里的消息。因为景宋等众人虽在乡间，而心里却是眷怀城市呢。

从此文莺和天羽的情感又大大地进了一步，常常聚在一起娓娓清谈，然而景宋瞧在眼里，总觉有些不能惬意。他们虽然悄悄离开了西山，自己得到了安全，而对于西山被掳去的人仍是常常挂念。尤其是文莺，不知徐婵英可已脱离匪窟。后来经天羽探听明白，方知被掳去的人都已拿钱赎了出来，各家族用去很多的款项，赵谢二人在中间大做其生意呢。而谢连生对于景宋闪电式的搬家，很为注意，常向乡人探问他们的行踪，所以景宋吩咐天羽、文莺无事少出去为妙。然而二人守在家里做些什么呢？无非是讲讲学问上的事，以及探讨眼前的局势。景宋仍是喝酒浇愁，有时也出去镇上听听书。不过此间少了一个老友吴云章，格外觉得寂寞了。

有一天，他从外边听书回来，大门虚掩着，一推就开。走到客堂里，不见鬻童，也不见天羽和文莺，女仆在后边洗衣服。他正有些疑讶，却听自己房里微有喁喁的声息，他连忙走进去一看，只见天羽和文莺并肩坐在一起，文莺的一只手给天羽握在他的手掌里，二人低着头唧唧哝哝地不知在那里讲些什么话。他们二人讲话出了神，连景宋进门来也没有察觉。此刻景宋走到了房里，一声咳嗽，二人方才如梦初醒，一齐立起身来，手也放开了。

文莺低头叫了一声父亲，天羽也走上数步说道："姑夫听书回来吗？"

景宋皱皱眉头说道："是的，你们二人坐在这里做什么？外边门也没有关上，戆童到哪里去了？"

文莺道："我差他到镇上馒头店里去买油煎馒头了。"

景宋嗯了一声，脸上露出不悦的样子，脱下大衣，向床上一丢，自己身体沿窗椅子上一坐，一声也不响。天羽是何等聪明的人，他见了景宋的面色，也觉得有些尴尬，不好开口了，只得轻轻地踅出房去。文莺走到床前，代景宋将大衣挂好在壁上，又去倒了一杯茶，送到景宋手里，说道："今天春寒凄厉，外边有风吗？"

景宋只得接了她手里的茶，说道："外边风是有的，但是我身上穿得多，也不觉得了。"

文莺道："我们在家里实在闷得慌。父亲，左右无事，再教我学诗词吧。"

景宋道："如此江山，安有闲情吟咏呢？"

说话时，戆童买得油煎馒头回来了，文莺连忙走出去，拿了一只小盆子，装了四个油煎馒头，又拿了一副筷子，送到景宋旁边的茶几上，娇声说道："我方才听天羽表兄说，这里镇上有一家馒头店里的油煎馒头非常之好的，所以我就差戆童去买了二十个回来，父亲也请尝试一下吧。"

景宋摇摇头道："我吃不下，你们拿去吃吧。"

文莺笑道："外边多着哩。父亲，这四个小小馒头，吃了何妨？你不吃时我也不要吃了。"

景宋见文莺对他撒娇，只得点点头说道："好，我就尝一个吧。你快到外边去吃，恐怕要冷了。"说着话，就拿着筷子吃馒头。

文莺也走到外边客堂里，去和天羽对面坐着吃油煎馒头。两人吃的时候没有说什么话，大家扮个鬼脸，笑了一笑，这一笑自然也含有意思了。

景宋吃过馒头，心里总觉得不愉快。好似多了一件心事，只是呆呆地坐着思想。他这个心事也只好闷在肚里，是绝对不可告人的。

黄昏后，天羽和文莺坐在客堂里对弈象棋，这棋盘和棋子是天羽向姓崔的同学借来的。戆童立在一边作壁上观，景宋却坐在里边椅子中抽纸烟卷。文莺和天羽聚精会神，钩心斗角地大家调兵发卒，开炮出车，居然像上战场一般地对垒起来。一会儿文莺的局势快要输了，天羽的马后炮用得很是厉害，使文莺的大帅也蹩不上，于是文莺啊哟啊哟地向她父亲做将伯之呼了。景宋听文莺在那里喊救兵，他是爱文莺的，不能假作痴聋，只得立起身，走过来瞧着棋局问道："文莺，你输了么？为什么大惊小怪？"

文莺道："表兄的马后炮实在太厉害了，叫我没有招架。父亲，你看怎么办才好？"

景宋看了一看棋局，点点头说道："你早不应该让他的马跳过来的，否则早起了仕，那么大帅也可在蹩在旁边了。现在蹩上已是不可能，只有收回你的车来轧住马脚，方才可以补救。"

文莺道："倘然车收回来轧马脚，他的炮一定要把我的车吃去的。我不舍得牺牲一车，少了车也不能取胜的。我不要我不要。"

文莺连说了两句，天羽只是嘻嘻地笑。景宋又说道："痴妮子，你若然不舍得牺牲一车，这盘棋便要输去。没有别的法子可想了，牺牲一车，便是挽回颓势，有何不可？你现在有双车一炮一马，天羽那边也有双车一炮一马，你少了一车，未必不能取胜。你只要看天羽用了一马一炮，已是直奔京师，其势汹汹，使得你岌岌可危了。你就这个样子做吧，别的法儿也没有了。"

于是文莺只得将车去轧马脚，天羽果然把炮去取了文莺的车，文莺噘起嘴不响。景宋便叫她快快起仕，且说道："你不要只会用车马炮而不会起仕与相，因为车马炮都是战士，帮着你进攻的，而仕与相在内里帮着大帅取守势，防备人家来攻打的。大帅的保护者全靠仕与相，若不会用时，人家进攻便没有方法抵御了。你这样起了仕，那么他的炮和马便拦在一边，不能活动，而你的大帅可以踱到旁边去，不怕他们威胁了。"

文莺听了景宋的话，把仕一起，果然天羽要转念头了。景宋便助着文莺，教她走了几步，果然局势大见好转，而自己方面的一车一马一炮，都在对方禁城四边活动起来，迫得天羽手忙脚乱，到底输了，文莺便反败为胜。

天羽对景宋说道："姑夫果然是个中圣手，我们这辈后生小子自然不是你的敌手了。"

景宋哈哈大笑，道："这叫作棋高一着，缚手缚脚。"就回转身去喝茶。

戁童也在旁边看得津津有味，忘记了倒茶。见景宋拿起茶杯，连忙去提了茶壶来，代主人倒个满。文莺和天羽是喜欢喝白开水的，戁童又去取过热水瓶，倒了两杯开水，送到他们的面前。文莺因为自己胜了，余勇可贾，意兴未尽，再要和天羽继续对弈。天羽自然也不会回绝的，两人重又布局而弈。景宋却要去睡了，便对文莺说道："春寒入骨，天气仍冷，你们弈过这一局也各自安眠吧，免得受了寒气。明天白昼可以再弈的。"

文莺道："父亲，你先睡吧，我和表兄弈了这一局也要睡哩。"

景宋便走到房里去，脱了外面衣服，拥衾而睡。但是他又怎么睡得着呢？想想文莺和天羽这样的亲密，难道二人中间已发生了情根爱芽吗？青年男女本来最容易契合的，何况此次文莺陷身匪窟，历尽艰难，我未能将她赎出，而天羽竟能赴汤蹈火，有古侠士之风，只身独赴横山，用了计谋把她救回来。不要说天羽对于文莺是已有了深深爱她的心，所以肯这样地舍生忘死，前去援救，就是文莺身受着天羽这样的侠情大德，她的心里当然要不胜感激，因感而生爱了。所以此后两人若然聚在一处，势必至于要发生恋爱的。事有必至，理有固然，倘然我愿意乐观他们将来可以成就良缘，配合佳偶，那么我也不妨取放任主义，让他们去沉浸在爱河中间，等到相当的时期成熟，眼看佳儿佳妇，膝下承欢，倒也未为不可。无奈自己的心里却不是这样的，自己对于文莺不知怎样的别有一种希望，因为文莺的面貌酷似章湘云，早使自己生了幻想，要补以前的缺憾。这件事虽然很渺茫，而很难成功的，只是文莺既在自己身边，自己虚悬的愿望似乎总有成功的因素。现在倘然给天羽和文莺在一块儿厮混，那么将来无疑地自己一些儿也没有希望了。景宋想到这里，又听到外面二人的对弈，心里更是怅怅然，不释于怀。想来想去，到底被他想出一个预防的办法，暂时也不发表。

187

又隔了数天，他就和天羽到镇上一家茶馆里去吃茶。天羽听景宋要他同去吃茶，他也无可无不可地跟了景宋同去，还以为老人家无可消遣而出此呢。景宋到了茶馆里，拣了一个较为偏在一角的茶座，和天羽对面坐下，叫堂倌泡上一壶绿茶。景宋燃着烟卷，吸了数口，便对天羽说道："我现在有一件正经事要和你谈谈了，不知你赞成不赞成。"

天羽不晓得景宋要和他说什么话，遂说道："我总赞成的，姑夫请说吧。"他把一手托着下颔，眼瞧着景宋，静听着他老人家说话。

第十五章　劫后莺迁来海上

景宋吐了一口烟气，把手指夹着纸烟，对天羽说道："你在乡间已有多时了，在这个时世，我们年纪将老的长此隐避，也是无所谓的，只恨世上没有真的桃花源呢。但你方当青年，岂可虚度光阴，耽误了你的前途？所以最好你应当赶紧想法继续你的学业。不知道你的心里现在有没有这个壮志？"

天羽一听景宋和他提起求学的事，正合着他自己的意思，立即答道："当然我有这个壮志的。我本来在上学期要到交大去肄业了，只因时局不安，东躲西避的，没有如愿。不知不觉地蹉跎了半载的光阴，也是很可惜的。求学这件事一向在我的心坎里，没有忘记。只因姑夫心境不好，事变迭生，不敢在姑夫面前麻烦。今天姑夫提起了，我这颗心竟不觉跃跃而动。"

景宋点点头道："很好，既然你仍有求学之志，我当然愿意助你一臂之力。况且文莺也曾在我面前说起你的事，她很要我帮忙造就你。我和你有姑侄关系，我瞧在亡妻的面上，岂肯漠不相关？所以你若有志继续学业，我当尽力相助。现在听人传言交大在上海已开学了，租界中一切尚安谧，你不如想法赶到上海去读书吧，免得在这里乡间没事做，荒废你的学业，等到几时去呢？"

天羽听了，心中很感谢老人家的好意，一只手放了下来，说道："姑夫肯这样相助，我当然愿意到上海去读书。谁愿一辈子藏在这里呢？请姑夫指教。"

景宋道："我听得人家说有民船可以从苏州开到上海的，不过路中稍觉危险一些罢了。你的心里怎么样？"

天羽道："这倒不怕的。我横山也去过了，凡事自有天命，大丈夫何必畏首畏尾？"

景宋又吸了一口纸烟，脸上露出微笑，对天羽说道："那么你去吧。我明天代你预备学费和盘缠，后天你就可离开这里而赶奔你的前程了。倘然你到了上海有需要金钱的时候，你可以到天津路永昶庄上去找王经理，向他要一些少数的款项也可以，我有存款在那边，只要我代你写好一封书信，盖上我的图章便得了。你一准后天去吧，凡事不可犹豫，路途既已通，不要失去这个机会。希望你努力学业，好自为之，那么就不负我的一片好意了。"

天羽道："谢谢姑夫的恩德，我将来总不忘您老人家的。"

景宋道："我们是自己人，不必说什么客气话，你后天一准去吧。"

景宋这个办法，无异变相地下一道逐客之令，可是天羽却要感激他老人家的十分关切呢。

景宋既和天羽谈妥，正合私衷，也就谈谈其他的事。又吃了一些点心，方才走回家去。只见文莺正立在门口盼候他们回来呢。

进了屋子，景宋坐在房中，天羽走至外面天井里，文莺跟出来，低声问道："表兄，你和父亲去饮茗，可曾谈些什么话？"

天羽很直爽地回答道："表妹，我要告诉你一个好消息。"

文莺听得好消息三字，不由脸上微微一红，却不再问。天羽并不觉得文莺的心里怎样，便道："我要离开此间，到上海去读书了。"

文莺猛听此言，脸上又很紧张地问道："这话可是真的吗？"

天羽微笑道："谁来骗你？这是我一向盼望着而未能成功的事，现在达到了，你该代我快活。只是有一件事，使我也有些惆怅，就是我即日要离开你了。"天羽说到这里，又透露着黯然的样子。

文莺问道："这件事是父亲先同你说的呢，还是你和他开的口？"

天羽道："在这个时候，我是轻易不敢启齿，只是藏在心头。今天是他老人家的意思，先开口问我要不要赴沪读书的。我自然表示愿意去，不欲失此大好机会了。表妹，我在此间和你相处数月，情感很好，当然不肯舍得和你分离。但为了我自己的前途，却不得不唱骊歌，踏上我的征途了。"

文莺听了，点点头，黯然无语。天羽遂把景宋在小茶馆里和他所说的话一齐告诉她听，又道："姑夫肯这样地帮助我，我当然不负他老人家的好意的。"

文莺迟疑地说道："好意吗……"

她顿了一顿，不说下去了。天羽向她脸上紧瞧一眼，说道："当然是好意，也许是表妹在旁边代我说过了好话，而他能这样自动地帮助我呢。"

文莺道："但是……"她刚才说了两个字，忽听景宋在房里唤她，文莺只得走进去了。

原来景宋正拿着一卷花间词，要教授文莺诗词。这本是文莺的要求，难得他老人家有这心思的，只得坐了下来，听景宋讲解。平常时候，文莺总是很用心地听讲，常要发问，请她父亲析疑，可是今天却不知怎么的，她的一颗心没有用在诗词上，一心以为有鸿鹄将至，听而不闻，视而不见，任凭景宋怎样去讲，她始终没有问一声。景宋瞧得出她的神情有些异样，所以讲了一些也不讲了。天羽却在外边庭中踱方步。

转瞬天色已黑，鬟童掌上灯来，女仆早把晚饭开出来，请他们吃晚饭了。晚餐以后，三人坐在一起讲话，景宋当着天羽的面告诉文莺说，天羽因为学业不可荒废，后日要到上海交大去读书了。他的学膳费这学期景宋可以担任。文莺早已知道了，在老人家面前当然十分赞成。景宋又谈到文莺的学业，文莺也发表了一些意思，似乎她不愿蛰伏在乡间，最好也要到上海去修业。可是在这种兵荒马乱的时候，景宋怎肯让她的爱女远离膝下而到别地方去读书呢？天羽处在第三者的地位，而且要避嫌，也不好说什么话。三人谈了一会儿，乡村里夜间睡的时候很早，所以他们也就各自去安寝了。

次日上午，天羽见了文莺，趁没有人在旁边的时候，对她说道："下午一点钟的时候，老人家恐怕要做一刻午睡，我和你出去散步，到镇东小桥边去谈谈，可好吗？"

文莺点点头道："很好。"

二人既已约定，也不再多说。午饭后景宋果然到房中去小睡

192

片刻，天羽便和文莺轻轻地走出门去。到了市街上，只望东走，渐渐屋舍稀少，小桥流水，已是田野风景。二人走至桥下河滩，那边有两株梅树，正开着花，疏影横斜，暗香浮动，斜倚在水边，更是饶有画景。在那树下有一块大青石，正好休坐，很合配二人谈话的所在。水边还有一群鸭子，在那里往来浮游，戏波濯羽。二人走到梅树下，天羽把手一指道："就在这里坐一下子吧。"各把手帕在石上拂拭了一下，并肩坐将下来。

文莺双目凝视着河水，却不说一句话。天羽忍不住开口道："表妹，你要原谅我的。我为了我的前途，不得不暂时和你别离，这当时是无可奈何的事。但是可离者形，不可离者心。我和表妹相聚了多时，彼此精神上很是契合，真像古人所说的'心有灵犀一点通'了。我们别后不妨常用尺素互递，以慰相思之忧。我也希望表妹能够到上海去读书，不过在此时候，荆棘满途，恐怕姑夫也决不肯放你出外的。昨晚听了他老人家的说话，可以知道了。不过天下的事也说不定的，安知表妹不会到上海去读书呢？照现在的情势观察，我想你们父女俩也有迁到上海的可能。"

文莺听了天羽的话，苦笑一下道："当然我也希望如此，但这是很渺茫的。我们自己也不知道将来怎样呢。"

文莺说到这里，不胜黯然。天羽见文莺有些不悦，便用话安慰她道："表妹不要忧虑，我们无论如何必有光明的日子。姑夫是非常钟爱你的，你依在他膝下，非常有福气。不比我是个失了怙恃的孤儿，漂泊天涯，顾影凄凉，孑然一身，罕有慰藉的。唯我遇到表妹以后，却好像得了一个知音，一朝分袂，使我不能不惓惓于怀的。但望彼此珍重，行再相见。"

文莺听天羽这样说，心里一酸，眼眶中早落下泪来，低倒了头说道："我也望表兄将来到了上海以后，努力学业，善自珍重，使我们早有重逢的一日。至于大德，我总是一辈子感激不忘，铭在心版的，他日不知怎样图报才好。"

天羽道："你又说这种话了。我早已说过的，这是尽我的本分。姑夫的事也是我的事，表妹遇到了困厄，我岂有袖手旁观之理？请你不要提起了。"

说话时，有数朵梅瓣从树上落下，飘堕在文莺的香肩上。天羽伸手从她肩上拈在手里，对文莺说道："这梅花是玉洁冰清，品格高贵，开在百花头上，我愿我们俩照着梅花，洁身以待，我是决不会忘记表妹的。"

文莺听了这话，又不禁嫣然一笑。两人正在切切细语时，忽听背后有人叫着："莺小姐，你们在这里吗？我奉老爷之命来唤你们回去的。"

二人回转头来一看，原来是戆童，只得一齐站起身来，戆童早已奔到梅树下。文莺脸上有些娇嗔，对戆童说道："你来作甚？"

戆童瞧着二人傻笑道："老爷午睡醒转，不见你们二人，所以叫我出来寻找的。你们快回去吧。"

这当然是煞风景的事，文莺骂了一声戆童，既然景宋呼唤，不得不回家了，便和天羽走回去。见景宋站在庭中，一见他们回来，便问道："你们到什么地方去了？"

文莺道："我因闲着没事，故同表兄到水边散步。父亲有什么事呼唤？"

景宋把手搔搔头说道："我也没有什么事情，只因不见你们的影踪，很不放心，所以差戆童出来寻找。现在外边很不太平，你们不要乱闯乱跑啊。"

天羽点点头道："这个我们也知道的，姑夫可要出去吗？"

景宋摇摇头，于是三人一同走到里面。戆童道："这时候恐怕老爷等要吃点心了，可要去买，还是烧些年糕汤吃吃？"

文莺道："我们的年糕再不吃要霉坏了，你就叫女仆烧两块吧。再加些糖，我是喜欢吃甜的。"

戆童答应一声，跑到里面去了。三人坐着闲谈上海的事，一会儿年糕汤已烧好，女仆端了三碗出来，给他们吃。吃过点心，隔了一会儿，天已晚了。天羽因为明天就要动身的，所以他把自己的行箧整理一回，景宋也取钱来交代给他，又写好了一封给永昶庄王经理的书信交与他。天羽接了过去，连声道谢，感激他姑夫的美意和厚惠。文莺在旁边瞧着天羽行色匆匆的样子，不知怎么在她芳心里觉得一阵阵地难过。一方面很要天羽出去求学，努力他的前途，一方面却又不舍得和他分离。一种矛盾的心理，她也觉得说不出来，当着景宋的面，又不便说什么。天羽也是这个样子。景宋却用话向天羽勖勉一番。天羽坐在一边，低着头唯唯而已。文莺眼眶上却又红起来，背转了脸，坐了一会儿，就到房里去了。

次日，天羽一早起身，带了行箧，向景宋和文莺辞别。文莺叮嘱他路上小心，到了上海如可通信，早些写信来。天羽也请他们保重身体，在乡间善自韬晦，等到时局稍平，再回石湖去。天羽和文莺在心里各有许多话要说，可是一时说不出来。景宋倒也很平淡的，以为男儿志在四方，当然还是早些出去的好，躲在乡间守到几时去呢？

天羽是坐船去的，戆童代他携着行李，送他到船上。景宋和文莺却送到门外。天羽回转头来，对景宋说一声："姑夫，我去了。"又向文莺脸上望了一望，说一声"表妹我去了"，硬着头皮，和戆童携了行李，走向市街去。走了十多步路，回转头来，瞧见文莺还立在门口痴痴地望着他，景宋却已进去了。

文莺见天羽回过脸来，便把手中的手帕子向天羽临空挥了数下，天羽却也很快地提起脚步跑回来，走到文莺身边说道："表妹还不进去吗？我去了。"

文莺叹了一口气，低倒了头对天羽说道："表兄，你快走吧。在路上须要小心，自己珍重身体。"

天羽也对她颤声说道："表妹，我知道的。你自己也要珍重，不必挂念我。我到了那边，当然要努力学业，不负你们的期望的。"

天羽说了这话恐怕要被景宋瞧见，立刻退后了数步。文莺又把手向他挥挥道："你去吧。只要我们的心彼此牢系着，永远不要忘记就好了。"

天羽听了这话，脸上露出感激的样子，向文莺点点头，回身走了。

戆童立在那边，瞧天羽跑回来，对他傻笑了一下，说道："天羽少爷，我们快走吧，船要早开的。"天羽只得和戆童向前跑去了。

文莺站在门口，直到望不见天羽的影子，方才掉转身，走到里面去。只见景宋坐在房中吸烟，对着她微笑。她还不明白她父亲为什么没有惜别之态，而反要笑呢。她只觉得屋子里少了一个人，便十分寂寞，自己好像失去了一样东西，心头恍恍，坐也不是，立也不是。

景宋当然明白他女儿的心理，便安慰她道："世间的事有聚必有散，有离必有合，任何人逃不出这个例子的。就拿天羽来讲，我们住在西山的时候，他忽然自己跑来了。现在他为了继续他的学业，要到上海去，自然只得又和我们分别了。将来也自有重逢的日子，你不必思念他。"

文莺道："我因表兄离去，自己不免有些感触。他去了，我们几时去呢？我自己的学业又怎样呢？"

景宋道："这个也不能一定。你现在不妨温习旧书，效法圣人的温故而知新。等到时局稍安，我们也可以离开这里了。现在的时候最要紧大家保重身体，不要生病才好。此番你从匪窟里脱险回来，仗着天羽的力量，我也没有花去多少钱，已是很知足的了。只希望以后平平安安，全日苟全性命于乱世。"

文莺听她父亲提起横山的事，心中更要想着天羽，叫自己如何不思他呢？这时戆童送了天羽回来，文莺便问道："船有没有开？"

戆童道："天羽少爷刚才坐至船中，船就要启碇了。我是看了船开后方才回来的。"

文莺听了，一声儿也不响。景宋把手一挥道："很好，你去做你的事吧。"

从此文莺虽然一样住在乡间，却已少了一个伴侣，便觉得意兴索然，对着一切都感觉到离愁别恨，闷在心里，不可告人。景宋却把诗词去教她，把种种的话去安慰他女儿的心。可是文莺的心已牢系在离去的天羽身上。"若忘，何若遗，俨乎其若思，茫乎其若迷。"韩昌黎《答李翊书》上说的几句话，可以称来形容文莺了。

景宋因为天羽已去，心里便觉得放宽不少。他朝夕对着玉人——不，是爱女，忘记了其他的一切。虽然有时午夜梦回，要想起京华影事，以前自己的宠姬小凤，数载欢情，恍如幻梦。不知伊人跟了那个姓冯的狂童流浪到哪里去了，大概没有什么好结果的。又想到温文幽娴的章湘云，她的人格宛如一片冰心在玉壶，十分令人可爱可敬的。只恨自己和她无缘，一去不来，变作了人面桃花，徒留着可忆的一幕。然而湘云虽不可见，而自己以前在江边收留了文莺这个女孩子，恰巧她的面貌很像湘云的，那么自己虽没有机会和湘云在一起，而湘云第二却是常在自己身边，大可一补情天的缺憾。不过父女的名分既已假定，自己是个读书人，却未便胡乱作妄想呢。这是要慢慢儿地看文莺的心里怎样了。好在天羽已去，失去了她的对象，在此地也没有他人再来和她相聚在一块儿了。

景宋的心里虽然这样想，而文莺和天羽却已像磁石吸铁般彼此十分爱慕，情爱的芽已在他们的心田里苗长了。景宋还是聩聩然如在梦中呢。

他们父女俩在光福又住了两个多月，清明已过，天气十分和暖。料天羽早已到了上海肄业，可是青鸾音沉，一直没有信来，却来了吴云章。因为景宋等一行人突然间离开西山，吴云章很是疑讶的，常常托人留心访问景宋父女的消息。他也知道景宋的女儿早有人从匪窟中救她出去了，他因为苏州比较安定一些，四乡居民不堪土匪骚扰，反都搬回城去，他一家也就迁回了苏城。此刻有人告诉他说，在光福镇上曾遇见陆景宋在茶馆里饮茗，所以他闻讯而来，果然找到了老友。

景宋因为旧雨重逢，心里十分欢喜，连忙备了酒菜，竭诚招待。剪烛西窗，话雨巴山，大家谈谈别后的情形，文莺也在旁边静听。景宋向吴云章探听些城里的消息，知道城里已可安居了，景宋也想迁回自己的别墅，他也很挂念家园，不忘记石湖的风月呢。吴云章在光福住了两天，和景宋欢聚一番，然后回城去。临行时他也劝景宋可到城中一行。

景宋自吴云章去后，心里顿时活动，恰巧又有人从上方山来，他向那人探问些消息，知道那边尚称苟安，和此地差不多。所以他和文莺商量后，决定搬回去住了。在农历三月底的一天，景宋携了爱女和蛮童，带了箱笼行李，离开光福，雇船回转石湖边上大石村里的故园去了。

他们回到了别墅，且喜屋庐无恙，桃李花开，石湖边上春色依然美好，三径亦未全荒。花匠张六见主人回来，笑颜欢迎。察看屋子里东西，大都没有缺少，经花匠张六告诉说，只在去年冬里曾有一度窃贼从黑夜中凿垣而入，幸张六闻声即起，只被窃去厨下一些不值钱的东西，贵重物品毫无损失。景宋知道了，安慰张六数语，又拿出钱来赏赐张六和女佣。蛮童和张六相见，格外快活，相助着打扫楼上内外房间。

景宋父女在外已有好多时候，十分不惯。此时重返家园，犹如故燕归来，自然十分舒适。乡人听得石湖居士已自他处回来，大家欣欣然先后都来问安。景宋一一答谢，和他们很是客气。乡人见他们父女无恙，也都快慰，只是他们在夜间却不能再听到婉妙清脆的歌声了。

景宋左右无事，天天饮酒解忧，文莺探知学校未开，只得守在家里，自己温习学业，且从她父亲读诗，心中却时常要想起天羽。横山夜逸的一幕，深深地印上了她的脑膜，而永远不会淡忘了。景宋爱她的心更进了一步，不但吩咐厨下烧着好的菜肴给她吃，而又常常和她坐在一起，上下古今地谈天，把唐宋传奇上的香艳奇情故事讲给她听。有时和她花间散步，月下清吟，小小爱女，无异景宋的艳侣，足以稍慰他老人家一颗空虚枯寂如沙漠般的心。然而文莺始终认为父女之爱，天伦乐事，其他却绝不觉得呢。

自从景宋回转石湖后，吴云章曾来拜访过，谈起龙翥双胭脂桥边的老宅已空无人居，全家已迁到上海去了。吴云章也想在下月举家迁沪，要在商业上有所活动。且劝景宋也住到上海去，大家老朋友得聚在一起。景宋听了吴云章的话，兀自犹豫不决，恋着这个可爱的湖山。

到得五月初旬，吴云章果然挈眷迁至沪上去了，住在法租界甘世东路，有信寄给景宋，报告上海的情形，又劝景宋迁沪。景宋的心里自然更觉活动了，加着石湖边上也时时有些无稽的谣言，虽然不是真的，可是他们以前在西山曾遭受到恐怖的事情，听在耳朵里总觉有些彷徨不安。文莺又在时时怂恿景宋移家上海，其时邮路已通，而天羽没有一封信寄来，大约天羽还不知道他们已返石湖呢。所以文莺要迁居上海，也自有她的心思。因此景宋最后决定，他们也要迁到上海去了。仍留花匠张六守门，父女俩带着鬟童和许多行李，坐了轮船，赶到上海去。

当动身之前，景宋曾修书给吴云章，请他派人在码头上照料，约定日期的，所以景宋父女到沪时，吴云章果然同他的家人亲自到码头上来迎接，照料一切，要把他们接到甘世东路去暂住。但景宋知道这个时候吴云章租的屋子并不多，房子是渐渐贵起来了，所以他不欲再去挤轧人家，遂雇了一辆汽车，载着行李物件，一齐驶到沧州饭店，订了一个房间住下。

吴云章因为景宋等初次来沪，自己要请请他们，次日便在四马路杏花楼设宴相请。吴云章的夫人和儿女都来的，还有龙蠡双也请来相陪。景宋和龙蠡双好久没有见面了，劫后重逢，悲喜交集。大家开怀饮谈，文莺又把西山历险之事讲给他们听。龙蠡双听了，为之咋舌，赞美曹天羽的智谋和勇气。又次日，龙蠡双在南华酒家设宴请景宋父女，邀吴云章作陪，又请景宋等到卡尔登去看麒麟童王熙春的《文素臣》。

景宋和老友们欢聚了数天，方才渐渐定心，托吴龙二人代他寻找房子。吴云章自然肯帮忙的，代他出去四下里寻找。他们知道景宋喜静，便去拣清静的地方。过了几天，吴云章已在蒲石路找到了一个新式的公寓，看定二楼上沿马路的两个房间，代他们租了下来。那时的租金也不过一百多元，所以小费也有限。那公寓在蒲石路极西的一端，和善钟路相近，地方清静一些。在公寓的前后又种着许多花木，还有一片浅草地。景宋所住的房间前面有阳台，可以俯览，可以远眺。里面一间分前后房，可做景宋父女的卧室。外面的一间可以做景宋的画室，也可供憩息会客之用。都是朝南的，阳光充足，空气新鲜，比较吴云章自己住的房屋还要干净。他就领导着景宋父女前去一看，景宋果然十分满意，又托吴云章到木器店里去添购应用物件。在这里没有借的，一切都买起来。吴云章差人代他布置得十分精洁，然后请景宋选了一个吉日，迁到那公寓里去。从此石湖居士不在吴门作客，而到十里洋场中来做海上寓公了。

他们住到了公寓里，又设宴邀请吴云章、龙矞双以及相助迁家的人。吴龙二人都带了内眷前来，十分热闹，尽欢而散。次日，景宋特地向公司里买了一些食物，又和文莺到吴云章家里去答访。所以他们住在上海，也不寂寞。

但是文莺早想起了天羽。长久不通消息，不知他是不是在交大修业。以前自己在乡间，在苏州，当然无处探听，现在自己也已到了上海，应当想法去寻找他，给个消息与他，也好使他欢喜。休沐之暇，仍可来此相聚。所以她就对景宋说，要托人探听交大在什么地方上课，以便寻找天羽。

景宋听得文莺要去寻找天羽，他的脸上顿时有些不悦之色，便对文莺说道："这个小孩子很没有良心的，我好意帮助他出外求学，谁知他到了上海，一封信也不写给我。这样我们何必去找他？让他自己在想着我们的时候来找我们便了。"

文莺听了她父亲的说话，心中很不以为然，暗想天羽出去的时候，邮递尚未畅通，叫他如何通信？况且我们从光福迁回石湖，他是决不会知道的，安知后来没有信寄到那边去而为洪乔所误呢？此番我们全家迁沪，当然他又是不知情的。我们若不去找他，他怎会来找我们呢？但是她心里虽然这样想，口里却不敢和她父亲说。

景宋却又叹了一口气，说道："一个人是要变的，我前天遇到了永昶庄的经理王先生，向他拿款子。他告诉我说，天羽拿了我的信去见过他，常常向他取钱用。在这短时期内，已被他用去七八百块钱了。这可见得天羽不是在专心读书，而是在那里荒唐了。也许他没有面目来见我呢。这种没有根底的少年，算了吧。"

文莺听了这话，似信不信，也不便向她父亲辩驳，自然没有话可说了。可怜她自己究竟还是胆小，又是人地生疏，怎敢私自出外去寻找天羽呢？于是她只得想自己方面的念头了。她本和景宋说定下学期要到美术专科学校去修业，她又喜欢学琴的，此刻她看了报纸上的广告，被她寻到了一个西人，乃是大名鼎鼎的音乐家密司霍金荪，从她学习弹琴唱歌，每星期去学习三回，所以她每逢星期二四六上午，便要跑到大西路霍金荪那边去学习的。

景宋到了上海，除和吴云章、龙翥双等暇时相聚外，其他的时间他就沉浸在书画里。因为这时候书画之风在上海大为盛行，大新公司天天开着画展，有许多画家先后开过展览会，陈列他们的作品，供各界人士欣赏和选购。成绩都很好的，收获也相当丰富。吴云章、龙翥双等怂恿景宋也不妨照样来开一个，以期名利双收。景宋听了，心里自然活动。好在闲居无事，借此亦可消遣长日。所以他也朝夕挥毫，预备充实他的作品。

有一天，文莺从大西路回来，恰巧在那天天上有了云，阳乌匿影，稍觉凉快一些，她从大西路安步当车而回，方才走到善钟路口，忽见对面人行道上有一个少年，立停了对她行注目礼。她也就对那少年细细一看，原来就是天羽，不由惊喜交并，好像在黑暗里找到了光明一样。

第十六章　来鸿去雁费疑猜

文莺手里拿着一些琴谱，还有一柄花洋伞，挟在胁下。因为太阳不出来，所以没有撑伞，她就举起那小小的花洋伞，向天羽挥了数下去招呼他。这时候天羽也已瞧见了文莺，连忙从马路上跑过来，跑到文莺身边，立定了充满着惊奇的面色，对文莺说道："表妹，你怎样到这里来的？姑夫在哪里？"

文莺笑了一笑道："我们在阴历六月初便搬到上海来的。你不是在交大读书，为什么出去后一封信也没有寄给我们呢？"

天羽把手搔搔头道："表妹，你不知道我到沪以后因为邮路不通，无法投寄，后来，我接连写了两封信寄到光福去，却隔了长久没有回音。我也不知道你们是不是仍在光福，向几个苏州来的人探问探问，也不能知道确实的消息。我真是十分思念你们的，但恨身无彩凤双飞翼，不能飞回吴门去一看表妹，此憾何如？万万想不到今天忽然遇见表妹的。那么我也要问你，你们既然迁来上海，为什么不来通个消息给我？也好使我早些和你们相见。"

文莺点点头道："不错，这是我很抱歉的。但表兄恐怕还不知道其中的缘由呢。"

天羽一怔道："什么缘由？你可能告诉我听吗？"

文莺就将自己怎样要请父亲差人到交大送信，景宋又怎样和她说的话，很坦白地告诉了天羽，且说道："这些话虽然是从父亲口里说出来的，但我总有些不相信。因为我认为表兄绝不是这样的人，其中也许有些误会。但也不敢和他老人家明辩，因为我听他老人家的说话，对于你有些不满意。"

天羽听了文莺的话，便说："奇了奇了！姑夫所说的这些话，根据什么啊？这真是冤枉也。我到了上海以后，只有一次缺少了些钱，曾拿着姑夫的信去见那王经理，向他支取过一百块钱的，至今还没有去过第二次，何从取去七八百块钱呢？这真是莫须有的事了。王经理活口现在，不妨可以彼此对质的。姑夫怎可以如此说呢？你相信我的话吗？"

文莺道："我相信你的，决不会有如此的行为。但是我父亲为什么要说这个话呢？"

天羽把手搔搔头道："真奇怪了。他老人家既然这样说，对于我很有些不满了。那么我也不便再到府上来惹他老人家的憎厌了，这是显而易见的事，你们到了上海以后，他老人家若然惦念我的，一定要送个信到我校里来了，为什么你向他请求时，他反而说出这种话呢？"

文莺点点头道："不错，他老人家对于你确乎不在心上，令人莫名其妙了。但我的心却丝毫没有变动，常常要想起你的。今天我们竟会在路上邂逅相逢，这不是天意吗？表兄现在可住在校中？"

天羽答道："我校里没有寄宿舍，我住的校外寄宿舍。在康悌路的三百八十七号，那里全是我们同学，你也可以来见我的。因为我不欲到你府上来，还是请你来好了。不知表妹意下如何？"

文莺点点头道："很好，我本有许多话要和你说，此地不是谈话之所，我准在本星期六下午两点钟，到你宿舍里来找你吧。"

天羽道："好，这个时候宿舍里很清静的。星期六我盼望你必要惠临，不可失约。"

文莺微笑道："当然不会失约的，一切到那时再谈吧。再会再会。"

文莺说了这话，回转娇躯走了，天羽也不便送她，只得立在人行道上，痴痴地望着文莺的背影。直到文莺的倩影没入人群中，他才踽踽地走去了。

文莺别了天羽，走回家去，心中好不欢喜。自己要见天羽，今日竟会巧遇，这不是彼苍者天有意使我们劫后重逢吗？这件事不便告诉我父亲的，只好瞒过他吧。所以她回到家里，在景宋面前绝口不提，若无其事一般。

景宋因她走得热，叫懿童开了一瓶鲜橘水给她喝，父女俩坐在画室里絮絮地谈话。文莺今天遇见了天羽，心头的欢喜自己遏制不住，处处流露出来。景宋见文莺面上总是笑嘻嘻的，可以知道女儿的快活。但他不明白是什么缘故，以为文莺为弹琴弹得高兴，所以如此。自己好久没有听到她的歌声了，此地不比乡间，尽可以自由歌唱，便对文莺说道："今天你很高兴，我却无聊。你可能唱一曲名歌给我听吗？"

文莺点点头道："父亲要我唱时，我自然遵命。"

就拿琴谱展开来，站在景宋面前，唱一首西方的名曲《喜相逢》，这也暗暗合着自己和天羽的巧遇。所以她唱得格外有兴会，有意思，把歌意完全透达出来。这时候华灯初上，凉风徐来，景宋靠在沙发里，吸着雪茄，耳中听到曼妙的歌声，眼睛里又瞧着章湘云似的女儿立在他自己的面前，宛如出水芙蓉，一尘不染。他不觉掀动了古井之波，靡靡然陶醉在当年的环境里了。不过自己也觉得若在达到他片面的愿望，还是很渺茫的，像海中的三神山，可望而不可即呢。

文莺自从遇见了天羽，她的一颗心早已飘扬在天羽的身上了。等到星期六的下午，她换了一件浅紫色的麻纱旗袍，脚上穿一双白皮鞋，戴上了太阳眼镜，夹了花洋伞和琴谱，在景宋面前只说仍到密司霍金荪那边去学琴的，兴冲冲地走出了公寓，坐了人力车，赶到康悌路去访晤天羽。她寻到了三百八十七号，乃是一座半新旧的西式房屋，上面也没有牌子挂出，跳下车来，恰见有一个学生模样的人从侧边一扇小门里走出来，她就收下洋伞，向那学生问道："请问这里有没有交大的校外宿舍？"

那学生点点头道："是的，就在楼上。"

文莺谢了一声，就向这扇小门里走进去。顺手转了两个弯，见有一个楼梯，她就一步步地走上楼去。到了楼上，见有几个房间，门上都标出号数。她不敢孟浪从事，咳了一声嗽，便有一个茶房跑来，问她要寻谁。文莺说出了曹天羽的姓名，那茶房把手向左边一个房间一指道："就在三号里。"

文莺照他的说话，走到三号房门口，唤一声"天羽"，早见天羽从里面跑了出来，向文莺带笑点头道："表妹，你来了吗？

很好，请到里面坐吧。"

文莺踏进去一看，两旁搭着上下十二张床铺，沿窗有一张桌子，一半堆着书。天羽便请文莺在窗边椅子里坐下。文莺放下花洋伞和琴谱，天羽已取过一瓶汽水开了，插入一根麦管，请文莺喝。文莺一边喝汽水，一边和天羽谈话，又从她皮夹里取出一柄小小的檀香扇子扇着风。天羽见文莺的小扇子没有什么风的，便拿了一柄芭蕉扇，代她同扇。天羽先把自己来沪入校修业的状况讲些给文莺听，文莺也将自己从光福回转石湖以及如何迁沪等经过情形讲给天羽听。二人都觉得大足安慰。只有一件事使他们不明白也不快活的，就是景宋为什么要诬言天羽的不是而哄骗文莺？

大家讨论了良久，天羽道："我现在有些觉悟了。自从我救表妹回来以来，我们二人的行迹日益亲近，他老人家似乎就有些不赞成的样子。他所以叫我到上海来读书，表面虽是帮助我求学，实在却是要使我们二人从此分离罢了。否则他到了上海来，为什么不给我一个信呢？明明是不欲使我知道，免得我再到你家里来。又和你说这些无稽之谈，也是要你轻视我的人格，而不再想起我这个人罢了。"

文莺听了天羽这样说，点点头道："表兄，你说得一些儿也不错。但是他老人家为什么要如此呢？"

天羽笑笑道："表妹是个聪明的人，这也不难想到了。也许我是个穷小子，姑夫究竟以前是官场中的人，难免势利两个字。他恐怕你和我太亲近了，便要沾着穷气。又恐将来倘使我们有了情愫，更使他要不快活。因为像我这样的人怎能高……"

209

说到这里，天羽立刻顿住，不说下去了。面色却已改变，露出十分气愤的样子。文莺的玉颜上也有些微红，却不便说什么话。他们此时都以为景宋存心势利，瞧不起内侄，将来不要把女儿嫁与穷措大，所以如此。其实他们还浅之视景宋，而他老人家心里的真意思他们还不能明晓呢。

这时恰巧有几个同学回来，二人不便再讲这样话了。时候已近四点钟，天羽便对文莺说道："我们到法国公园去走走吧，免得在此闷坐。"

文莺道："也好。"

于是天羽披上西装的外褂，戴了草帽，陪着文莺到法国公园去。二人在园中散步了一会儿，又在荷池边饮茗小坐，吃一些点心。将近六点钟时，文莺要紧回去，方才和天羽走出，约了后会之期，分手告别，走回家中去。

从此文莺时常背着景宋跑到天羽宿舍里去互谈，天羽却不到文莺家里来，这样便可以瞒过了老人家。但是天羽的经济却靠谁来接济呢？

这也是天无绝人之路，天羽进了交大，却遇见了一个姓方的同学。那同学的父亲便是天羽亡父的老友，生前交情很密的。只因近年来那姓方的朋友常在北方，有一个时期邮路梗阻不通，没有知道老友溘逝的噩耗。后来到了上海来做了寓公，他的儿子方雨生考入了交大，恰与天羽一班，很是投契。课余之暇，谈起二人的家世，方知两家本是世交。方雨生回家去告诉他的父亲，不胜黄垆之痛，便请天羽到方家去相见。方雨生的父亲见故人之子颇有头角峥嵘气象，十分欢喜。问问老友病故情形以及天羽的经济状况，他念天羽孤儿无依，自愿设法相助，先送了天羽二百块钱，叮嘱他要用钱时尽可向他去说，千万不要客气。天羽见方雨生父亲为人伉爽好义，自己又和雨生是同学好友，难得有此靠山，自然不肯舍近图远，而去向信息不能达的陆景宋乞援了。所以他来沪后，实在只向永昶庄的王经理取过一百块钱，以后便没有再去。景宋对他女儿说的话，当然是别有作用的了。

天羽因自己得逢文莺，心中非常欣喜。虽然他不便到文莺家里去，惹他姑夫的憎厌，而文莺能够时移玉趾，到他宿舍中来叙谈，可见文莺对自己怎样的深挚，而非金钱所可买到的了。二人这样往还着，情感自然逐渐浓厚。因为要瞒着景宋私自通函之故，文莺叫天羽用了一个"彬"字的化名，寄信给她，只算是文莺的女同学，果然使景宋不致起疑了。

暑假后，天羽升入二年级，一切学膳杂费都是方雨生的父亲代他付的，所以天羽对于经济方面无用多虑了。文莺进了美术专科学校，每星期六仍要到密司霍金荪那边去练习钢琴的。文莺到了上海，更是活泼得多，天羽一到星期日总是守在宿舍里，守候文莺前来欢聚，难得有一个星期不来了。景宋在家里伏案作画，因为他和大新公司业已订定，要在国庆日边举行他个人的书画展览会，所以忙着预备画作，画好了还要拿到裱画店里去裱。

有一天，文莺出外，身上穿得薄了一些，恰巧天气骤起变化，起了飓风，下了半天的倾盆大雨，兀是滴沥不止。又逢黄浦江里有了高潮，秋风秋雨，加着秋水泛涨，马路上竟变成了一片汪洋，令人有行不得也哥哥之叹。法租界蒲石路那边地形更低，水深及膝，汽车都一辆一辆地在路上抛锚，不能行驶。唯有人力车这时候是最当令了，他们在水中代人摆渡，索价很大。在这个时候不敲一下竹杠，已是呆鸟了。文鸾在校里到了放学的时候，眼见马路上大水不能回去了，心里有些发急。恰有一个同学也是住在蒲石路的，二人站在校门口凳子上，要想喊一辆人力车坐回家去，可是门外拉过的空车子也不多，有些都被同学们抢去了。有一辆车子竟向她们索价十块钱，她们哪里肯出呢？看看天色将晚，雨势虽然小了不少，而仍有细点飘洒。人力车的索价愈大了，她们很觉得有些进退维谷。

文鸾的同学对文鸾说道："我们不如发个狠，走回家去吧。你看马路上也有不少行人，都是蹇裳赤足而走的。我们效法他们便得了。在这时候也没有人家笑的，回去洗一个浴就好了。"

文鸾被她的同学一怂恿，也就有了勇气。于是二人脱下了脚上的皮鞋和袜子，将旗袍卷束在腰里，大家撑着一柄小洋伞，踏入了水中，一步一步走回家去。她们瞧见别人入水，以为很容易的，谁知自己踏水而行，便觉得非常困难。双足被水的压力所阻，搬动很是吃力，而且稍一不慎就要有倾跌之虞。然而既已走了，也只好鼓着勇气，跑回家中而后已。二人好容易走到了蒲石路，天色已晚，文鸾心焦得很，未免有些惊慌。沿街楼窗上有几个浮滑少年正在眺望水景，瞧见她们二人走来，便拍手哗笑道："大家看两个摩登女学生在水里走路啊！有趣有趣！"

文鸾等虽然不去理会他们，却是必要从他们那些人的楼下经过的。楼窗上拍手的声音更响了，有两个少年大声说道："你们不要走吧，待我们来驮你们回去，好不好？"

有一个人说道："这却像猪八戒在高老庄驮高小姐一个样子

了，你倒情愿做招女婿的吗？"说罢众人又是一阵哗笑。

笑声送到二人耳中，很是难受，没奈何只得低了头走。却又有两个少年把手里吃下的香蕉皮向文莺等身边乱抛。文莺心里有些生气，脚下要想走得快一些，不料她的左足正踏着了香蕉皮，顿时滑了一跤，仰面朝天地跌进水中。楼窗上的人又是拍手大笑，而且高声欢呼道："快看活元宝翻身！"

文莺跌了，一时爬不起来，幸亏她的同学比她力气稍大，双手扶她起来，然而全身沾湿，湿淋淋的变成了落汤鸡一般。身上穿的单旗袍湿透了，里面的肌肉都隐约露出来，又羞又恼，恨不得跳上楼去，把那些浮滑少年痛捆几下耳巴子，出出她心头之气。仍只得耐着怒火向前走。她们走了一大段路，耳边还隐约听见众人的笑声呢。又走了好些路，文莺的同学是住在蒲石路迈尔西爱路口的，所以她先到了家门，安慰了文莺数语而分手了。文莺一个人孤单单地又走了好些时候，方才回到公寓。

景宋一见文莺湿淋淋地走回来，不由大惊，连忙问道："外面大水，我正代你忧虑怎样回来，你怎么走回来的？为什么不雇一辆人力车呢？"

文莺便将自己在路上的事告诉她父亲听，声音颤动，几乎要哭出来。景宋跌足叹道："你何必要省这一些钱呢？我不会怪你的啊。那些可恶的少年，幸灾乐祸，调戏妇女，更不该把香蕉皮来抛人，真是完全没有功德心的，在上海的风俗真坏透了。"说话时露出恨恨的样子，便叫文莺快到浴室里去洗浴。

文莺放下书包和皮鞋等物，到房里去拿干净衣服，便到浴室中去沐浴更衣。等到文莺浴毕，已是吃晚饭的时候了。女仆开上饭来，父女俩一同吃饭。景宋对文莺说道："我料明天飓风的势或将稍杀，但是大水一时决不至于退去的。你明天不要到校吧。我们幸亏住的楼上，若在楼下时，哪一家不被水浸呢？我看照这个样子，上海将来终有一天变为泽国的。"

文莺点点头，但她吃过了晚饭，胸头便觉得有些不舒服，身上也觉得发冷，便先到床上去睡了。但睡到半夜里，文莺醒来，便觉得有些口渴唇燥，额上也有些发烫，头脑昏沉沉的，如坠云雾中，自己知道也许日间涉水而回，受了些冷，身体太弱当不住，也许要卧病了。果然到了次日，寒热发得很重，不能起身。景宋见女儿生病，知道她一定是昨天受了风寒所致，好在他自己以前也看过本草，读过一些汤头歌诀，便代她开了几样药，如薄荷、防风、荆芥之类，叫戆童踏着水到药店去赎了药回来，煎给文莺喝。可是文莺吃了药后，寒热不退，毫不见效。晚上睡着的时候常常要跳醒，大概她在马路上跌了一跤，受了惊吓，以至于此。

到了第三天，水已退去大半，天气却仍阴霾。景宋见文莺病情不见好转，便差戆童去请了一位有名的中医前来诊治。文莺的寒热有时轻，有时重，始终不见减退。那中医说恐怕要成秋温，景宋心里很是忧愁，连作画也无心了。便去请了一位西医，再来诊察。他说的话也差不多，这病是很厌气的。文莺睡在床上不能起身，自己也觉得十分心焦。因为她心里还想着天羽，恐怕他不知道自己生病，正在挂念她为什么不到他宿舍去呢。一则自己又不能差人去通信，二则也不能写信，只好让他去休了。

这样过了十多天，文莺的寒热方才退尽，校中早已请了假，不能前去上课，也有几位同学来探望她。景宋要文莺多多休息，不要出去。文莺自觉身子十分软弱，也只好坐一会儿睡一会儿。

那天羽有半个月不见文莺到他的宿舍里去，可怜他无日不思念。心中非常忐忑，不知文莺为什么忽然不去，自己和文莺情感正在浓厚的时候，又没有第三者羼入这个爱河，文莺决不会变心的。那么为什么隔了这许多时候，秋水望穿，不见意中人姗姗而来？而且雁沉鱼杳，连一封信也没有呢？这是什么缘故？天羽百思不得其解了。大概文莺不是生了病，不能出外，便是家中发生了什么事，阻止了她。自己又不能跑到姑夫家中去看她，真令人徒唤奈何。所以天羽只得握管修书，写了一封很长的信，寄到文莺那边去探问消息。这封信写得很是悱恻缠绵，情见乎辞的。署名仍用一个"彬"字。

这封信寄到陆家，恰巧景宋接着。他瞧见信封上"彬缄"二字，起初他也不注意，以为是文莺的同学，便转交给文莺。但是他后来见文莺背着他拆开了信细读，信笺很多，像是一封极长的信。下午时候，文莺已看过了，而黄昏时他无意中又瞧见文莺坐在床上，仍旧拿着那封信细细观看，好像意味深长的样子。等到景宋走近她床边去时，早见她马上把信笺来不及地折叠了，塞在信封里，藏到枕下去，脸上有些微红。景宋瞧着文莺这种样子，未免可疑。暗想她正当豆蔻年华，情窦初开，不要在外边背着我去结交什么男朋友，我倒不可不加以注意的。上海的这地方男女社交不当它一回事的，马路上见的俪影双双，数见不鲜，引诱的人很多。文莺涉世不深，安知她不要被他人诱惑呢？景宋这样一想，很觉有些不放心，便要注意文莺的行动了。

215

他藏在自己怀里，也不和文莺去说，文莺自己也不知道。她接到了天羽的书信，觉得胸头自然而然地有一缕热情涌起，不可遏制。实在天羽信上所说的话太打动她的芳心了，她急欲修一封回信去安慰天羽，可以使天羽明白自己的真相，而不至于妄加猜测，心神不定。所以她挨到次日上午，趁景宋在画室中绘事的时候，她在卧室里坐在床前一张小几之前，用了波纹信笺，握着自来水笔，悄悄地写一封回信，要寄给天羽，报告自己患病的经过，用话劝导天羽，且许一俟自己病体痊愈之后，立即到天羽宿舍中去一叙别情。因为天羽的信实在写得太好了，自己不得不相当地回音修辞，也可不给天羽轻视。遂伏在几侧，写了好多时候。

景宋绘了一刻画，想起自己的娇女，便走至卧室中去看看她。只见文莺伏几修书，见景宋步入，她就不写了，把旁边的一本小说书掩盖着信笺，假作看小说。景宋中心明白，也不去惊动她。问她精神可好，劝她不要多看书。文莺回答说精神尚佳，景宋也不和她多兜搭，便退出去了。他知道文莺写好了信一定要差懋童去付邮的，自己只要留心懋童的行动便了。果然到了午饭后，懋童要到街上去了，对景宋说，莺小姐差他出去买些可可糖等食物。景宋跟着他走到楼下，立刻脸色一沉道："你休胡说！莺小姐交给你寄的信在何处？快些拿来。"

懋童给景宋一吓，只得将一个紫罗兰色的信封从他衣袖管里掏出来，交与景宋，战战兢兢地说道："老爷，信是有一封的。莺小姐叫我偷偷寄去，不要给老爷知道，所以我没有和老爷说。老爷怎会知道的？老爷真是神明如同城隍老爷了。"

景宋道："呸，不要胡说。你且出去购物，回来莺小姐问你，你可说信已寄去了，不许说出已交给我的，知道不知道？"景宋说这些时，他还没有预备向文莺去诘问呢。

戆童点点头道："知道知道，老爷的吩咐我总依样说的。"于是他就走出去买物了。

景宋揣了信，回到楼上去坐定后，一看信封，他的脸色不由突然大变了。

第十七章　柳暗花明又一村

　　原来景宋拿到文莺所寄的信，最先接触到他眼帘的就是"曹天羽先生大启"七个字，他万万料不到这封信竟是文莺寄给天羽的。他以为自己到了上海，不去通信给天羽，不给天羽知道他们业已来沪，且向文莺诬言天羽会用钱，不老实，无非要使文莺不再和天羽见面，渐渐淡忘。自以为防患于未然做得很好的，而自己的目的尽早终想达到。哪里知道文莺早和天羽见了面，而时常前去相聚呢？此刻文莺若不生病，也不会给景宋识破秘密呢。这个刺激太大了，景宋两只手索索地颤动，背着文莺把这封信拆开来细细一看，方知道是封回信，那么天羽早有来鸿了，自己怎么没有瞧见呢？他就想到昨天的一封信上面写着"彬缄"的，就是天羽的化名了。记得在宋初不是有个名臣曹彬下江南的吗？天羽姓曹，所以就用了一个"彬"字。我本来有些疑心那笔迹很有些像天羽写的，果然是他。那么自己倒被他们俩瞒在鼓里了。他心里不胜愤怒，又瞧文莺信中的语句很多言情之处，已看得出他们二人早有深固的情爱了。自己还要防什么呢？真是大人上了小孩子的当了。

此时景宋的幻梦好像已打破了一般，他就不暇思索地立起身来，拿了这封信，走到房里去，气咻咻地对文莺说道："这封信你写给谁的？哼，你瞒了我做的好事！"

文莺正睡在床上假眠，休养精神，听得父亲的声音，回过头来一看，见景宋手里拿着的一封信就是自己吩咐懋童暗中去付邮的，不由猛吃一惊，自己的脸色都变了。又瞧景宋的脸上挟着一重严霜，好似怀着盛怒的样子，这是文莺生平难得瞧见的。她觉得一时说不出话来，只呆呆地对着景宋瞧着，心里暗恨懋童太不会做事，怎么这封信竟会落到她父亲手中去呢？现在证据已被父亲捏着，自己再也不能隐瞒了。

景宋见文莺不响，他又开口问道："你几时背着我去和天羽相见的？天羽要写信给你，尽管写好了，为什么鬼鬼祟祟地用着化名，存心要瞒过我，这是什么道理？就是你也不应该不向我说明一声。你们究竟在外边私下做些什么事？你须要爱惜自己的名誉，保守自己的贞操，不要胡乱行事，受人诱惑，方不负我这许多年来教养你长大的意思啊。"

景宋这几句话实在说得厉害，文莺听着，眼中早流下泪来，颤声说道："父亲，我蒙您老人家给我受过教育，你自己又训诲我，我虽不肖，尚知自爱，决不会背着父亲在外做不名誉的事情，堕落自己的人格。至于我和表兄通信，当然是有其事的，但我和他都知道应守的道德，绝没有越出范围的事。父亲，你相信我的话吗？"

景宋点点头道："当然我也相信你的，但我总要怪你为什么要瞒我。"

文莺不好说出这是因为您老人家厌恶天羽，不要他到家里来的缘故，所以我们不得已而如此了。她只得说道："这是我不应该的，也因为天羽不敢来见父亲，他遂暗中和我通信的。请父亲原谅。"

景宋听了这句话，自己心里也有些内疚，不由脸上微微红了一红，又说道："天羽果然怕见我吗？你快将如何遇见他的事告诉我听。"

文莺只得又将自己在途中巧遇天羽，以及自己到天羽宿舍去访问等情，半隐半吐地告诉了一些。景宋恍然大悟道："怪不得你每星期日必要到外边去，不是假说买物，便说到同学家里去，岂非都是谎言吗？天羽不该背着我私下引诱你。真是司马昭之心，路人皆知了。你也不该听他的说话，一切蒙蔽我。无论如何，你们二人的行为令人可疑，我是极端不赞成的。现在以前的事不要说吧，从今天起，再不许你和天羽通信，这封信也不必寄了。他如有来信，我都要抄没的。你既然生过了病，身体也不十分好，不必出去读书了，过了这个学期再说吧。"

文莺听她的父亲这样说，不由耸动双肩，在枕上啜泣起来。戆童买了东西回来，见他们父女这个样子，他也不敢多说话，将买来的东西放在桌子上，轻轻地退出去。他自己也知道那封信出了毛病，莺小姐将来必要紧他的。自己上了老爷的当，当然老爷的命令又怎敢不听呢？

景宋平常时候深爱文莺，一切都宽容的。文莺也常常对他撒娇，可是他今天盛怒之下再也不能宽恕文莺了，他自己也气得发昏呢。他见文莺啜泣，便说道："你不必这个样子的，无论如何，

220

不许你再和天羽通信，也不让你和他见面，别的事我仍旧不管。"

文莺道："我总是要求学的。父亲若然不许我出外，这学期的书不是白读了吗？"

景宋道："我若许你出外，一切话都是白说的了。明年你可以出去，现在若要出去，非由我一同监视不可。"

文莺听了不说什么，只是哭泣。景宋硬着头皮不去管她，走回自己画室去了。他独自坐着，恨恨不已。他自己也不知道为什么要这样发怒呢。

从这天起，景宋的心上非常不愉快，常常书空咄咄，徒呼负负。一肚皮的心事却不能告诉人家一声，宛如哑子吃黄连，说不出的苦处。精神上又受了一下很大的打击，觉悟到自己的幻想真是幻想，在事实上决不会成功的。年轻的也有她自己的心思，怎会将她宝贵的爱情用到老年人身上来呢？当年的章湘云尚且不肯，何况现在自己的年纪又老了许多，怎会再能得到年轻姑娘的爱？自己除非出了金钱去向出卖灵魂、出卖肉体的一群可怜的女儿中间去寻，然而这又不是自己的夙愿。昔年纳了马小凤，徒结孽缘，不得善果，再不愿意重蹈覆辙了。谁料自己费了许多心思，抚养栽培了一个义女，却无异给予天羽的。真是酿得百花头上蜜，为谁辛苦为谁忙呢？自己的心肠顿时狭隘起来，更是深深地憎恨天羽了。因此他书画也懒得从事，饭也吃不下，心中总是横梗着这件事情。

而文莺被她父亲斥责以后，心中不免自己悲伤。天羽是景宋的内侄，自己和他往还也没有什么错，难道自己人不好相聚相交的吗？天下安有是理？即使父亲重富轻贫，瞧不起天羽，也没有这样严厉地隔绝的。何以他老人家如此发怒呢？他本是很爱我的，从没有对我疾言厉色像这般情形的，倒教自己不明白了。他不许我和天羽通信，也不许相见，果然是十分专制的手段。想我自己的性命还是天羽援救而得珠还合浦的，怎可以忘记他的大德呢？而且天羽这个人确是一个有志的青年，很能自爱。他和我说的话，很合我的意思。倘然父亲不憎厌他，就可以常常到这里来，岂不是好呢？现在我要和他亲近，而父亲偏不许我和他往还，竟变成了全局。这岂是我始料所及的呢？何况我写给天羽的那封信虽然措辞很是诚恳，而光明正大，并没有什么暧昧情事，父亲何以这样严厉地对待我呢？因此文莺愁怀莫释，眉峰常蹙，守在家里，心中异常沉闷，一天到晚竟没有笑容露出来。

父女二人各人心里藏着说不出的苦衷，本来融融泄泄的家庭，变成了寂寞寡欢，充满了阴霾。文莺有时闷坐看书，有时卧床小憩，不像以前那样的活泼跳跃了。景宋更是沉闷，晚上常常失眠。想想自己以前在北京的往事以及在石湖边的隐居生活，不知是喜是忧，是悲是乐。辗转反侧，休想睡得着。加着秋色萧条，天气阴沉，使人更是不快。所以景宋竟恹恹成病，睡倒床上。幸亏文莺的病已好，所以她在旁边侍奉父亲，请了一位西医来代父亲诊治，可是景宋的幽忧之疾，医生也看不好的，真所谓心病须要心药医了。所以服了药，依然没有什么效验。时而好些，时而坏些，不觉淹缠了一个多月。形容瘦削，日渐萎颓。

文莺见了这般情形，不免代她的父亲有些发急，又去换了一个有名的中医来，代景宋诊察。那中医却说景宋患的不是真病，须要使他心中快乐，方才可使吃下去的药有效呢。然而景宋的心事真所谓不足为外人道，他哪里肯向人家直说出来呢？那中医药方也没有开，诊金也不收，拱拱手去了。

文莺心里更是发急，她心里暗想，父亲有什么心事？记得他怏怏成疾的时候，就是为了我和天羽通信的事情而起的。但自己要怪父亲太狭窄了，我和表兄通信，并没有不道德的行为。在他人看起来，这是一种小事，父亲何必要如此认真呢？更何必因此而成病？即使他不欲我和天羽过于接近，以致将来要发生恋爱而论到婚姻问题，他也可以向我明白解释，表示他的意见的。天羽究竟不是下流无赖之辈，何必要避之若浼呢？还有使自己不解的，天羽近日竟不再有信寄来，料他若然得不到我的回信，一定更是非常挂念，急于要明白我的状况，再要写信来探问的，现在为什么没有信来？即使已被父亲知道了而要把信没收，那么近来父亲生了病，睡在床上，他已顾不到这件事，为什么仍是一封信也没有呢？况我已暗中问过娈童可有"彬缄"模样的信寄来，他也说没有，这真奇怪了。只恨自己不能出去和天羽相见，把这件事明明白白地告诉他听，免得他要错怪我呢。

因此文莺也像有病似的，憔悴了不少。娈童见主人缠绵床褥，他心里不禁也有些担忧。吴云章和龙翥双听得景宋患病，也时常前来探望。二人以为景宋为着时局阽危，忧心殷殷，而生起病来的，又哪里知道景宋的心中事呢？虽然二人都是景宋的知交，而景宋总不肯对他们坦白实说的。二人也未免代他很抱杞忧。

有一天，吴云章带了一个姓蔡的士人来见景宋，景宋卧在床上，吴云章和那姓蔡的坐在旁边，娈童献过茶退去，文莺却立在

223

景宋病榻之旁，吴云章遂介绍姓蔡的和景宋相见，对景宋说道："你前番托我要买一个上好的田黄图章，我代你留心搭建，却一直不见有好的，未能复命。此番无意中逢到这位蔡君，竟有一对祖传的田黄图章，要想脱售。我已看过了，确是上等的珍品而不是赝货。所以我伴他同来，请你看看，要不要买下，而为你的大画生色。"

景宋点点头道："既然凑巧有此物，待我看看也好。"

于是姓蔡的就从他自己怀中掏出一个小小布包，解开来时，有一只雕制很精巧的楠木盒子，开了盒盖，又取出一个丝绒锦匣，再把锦盒的弹簧一按，盒盖开了，便见有一对光润精细的田黄图章，端端正正并放在锦盒里，有三寸多长。送到景宋的榻前，景宋接在手里，细细摩挲，见那图章不但质地坚致，而且色泽也是非常光莹，确是难得看见的东西。记得自己也有一个小小的田黄图章，质地还要比这一对好，那时自己十分宠爱小凤，曾代小凤亲自刻了，送与她的。后来小凤私奔之时，那枚小小图章也跟了她去了。现在我要开画展，图章一定要求得多些，可是劣质的玉石又非我心里所欲的，所以要托朋友代为物色。今天既然有这机会，这一对东西也还不错，我就买下来吧。

便托着那田黄图章，问那姓蔡的索价若干。姓蔡的答道："这是先人宝藏之物，我本来也很不愿意卖去，只因失业已有一年，生活压迫，买米无钱，只好把这东西割爱，让与他人了。陆先生是书画大家，此物归与你，也可说得到爱好的主人，不致辱没了它。所以我也不便奢索，请陆先生赐我六百块钱便了。"

景宋听姓蔡的如此说，也觉很可怜的。在目今的当儿，这价钱也不算贵，所以他就点点头说道："准其如此，我付六百块钱给蔡先生吧。"

遂命文莺把钥匙去开了铁箱，取出六百元纸币，点交给那姓蔡的。那姓蔡的数也不数地塞到自己衣袋里去，口里谢了一声，便要告辞。

吴云章也要离去，景宋道："你何必就要走呢？不妨在此多坐一刻，我虽然不能陪你吃酒，谈谈也何妨？"

吴云章道："我还要去拜访一个亲戚，有一些小事情要赶去，隔天再来问候吧。等你病好以后，我再和你痛饮。"

景宋叹道："老友不知道我的病几时好呢，恐怕……"

景宋没有说完，吴云章早抢着说道："当然会好的，你须要宽心，自寻快乐。我明后天再来看你。"说罢，急匆匆地和那个姓蔡的向景宋告别而去。

景宋等吴云章去后，他手里拿着这一对田黄图章，反复把玩了好多时候，就对文莺说道："你拿去代我藏好吧。这是上等的佳品，不可多得。待我病好了，细细镌刻，不要糟蹋了这好东西。"

文莺接在手里，看了一看，把锦盒盖盖上，代她父亲去放好了。再走过来对她父亲说道："父亲，这田黄图章果然是佳品吗？我倒也有一个在此。"

景宋闻言奇异，便问道："你几时有这东西？我却不知道。"

文莺道："我的田黄图章是小的，并不是向人家买来的。我以前死去的母亲留传给我的。"

景宋道："奇了，你母亲怎会有这东西？你以前的身世我虽

225

然向你问过，你还是糊糊涂涂，不能明白。怎么别的东西都没有，偏有图章呢？奇了奇了，你的图章在哪里？快快拿给我一看。"

景宋说这话时，精神异样高亢。文莺便去从她的箱子里取出一个小小的锦盒来，双手奉给她父亲。景宋两手抖着，接过锦盒，开了盖，拿出文莺所藏的那枚田黄图章来一看，他几乎要喊出来，面色也变了，自言自语地说道："咦，天下竟有这种事！难道是梦吗？"

文莺在旁边瞧见她父亲这个样子，也不觉大为奇异，问道："父亲怎么了？"

景宋张大着一双眼睛，向文莺问道："你知道这图章果然是你的母亲留传与你的吗？你母亲的名字真的唤作'小凤'吗？"

文莺道："我也不知道我的母亲是不是叫小凤，这图章也是我寄母给我保存的。她对我说过，这图章是我母亲郑重交代她的，叫她等我大起来时，与我做个纪念的。因为我母亲的遭遇太可怜了，别的没有传下来，只有这一枚图章，不肯轻易卖去，必要传给女儿的，所以她交与我了。这也是我寄母病笃时对我说了，而把这枚图章给我的。那时候我究竟是年纪小，没有向我寄母细问，至今引为憾事呢。"

文莺说了，景宋将手一拍他自己的膝盖道："唉，小凤小凤，你真可怜！幸而这女孩子仍得落在我的手里，这恐也是天意吧。"

景宋说了这话，文莺还不明白，忙问景宋道："难道父亲以前认识我母亲吗？"

景宋慢慢地说道："唉，岂但认识，而且曾有同居的关

226

系呢。"

文莺听了，更不明白，便拉着她父亲的衣袖说道："究竟是怎么一回事？父亲你快快告诉我吧。"

景宋叹了一口气说道："提起这事，令人遗憾无穷。你不知道，你的母亲就是当年名满京津的坤伶马小凤，也是我的逃妾，而你就是我的女儿呢。"

文莺听景宋说出这几句话来，心里不由一怔，大大受着冲动，双手拉住了景宋的臂膊，颤声问道："父亲，你果然是我生身的慈父吗？那么我在小时候怎么就会和你分离，而父亲竟会不认识自己所生的女儿呢？父亲，我今日好像处身在五里雾中，恍恍莫明，你快快告诉我吧。"

景宋又叹了一口气道："你生下地来的时候，你的母亲已离开了我，当然叫我怎会认识你呢？"

文莺道："我母亲为什么要离开父亲呢？"

景宋摇摇头道："这是孽障，言之可痛。"他就将自己以前在北京供职部曹的时候，如何梨园闻歌，赏识小凤；如何量珠以聘，金屋藏娇；小凤如何受了她表亲冯小宝的诱惑，和自己感情不睦；又如何乘他出关的时候，双双卷逃，追踪无着。恰巧北方起了大政变，自己灰心仕宦，倦游南归等情，约略告诉了一遍。且说道："那时候你还在你母亲的肚中，所以生育的时候我也不知道在什么地方。幸亏自己那一年遨游北固山的时候，竟会在江边巧遇，而把你收养到家里来。冥冥之中，像有造化主宰在那里驱遣一般地使你仍旧归到我的膝下，这也是不幸中的大幸呢。"

景宋一边说，一边眼中流泪。文莺听了她父亲这一番的说

227

话，方才明白自己的身世。但她不禁伤心到了极点，竟跪在景宋的榻前，一手拉住景宋的手掌，呜呜咽咽地哭泣道："父亲父亲，今天经你这样一说，我方能明白，不然我还不知道你就是我亲爱的生身之父呢！真是不孝极了。照父亲的说话，我母亲生前很是对不起你的。不过她也可怜，都是那姓冯的不好。谁生厉阶，至今为梗！我心里非常代我母亲悲痛呢。"

景宋叹道："这总是佛氏所说的孽缘吧。现在也不要怪你母亲，她当时有许多私蓄的珍宝钱财，谅都被姓冯的小子用去了，总算还留着这一枚田黄图章，传留与你，今日方能物归原主，使我在这个线索上认识了你是我亲生的女儿，这也是我的一生中间重要事情之一了。唉，文莺，今天我方才明白你是我亲生的女儿。很好很好，你也不必悲伤，休要哭泣，只要你将来好好地做人，便对得住你的父母了。"

景宋虽然劝文莺不要悲泣，但他自己的脸上却是老泪纵横，心中不知是喜是悲，双目只是紧瞧着文莺，勉强想出说话来安慰他的女儿呢。戆童这时候在门外窃听，也被他听得了一半，他心里却代文莺非常快活。

文莺在床前跪了一刻，方才揩着眼泪，立起身来，也劝她父亲不要悲痛，加添了病势。父女二人泪眼相对，彼此安慰了一番，文莺便含着眼泪，去倒了一杯热茶来，双手奉与景宋喝。景宋又把这枚包含着悲痛纪念的田黄图章仍交文莺去藏好，当然文莺格外要珍视了。

自从这一天景宋和文莺父女俩重新认识以后，各人心里又起了变化。文莺一方面加倍为她已死的母亲悲惜，不知道她母亲临终的时候，又怎样地忏悔，所以把这田黄图章保留着，因为一则这图章是我父亲的东西，二则这图章上刻的字也是我父亲的手泽，所以我母亲单把这图章留给我，也有很深的用意呢。果然现在靠了这图章，使我们父女会得认明了血统。不过我母亲的一世竟这样地完了，她害在姓冯的手里呢，还是自己害了自己？我是她的女儿，既然知道了，怎能不代她深深地悲痛呢？文莺是这样想着。

而景宋的心里却又安慰了不少，因为他以前本来很要寻找他自己的亲生的孩子，终苦没有下落，渐渐地只得淡忘了，收养了一个萍水相逢的女孩子，聊慰己情，却不料竟是自己的亲生的女儿，这是何等的巧事呢？自己的亲骨肉有了着落，更不负自己数年来养育教诲的辛勤了。然而自己抱的幻想也因此而一旦完全打破了，心头倒宽舒了不少，好像搬去了一件重压的东西。从今以后，只想怎样栽培他的女儿，从蓓蕾而到盛放了。那么自己对于天羽的憎厌，也像烟消雾散地过去了。

隔了数天，景宋的病似乎好了一些。他下了床，披衣坐在椅子里，吃了一碗粥。文莺坐在他的旁边和他闲谈。景宋因为自己和大新公司订约开展览会的时期就在眼前，而自己却为病魔所缠，原拟的画件未能如数，恐怕到时他也没有精神去支持这个画会。遂叫文莺代他写了一封信给大新画厅的主理人，声明自己因病未能展览，愿意将自己所定的日期让与他人，而展缓至新年再开。文莺代他写好了，给他看过，封好了口，贴上邮票，吩咐蠮童拿去投入邮筒里。蠮童接了信，欣然而去。

文莺写得顺手，又问景宋道："吴云章老伯有好几天没来了，

229

父亲可也要写一封信去问问他?"

景宋摇摇头道:"这倒不必的,他自会来。我想你不妨写一封信寄给天羽吧。"

文莺不防景宋会说这句话的,她的脸上顿时一红,不知道怎样回答才好。

景宋又说道:"你不要以为我是戏言,我是真心和你说的。我以前不许你和天羽通信和见面,这是我自己一时思想方面的错误。现在我自己明白了,天羽这孩子也很好,没有什么过失,又是我的内侄,我理该帮助他的。在我的私衷很觉歉疚。至于你更是无罪的。前番我对待你太严厉了一些,我至今深悔着。所以教你写信去唤天羽来相见,我们仍要聚在一起。好孩子,你听我的话,快快写吧。别再迟疑,我决不怪你的。此后你也可以恢复自由,随时出外。谅你也不至于记你父亲的恨的。"

文莺在这个时候真所谓山穷水尽疑无路,柳暗花明又一村,自己再也想不到如此的呢。景宋说得非常诚恳,文莺听着,在她的心里又感激又喜悦,深深领略到慈父之爱,眼眶中却不由滴下泪来。拈着笔杆,伏在书桌上,听她父亲的吩咐,修书给天羽。但是隔了多时,这封书倒觉得有些难以措辞了。

第十八章　一书换将十万金

　　天羽自从那天上海发生了飓风高潮之后，一直不见文莺的芳踪，心里当然非常系念。所以他写了一封很长的信，外面用着"彬"字的化名，寄到他姑夫家里去问候玉人可否无恙。但是使他惊奇莫名的，隔了一天，文莺没有瑶函复他，而来了他姑夫的一封书，责备他不该引诱文莺背着她父亲私自出外，私自通函，有欠君子人的态度。教他以后不要再写什么化名的书信前来，尊重人格，且声明文莺决不能再到天羽处来了。全书措辞十分严厉，使天羽读了，句句刺伤他的心，异常难受，不觉脸色也变得苍白了。

　　他估料自己的去雁一定给景宋瞧见了，发生猜疑，而识破了他和文莺的秘密，触动了老人家的怒气，便写这封信来责备我，断绝我和文莺的往还。大约此时文莺一定被我姑夫很严密地监视着，她的行动已失去了自由，所以没有片纸只字给我了。那么这时文莺的生活却大苦了，我姑夫本来十分钟爱她的，为什么对于自己的爱女竟如此严重行事呢？我姑夫也是读书明理的人，怎可如此率尔行事？况且我曾听姑母说起过姑夫以前在京里的情形，本是风流潇洒的人，曾娶过名坤伶为小星，很有一些香艳的事迹，并不是要吃两庑冷肉的圣人之徒。何以现在他的头脑竟变得这样顽固起来呢？至于我也是他嫡嫡亲亲的内侄，家道虽然式微一些，家世却很清白。自问是个有志上进的青年，何至于像我姑夫所说的不肖呢？姑夫的心也太狭隘了。他的态度变得这样快，欺贫重富，大不应该，还亏他是个读书人呢。天羽这样一想，气上胸头，不觉得对于景宋有些怀恨呢。果然他也不再写信到姑夫家里去了。但是他对于文鸳表妹，仍旧要时时刻刻地思念，总觉无可奈何，只得静待后来了。

隔了许多时候，果然文鸳有信来了，他十分欣喜，以为文鸳业已恢复了她的自由，所以修书前来。他接到了这封信，如获至宝，急忙拆开来读了一遍，使他不觉更是惊奇了。因为在这封书信里文鸳没有将以前景宋禁止他们通信的事写出来，只说自己小病多时，父亲又患忧郁之疾，所以久不通信，有劳盼望，非常抱歉。现在要请天羽见函后，速即到她家去一谈。此信也是遵照她父亲的意思而寄出的，因为老人家也很欲一见天羽，一切的话通容面叙云云。

天羽看过了，自己心里忖度了一会儿，文鸳信上既然这样写，我不得不去见见他们，好明白其中的真相究竟如何。也许我姑夫生悔了，所以仍要我前去，到底是自家人呢。明天是星期日，他决定明天一早就去见面。

到了次日，天气很好，天羽换了一身西装，修饰一番，到外边去用了早点，然后跑到景宋那边来。他又到亨利路口买了一束鲜艳的时花，然后找到蒲石路景宋所住的公寓里扶持。这时文鸳早立在阳台上，盼望他来。一见天羽从外边人行道上慢慢儿地走，昂起头察视门牌号数，她马上将两手合拍着，高声喊道："天羽，天羽，我们在这里啊。"

天羽抬头望见了公寓阳台上的文莺，好像航行在大海中的帆船发现了迷途中的灯塔一般，心里的喜欢真是形容不出的。也就把手招招道："表妹，我来了。"他就寻到了公寓的大门，三脚两步地走进去。

走到楼上，戆童已在楼梯边向他笑嘻嘻地叫应了一声天羽少爷，引导他走向房间里去。这地方天羽还是第一次光临，踏进了画室，只见他姑夫坐在沙发里，面上满露着病容。文莺立在她父亲的旁边，穿着一件藏青哔叽的夹旗袍，外面罩着一件绿绒线的小马甲，玉貌也清秀了些。天羽走上前向景宋立下了，恭恭敬敬地叫一声："姑夫，您老人家安好。"又向文莺叫了一声表妹。

景宋点点头一摆手说道："天羽，你请坐。"

戆童已敬上茶来，天羽向景宋谢了一声，把花交与戆童去插在瓶里，就在窗边一张椅子上坐下。

文莺向他带笑问道："我的信你昨天接到的吗？"

天羽道："是的，我好久没有来向姑夫请安，非常挂念你们，只是不敢冒昧。昨天接到表妹的瑶函，幸蒙宠召，所以今日专程来向姑夫请安的。"

景宋咳了一声嗽道："以前的事不必谈了，因为我有了误会，不免错怪了你。但是自己人决不至于放在心上的。你今天来了很好，以后可以常常来，不要生疏，聊慰我们父女的寂寞。你看我生了一回病，精神竟是大减了。这两天虽然好一些，可是身体总

233

觉得疲惫，病魔还未能远离我呢。"

天羽望着景宋的脸说道："姑夫确乎比从前在故乡时清瘦了不少，大约在上海住不惯吧？不知患的什么病？医生看过怎样说？"

景宋道："我患的是精神不快之病，你想想，这个时候叫我怎么快活得出呢？"

景宋说这话，无非要想借此掩饰他的内心，天羽也就说道："姑父多愁善感，遇到一些感触，便会悒悒不乐，所以影响了你的健康了。但是世间的事往往剥极必复，否极泰来，似乎也有一定的定例的。还请姑夫耐心等待，我想总有一天重见光明的，我们还是保重身体要紧。"他说到这里，又对文莺看了一看，说道："表妹也害过病吗？"

文莺点点头道："是的，我就是在那天上海吹动飓风的时候，马路上积满了水，我因雇不成人力车，和同学鼓勇涉水而归，不料在水里滑跌了一跤，又受了些风寒，所以回家就觉得身子不爽快，第二天就卧病了。"

天羽听了，点点头说道："怪不得……"

他说了这三个字，却又顿住。文莺碍着景宋的面，也不便和天羽就说她心里要说的话。大家静默了一刻，景宋又对天羽说道："我来告诉你，正有快活的事情呢。这事真巧之又巧了。"

天羽听说姑夫有快活的事情，不觉很兴奋地问道："姑夫，请你快告诉我，也好使我快活。"

景宋就指着文莺，把田黄图章上得到了线索而认识文莺是他亲生女儿的一回事，告诉天羽听，且说道："文莺在我膝下已有多年，虽然也和亲生的差不多，但是血统未明，也是一件憾事。现在竟能够知道她就是我的亲生女儿，使我以前的心事也得了却，父女的身份更因此而确定，岂不是一件快活的事情吗？所以我要唤你来把这事告诉你知道了。"

天羽听他姑夫的一番叙述，好像听讲小说一般。这事情真是非常离奇而又非常凑巧的，便欣然说道："恭喜姑夫，恭喜表妹，这真是一件快活的事情，使我也不胜快慰之至。大概姑夫行善得福，所以冥冥之中造物者会把表妹从数千里外送到您老人家身边来，而使你们俩得以团圆的。"

天羽说了这话，景宋父女俩都笑了。景宋又问问天羽求学的情况，且问他这学期的经济是谁帮助他的，天羽一一告诉，景宋听了也赞美那位方雨生先生的仗义多情。他今天心里觉得宽松了不少，便吩咐戆童到邻近菜馆里去唤了几样菜来，请天羽吃饭。天羽也就不客气，在景宋家里和他们同用午餐了。大家谈谈说说，以前的隔阂也全消除了。午餐后景宋要到房中去小睡，休养精神。他今天喝了一些酒，菜也比较吃得多一些，话也讲得很多，精神亢奋了好久，急需休息，所以他睡到床上就呼呼地睡着了。

在此时文莺便和天羽并坐在画室里大沙发上，大家互剖衷肠，把这件事的前后原委讲个明白。天羽听了，也要感谢那枚田黄图章的功劳了，不然恐怕他们到今日还不能这样地聚在一块儿呢。他们喁喁切切地谈到了四点多钟，文莺又叫戆童去买了十多个汤团前来，给天羽用点心。因为在善钟路那边有一家新开的点心店，他们做的汤团味道非常可口。咸的用芝麻拌着的肉馅，外

235

加些斩碎的小虾仁在内，甜的有百果和豆沙两种，豆沙的又有猪油放在里面，百果的是用胡桃肉青梅芝麻白糖等和在一起的。人家吃得上口时，大家都到那边去买，名气也就响起来，生意非常兴隆。景宋父女也常喜欢吃他们的汤团，下午时候每叫懿童去买的。所以今天文莺要请天羽尝尝汤团的味道了。

当懿童买回来后，文莺叫懿童拿着碟子和碗筷来，她自己伸着玉手，代天羽舀了六个咸两个甜，满满的一碗，送到天羽的面前请他吃，且说道："你若不嫌味道不好而吃得下时，可以再舀几个来吃。"

天羽带笑谢谢道："这一个八仙过海，我已是够饱的了。这汤团果然很大的。"

文莺笑笑，自己也就舀了四五个，刚要吃的当儿，景宋忽然醒来，听得他们在外边吃汤团，他就唤了文莺问道："汤团可有吗？我长久没有吃这东西，今天给我吃两个甜的可好吗？"

文莺知道她父亲喜欢吃甜的汤团，但恐他在病中不宜吃这东西，便对她父亲带笑说道："父亲方才吃了许多菜，肚子里不至于就饿的。汤团这东西不易消化，不如待你病痊愈时再吃吧。"

景宋道："我真心想吃，肚子里似乎也有些饿了。我想只吃两个汤团也不打紧的，你就拿给我吃吧。"

文莺见景宋这样要吃汤团，不忍不依他老人家的话，而使他心里要发生不快，没奈何只得又叫懿童去拿了一只碗和筷子来，舀了一个豆沙一个百果的，送到景宋床边去。景宋已坐起半身，倚在床栏杆上，接过汤团很快地吃下肚去。今天胃口自己觉得很好，似乎再吃一二个也尽吃得下呢。但因自己究竟病体未愈，不

236

敢贪吃，也就罢了。将空碗传给文莺拿去，又叫文莺代他开了收音机，听平剧的唱片。

天羽吃过点心，看看时候傍晚，便要告辞。景宋留他再吃了晚饭去，天羽见景宋真心留他，当然多坐一刻好一刻的，也就不走了，仍和文莺闲谈一切。他们用晚餐时，景宋却只在床上喝一些薄粥，让文莺陪着天羽同食。天羽挨到九点钟，不得不告辞了，景宋勖勉他数语，又命文莺取出一百块钱给天羽，对他说道："我有很多时候没给你钱用了。这一些你就拿了吧，以后你需用时仍可问我要的。"天羽起初不肯受，景宋一定要给他，他也只好拿了。向景宋道谢数语，然后告辞。景宋叫他明天再来，天羽答应了，走下楼去。文莺送至门边，说了一声明天会，天羽就匆匆去了。

这一遭文莺和天羽重逢，自然心头快慰了不少，不经挫折，不知其味之甘，她深感到慈父的爱心伟大了。可是到了明朝，有一件事又使文莺担忧起来。就是她父亲忽然胸膈不舒，又有了寒热。她想父亲刚才好了一些，昨天天羽前来，见他的神气很是愉悦的，怎么又起了变化呢？马上再请医生前来诊治，特别加早。那医生来看过后，便说景宋恐怕有食，一问吃的东西，方知昨天果然进食太多了，消化不及，尤其是两个汤团吃坏的，开了药方而去。文莺吩咐蕙童带了钱和药方，到药房里去配药水，她自己在父亲的病榻边小心侍奉。将近五点钟时，天羽来了，他见过景宋，见景宋的病又不好了，他心里也是很代杞忧，希望他老人家不久就会痊愈。这天他仍在他姑夫家中吃了晚饭而去了。

但是景宋服药以后，忽然腹泻起来，到了次日，竟又变成了痢疾，一个上午泻了十多次。文莺知道父亲的病变重了，准是那个医生用药用错了，所以马上又去请了一个治痢的专家来代施行注射，想要止住景宋的泻，可是一时怎能奏效呢？景宋因为下痢的关系，累得他十分疲乏，饮食却也不进了。在中医方面说起来，这种病名曰噤口痢，是十分凶险的，有着很高的寒热，只是不退。天羽又来探望他姑夫，见景宋这个模样，他更是殷忧了。文莺一边侍奉汤药，一边愁眉蹙额的脸上一丝笑容也没有。她明知父亲的病是不轻的，若不早愈，危险性很大，便又去告知了她父亲的两位老友吴云章和龙翥双，二人闻信，都来探望。见景宋病势濒危，大家也很发急。赶忙又去请了他们相信的中医前来诊治，可是吃下去的药如水沃石，不见好转，这病竟一天沉重一天。

文莺急得如热锅上的蚂蚁一般，只苦一个人没有相助，遂请天羽暂时住在公寓里，在画室中设下临时床铺，以便照应一切，担任在外奔走各事，免得文莺顾了内不能顾外。天羽当然一样十分出力的。文莺又于夜间当天祈祷，愿上苍保佑自己的父亲快快痊愈，化险为夷。景宋自己却病得话也说不动了，常常闭着双目，如死人一般，奄殒床褥。文莺瞧着，惴惴然昼夜不安，时时背着景宋暗中流泪。她本想可以到美专去继续她的学业了，但是她父亲一病，她又不能了。自己太息，这恐也是天意吧，但愿父亲的病会好，那么自己虽然荒废学业，也还值得。然而这又岂能如她的愿呢？

有一天，景宋的病势起了剧变，人命十分危殆。文莺慌忙再请医生立即前来注射强心针，一面又打电话到天羽校中去唤天羽到来。天羽闻得姑夫病危，连忙请了假，驱车而至。这时景宋已被医生注射过两管强心针，人始稍稍清醒一些，睁开眼来见文莺和天羽侍立在床头，二人的脸上都有泪痕。他就叹了一口气，对文莺说道："你们不要这样发急，徒乱我心。此番我患病，起初自己也不重视，以为小疾，即可痊愈。谁料到病情变化竟会厥疾不瘳呢？虽然人莫不有一死，尧舜之圣而死，桀纣之暴而死，无论智愚贤不肖终是要走到这条路上去的。江淹所谓'自古皆有死，莫不饮恨而吞声'，便照庄子齐彭殇一死生之说而论，我死也无憾了。我以前也曾稍稍做过一些事业，现处乱世，侥幸尚没有受炮火之灾，而能得到寿终正寝，也不是件容易的事情，所以你们不必代我悲伤。我死之后，你们可请吴云章、龙骧双二人来帮助你们料理丧事。在这个时候，一切总要格外节俭，不必铺张。但望将来时局安定后，你和天羽将我的灵柩运回故乡，卜葬于先人的墓上，便可算'狐死必首丘'了。"

景宋说到这里，喘着气顿了一会儿。文莺一边揩着眼泪，一边去倒了一杯开水，奉给景宋喝。景宋勉强喝了一口，又对文莺说道："别的我没有留恋，只不舍得你一块心头之肉。我方才和你明白了亲生骨血的关系，满拟父女俩多聚些时，使我了却向平之愿才好。现在遽尔撒手，太早了一些。再也顾不得你了，唯望你以后要好好做人……"

景宋说到这里，力竭声嘶，再也说不动了，眼看着天羽，嘴唇动了两动，像要说话的样子，终于一句话也说不出来，只哼了两声。天羽和文莺都是泪落如雨，只见景宋脸上惨笑了一下，双目望上一抬，竟就此长辞人世了。

文莺和天羽一齐放声恸哭，尤其是文莺，哭得和泪人儿一般，跪倒在床前，惨呼道："父亲！父亲！你为什么抛弃了你薄命的女儿而去，此后教我孤零零一个人怎么是好呢？我在父亲面前尚没有尽孝，父亲怎样归天呢！"真是哭得死去活来。还是天羽比较有主意，忙去请到了吴云章、龙矗双两位老辈来，二人见景宋长逝，不胜人生之悲，也挥洒了许多眼泪。商议后，便将景宋尸体预备送到中国殡仪馆去大殓。打了电话前去，殡仪馆里的汽车立刻开至，把景宋遗体舁去。文莺天羽懋童和吴龙二人都一齐跟去，家中只留女仆守门。他们到了殡仪馆，租用了一间正厅，开始买棺木衣衾，预备明天为景宋盛殓，且登报发丧。各人十分忙碌地办事，且为景宋做佛事。文莺只是哀哀地哭，哭得如泪人儿一般，披麻戴孝，一身缟素。景宋在沪亲戚甚少，只有这一个亲生女儿和内侄送他的终了。天羽见文莺哀哭无间，在旁边常常用话劝慰。

一夜过去，景宋早已化好了妆，面色如生。次日早晨便有人来吊唁，不过人数很少。吴龙二家的家属都来的，且送上大花圈。到下午三点钟时，景宋的遗体已装入棺中，循礼安殓。文莺在棺旁哭得死去活来，晕过去了两回，经吴太太扶住。景宋殓后，灵柩就寄在殡仪馆内，订了一个上房，一切费用都是文莺拿出她父亲的钱，交给龙矗双去支配用途的。丧礼过后，大家纷纷散去，吴云章、龙矗双安慰文莺数语，仍由天羽伴送她回转公寓。

文莺回到公寓，觉得少了父亲一个人，房间里剩下父亲的一张空床，真觉得凄凉万分，又掩着面呜呜咽咽地啜泣。天羽去劝她时，文莺说道："我好端端地和父亲同在一庐，可恨病魔把我的父亲劫去，抛下我一个人，以后去和谁人说话？我父亲到了哪里去了呢？为什么现在不能看见他的影踪？我恨不得跟他一块儿去呢！唉，父亲抚养我的恩德，真是像海一样深，山一般高，欲报之德，昊天罔极，你能够代我去把父亲的魂魄招回来吗？"

天羽听了，也觉十分伤心，想不出什么话去安慰她。到晚餐时，文莺吃也吃不下，只喝了半碗粥，天羽勉强吃了一碗饭，他本来要住在这里的，但因景宋已死，室中只有文莺一人，他若住在这里，便觉得也有些不方便，瓜李之嫌，不可不避，所以他不能再住在这里，只得回到寄宿舍去住了。又恐文莺新丧老父，一个人独居空屋，不免要胆怯，所以叫女仆暂时相陪文莺同睡在室中。当天羽辞别时，文莺送到他楼梯畔，含泪对他说道："表兄，你明天一定再来的，我有许多事要和你商量呢。"

天羽道："当然要来的。"

天羽走后，文莺便叫女仆陪她去睡。文莺受了这个巨大的刺激，如何能够安眠？想念她的父亲，夜半常常在那里哭泣，枕上泪痕湿了一大半。次日天羽请了假前来，代文莺料理诸事。吴云章、龙翥双也来探望文莺，他们因为景宋在上海亲朋甚少，议定不再开吊，等到将来运柩回乡，入土告窆的时候，再行遍告亲友了。在七里要做道场时，都到寺院里去，省却许多麻烦。大家劝文莺不要悲伤，善承父志，将来可以安慰他老人家在天之灵。从此文莺便在家里守孝，心里十分悲哀。幸亏天羽常常前来和她谈谈，稍杀悲思。

光阴过得很快，转瞬已是终七。文莺每隔两星期必要到殡仪

241

馆去父亲灵柩前祭拜，献上些花，以慰幽灵。她又在家里没事做，便仍旧到美专里去修业，还要到密司霍金荪那边去学琴。不过她此后再也不能在她老父身边，一唱清扬之歌了。还有景宋许多已成的画，交与裱画店里装裱的，现在景宋虽已作古，而裱画店却把那些画裱好了，一件一件地送来。文莺见了这些画，又淌去了不少眼泪。

看看阳历新年快要到临，景宋生前曾和大新公司所订画展开会的约还没有废弃，现在人已物化，这画展谅必开不成了，所以大新公司写信前来，通知废约。可是文莺接到了这封信，她心里又动了一个念头，便和天羽商量。虽然她的父亲不幸而去世，可是他的新旧作品有这样多，都是生前的心血，从此藏闭起来，未免可惜。为要完成他老人家的志愿，何不将这些作品仍借大新公司开一个遗作展览会，扬扬他老人家的身后之名呢？这个例子好在也是有的。

文莺的主张天羽完全赞成，遂写了一封复书给公司，声明原约不同意作废，要在这时开一个陆景宋遗作展览会。大新公司接到了这封信，自然也无异议。文莺便和天羽忙着要预备代景宋开遗作画展了。有些没有题的画件，都请吴云章去代题，又请龙耤双在报界方面代为进行宣传之事，因为龙耤双近在上海十分得意，他和各大报的编辑很熟，所以托他代办这事情。吴龙二人听了这消息，也十分高兴去相助文莺，这无异为亡友帮忙呢。到了开会的前一日，吴云章又在某大报上做了一篇文章，详述景宋画学的源流，说他是北方已故的名画家樊子乔的入室弟子，又把景宋生前的政绩略述一二，极力誉扬他的才华和技能。所以开幕之日，会场里也很热闹，有不少人来订购画件。文莺因为要显出她父亲的丹青妙手，把她父亲代她绘的那幅《花间玉立图》也陈列其中，不过标明是非卖品。因为一则这是绘的自己的形貌，二则要留下做纪念的。她知道父亲为了这幅画煞费心思的呢。

在画展开幕的当儿，文莺淡妆素服，拿着印刷品在会场中招待来宾。大家知道她是景宋的女儿，瞧着画，瞧着人，觉得画中人和立在眼前的文莺一样明丽可爱，不过服装不同罢了。有几个人很想把这幅画买去，无奈这是非卖品，不能取得。于是又有许多人纷纷托了熟人来向文莺商量，可否情让，愿出重价，实在这画太吸引人了。文莺很觉麻烦，和天羽商酌之下，好奇心生，索性标出价来，为十万元之数。满拟吓倒了顾客，免去许多人情的麻烦。以为这个数目打破画苑中的新纪录，有谁人肯以十万金换一画呢？不料标价标出后，便在这天下午，竟有一个姓姜的财主，愿出十万金购此画去。既已标价，不能毁约，文莺只得将这幅心爱的《花间玉立图》割爱了。

那姓姜的是个三十多岁的中年人，矮胖的身材，白白的面孔，戴着眼镜，穿了一身西服和两个朋友一起来的，都像很有钱的阔人。将一张即期的银行支票付与文莺，购了那幅画，欢欢喜喜而去。文莺始料所不及，一幅心爱的画，换了十万金，心里还是非常舍不得它。只得预备把这一笔钱，用了她父亲的名义，去捐在慈善事业上，为社会造福了。事后探知那个姓姜的名唤子贤，是本埠一个暴富户。近年来在纱布买卖上发了一笔财，又经营五洋杂货，运销各地去，获利甚厚。开了两家厂、几家店，积资千万元，所以他也不吝此十万之数了。

文莺知道了，非常感慨，她又把其余画展所得之储藏了，将来要为她父亲造一个合于美术化的新墓，都用在父亲身上，自己不要一个钱呢。

光阴很快，转瞬已是农历岁暮，她放了寒假，坐在家中，这一天恰巧天羽有事没来，忽然门上来了一位不速之客，投刺请见。文莺一看戆童拿进来的名刺，不由大为惊愕。

第十九章　岁暮天寒贵客来

文莺接到的名刺上赫然有三个仿宋字映入她眼帘，就是"姜子贤"这三字大名。她联想到在她父亲陆景宋遗作展览会中，曾以十万元购去那幅《花间玉立图》的暴富儿了，心里正在犹豫，那个姓姜的为什么要来拜访自己呢？自己要不要和他相见？懋童早在旁边催她道："那位客人坐了黑牌汽车而来的，他对我说专诚来此奉访小姐，务望接见。现在他正守候在楼下，莺小姐可要见他？快快吩咐。"

文莺被他一催，口里嗯了一声，懋童已回身去了。文莺只得守在画室中，等那姓姜的光临。一会儿便听革履之声咚咚，懋童引了姜子贤走到画室来了。文莺见姜子贤头上戴着獭皮帽，身上穿着狐皮大衣，手上套着皮手套，脚踏黑皮鞋。懋童代他提着许多东西，放在旁边桌子上。姜子贤见文莺穿着一件黑色线呢的丝绵旗袍，四周滚了白边，脚上穿着水色的杜制棉鞋，头上插一朵白绒花，服装很是朴素，真是一位守礼的孝女。连忙一鞠躬，说声："密司陆一向好。"文莺也一摆手，说声"姜先生请坐"。

姜子贤谢了一声，便在对面沙发椅子里坐下，懋童送上纸烟和茶，姜子贤却从他自己怀中摸出一支吕宋雪茄，燃着了凑在他嘴边，猛吸了数口，对文莺笑嘻嘻地说道："令先大人陆先生的作品实在好极了，真不愧丹青妙手。那幅《花间玉立图》尤是精心杰作。我把十万元购下，还是便宜之至。且因此而坐对名画，无异亲晤密司玉颜。密司也要怪我此语唐突吗？"

文莺坐在画桌边，微微笑了一笑道："承蒙姜先生谬赞，不知今日大驾惠临，有何见教？蜗居不嫌有慢嘉宾吗？"

姜子贤哈哈笑道："密司说哪里话来？鄙人今天拜访，冒昧得很。一则因我还想购些陆先生的遗作，以便宝藏。不知府上可有陆先生的墨宝留存？二则闻得密司陆也是个女才子，学问很好，鄙人家里有两个小孩子，一男一女，都不满十岁，现在小学校里念书，十分顽皮，鄙人很想在舍间别聘一位女性的补习教员，相伴他们读书，温习校中的课业。想起了密司陆真堪此任，所以我要亲自拜访，聘请密司陆做我们小儿女的家庭老师，薪金一项当特别从丰，请密司吩咐一声，鄙人无不遵命。至于来往则当命舍间的汽车接着，那么也可使密司节省些时间，不致有跋涉之劳。舍间在静安寺路，坐汽车不消五分钟便可到了。千万请你勿却。"

姜子贤说了这话，又吸了几口雪茄，仰起了头，静候文莺的回答，态度很是诚挚。

文莺答道："姜先生要买先父的画，舍间尚有两顶小立轴和十二帧尺页，可供姜先生选购，其余却要自己保留了。至于姜先生说要教我到你府上去教令郎令爱的书，但是很惭愧的，我自己尚在求学的时代，资格浅，年龄轻，怎能够觍然为人师呢？恕我

246

不能从命。"

姜子贤又带笑说道："我们家里的两个小孩子因为太活泼之故，他们必要有年轻的教师教导他们，方才肯听说话。以前曾请过一位先生来教他们补习，年纪还不过四十多岁，他们就不肯和先生亲近。所以此番我特别要请年纪轻的人来教他们，越轻越好。密司陆务请惠允，赏我的薄脸。"

文莺道："我实在没有资格，怎可以答应先生的要求？请你原谅吧。"

姜子贤道："不要客气，明天是星期日，我用十二分的诚意请密司陆到舍间去用午餐，到时我叫两个小孩子来拜见密司，然后再谈实习的事。倘然密司爱那两个小孩子，能伴他们读书，使他们学业有进步，这就是鄙人的幸事了。请密司赏光。此刻还请密司把陆先生的所遗墨宝赐观吧，三点钟我还有一些事情，恕不能多坐了。"

文莺听姜子贤这么说，便去橱里取出她父亲画的立轴和尺页，递给姜子贤看。姜子贤略一浏览，点点头道："很好，我都要买下的，请密司告诉我价值若干。"

文莺道："立轴五百元，尺页四百元，姜先生以为如何？"

姜子贤道："不贵不贵，我就出一千元吧。"

便从他身边取出一本支票簿，又取出一支派克自来水笔，在支票簿上签了字，写明国币之数，撕了一张支票下来，双手交与文莺。文莺因为姜子贤以前已有信用，看也不看地收了过去，道一声谢。姜子贤马上对文莺说道："我要告辞了，明日请密司早些时间惠临，我准在十一点钟时候，开汽车来接，务请赏个薄脸，不要推辞。"

文莺再想婉谢时，姜子贤早已挟着画向文莺说一声"明天会"，马上匆匆地告别了。

文莺指着桌上的东西说道："姜先生还有东西哩。"

姜子贤道："这一些礼物是我掬诚送给密司的，请你笑纳吧。"说着话，姜子贤早走到门外了。

文莺送到楼梯边，看姜子贤下楼后，她回到画室里，检视桌上的东西，乃是一盒上好的手帕、四盒三花牌的香粉和两瓶香水精，还有一箱子洋苹果、一脚南腿，却是从永安公司买来的。不觉皱皱眉头，自言自语道："他何必要送这些礼物呢？他这要坚请，明天我倒只好去走一遭了。"回头又看见姜子贤用来签字的那支派克自来水笔却留落在几上，忘记带去。不知他要不要再来取笔，便拿过去放在画桌上。

正在这时候，天羽忽然来了，对文莺道："对不起，今天我有了一些事情，直到这时才来。你没有出去吗？很好。"一边说，一边瞧见了桌上的礼物，便问文莺道："表妹，方才哪一个来了？"

戆童又送上茶来，拿去喝剩的茶杯，揩去雪茄烟的灰。文莺答道："表兄，你道来的哪一个？原来就是那个出十万元买我父亲画去的姜子贤。"

天羽一怔道："姓姜的到这里来做什么？他怎会知道表妹住在此间呢？"

文莺道："我也不明白，也许他向旁人探听出来的。"

天羽立在画桌旁，一眼瞧见了桌上的自来水笔，又问道：

"这是谁的东西？"

文莺笑道："就是姜子贤方才遗忘在此的。"

天羽忙又问道："他来做什么呢？"

文莺道："他来后，先向我要买父亲的画。"

天羽道："可曾卖与他？"

文莺道："我把两幅立轴和十二张尺页都卖给他，他出了一千块钱。这自来水笔便是他签支票后忘记在这里的。停会儿也许他再差人来取的。"

天羽道："那姓姜的何以如此爱好我姑夫的画？我以为他前次出十万元购去那幅《花间玉立图》，不免是一种斗富矜财的行为呢？唉，老实说，我在那时也是非常爱好此画的，只可惜我没有十万块钱，否则决不让那姓姜的购去呢。可惜啊可惜。"

天羽说时，露出十分痛惜的样子。文莺道："这真是弄巧成拙，弄假成真，当时我们料不到竟有人肯出此巨价的。其实我也并不稀罕这阿堵物呢。"

天羽点点头，又瞧着桌上的东西说道："姜子贤既然买画而来，何以如此殷勤地送这许多礼物呢？"

文莺道："我也不知道啊。但还有一件事我要告诉你，就是姜子贤要请我到他家中去教他的儿女补习校课。"

天羽听了这话，眉头一皱，便问文莺道："表妹可曾答应他吗？"

文莺道："我还没有十分决定。明天他要请我去用午饭呢。"遂将方才姜子贤和她自己所说的话告诉一遍。

天羽听着，把两手搓搓，头又摇摇，说道："表妹，我要向你下一忠告了。人之患在好为人师，表妹自己正在求学的时代，正当努力学业，以求深造，爱惜寸阴，专心致志，怎有闲暇去教人家的子女？这岂不是舍己耘人，智者所不为吗？所以我要劝你不必答应他。况且姜子贤的为人我们也没有十分深晓，大概是个投机商人，为富不仁之流。他既要请补习教师，外边有上好师资的人很多，为什么他不去延揽，偏要请你年轻而无经验的人去担任呢？请表妹三思。"

天羽的话说得很直率，文莺听了，未尝不觉得天羽言之有理，但听天羽说她年纪轻而没有经验，不觉心里暗暗也有些不佩服。因文莺也是一个好胜心重的女子，你说她不会时，她偏要不服的。遂向天羽微笑道："表兄说得不错，我自己一则没有学问，二则又没有经验，当然不好去做人家的教师。但姜子贤再三坚邀，真不知他如何用意，我想还是不答应他的好。不过明天他请我吃饭，我也只好去应酬一遭就算了。"

天羽道："依我看来，明天你最好也不要去吃饭。不去理会他，让他自己觉得没趣，以后也就不再来了。"

文莺道："这未免近于失信。人家很有礼貌，我岂可过于峻拒？吃饭是一件事，教书是一件事，不必并为一谈。明天他请吃饭，我是要去的，至于教书这件事，我可以婉言谢绝。"

天羽见文莺已打定主意，也不便过于干涉，只得说道："这样也好，请表妹千万不要答应去教书。"

文莺点点头，二人谈过这事，便讲别的话了。天羽此时在文莺家里已是毫不客气，无话不谈。二人的情感较前更觉深厚了。

这天天羽在文莺家中用了晚饭，然后回转宿舍去的。在走的时候，他又对文莺说道："那么我明天上午不来了，大约在下午四点钟的时候再来看你。这时候大概你也回家了。"

文莺道："很好，年近岁底，人家都要过节，祭祀祖先。可怜我父亲故世已近百日了，我在后来要和你一同到中国殡仪馆去祭拜一番。你也放了寒假，大约总有暇的。"

天羽道："当然有工夫的，我们带了祭菜去，后天上午可以向菜馆里叫的，免得自己一样样烧起来了。"

文莺道："好的。"于是天羽就告辞下楼去了。

次日，文莺上午起身，温习了一会儿书，写去一张小楷，看看时候已近十一点钟，她就在房中略事妆饰。因为自己正在丧服之中，不必多事浓艳，只在脸上薄薄施了一些香粉，胭脂也不涂，身上仍穿昨天穿的那件丝绵旗袍，但脚上换了一双黑色高跟革履，颈里围着绿夹白色的丝围巾，套上手套，把姜子贤遗忘的自来水笔也藏好在手筒里，一切预备好了，坐在沙发里等候。

不多时，听得楼下汽车上的喇叭声响了两下，便见戆童跑上楼来说道："莺小姐，姜家的汽车来了，请你下楼吧。"

文莺嘴里嗯了一声，便又披上一件长毛骆驼绒的大衣，套上手筒。这件大衣也是她父亲到上海后，在八月里代她预先向鸿翔公司定制了。不料她父亲已不及看她穿这件大衣了，这又是何等的伤心事啊！

她把房门锁上，吩咐戆童和女仆好好儿在画室里看守，自己走下楼梯，出了公寓大门，便见有一辆簇新的流线型轿式汽车靠在一边，一个穿黑呢大衣、戴鸭舌帽的汽车夫立在汽车头旁，一见文莺走下石阶，便撮着笑脸走过来说道："可是陆小姐吗？请上车吧。"

文莺点点头，汽车夫早把车门开了，让文莺坐进去，又把车门代她关上，他自己坐到前面，拨动轮机，驶至马路中，捏了一声喇叭，便向东面如飞地驶去了。一会儿便到静安寺，在爱俪园东首有一座新型立体式的洋房，就是姜子贤的住宅了。汽车徐徐驶进了铁门，在白石阶沿前停住，汽车夫又开了车门，请文莺下车。

文莺跳下汽车，早有一个男仆恭恭敬敬地引导她进去。从甬道里走到客室，踏进去时，里面生了火炉，顿时觉得温暖如春。那客室很大，是分前后两间，今天却开通成一起。室中陈设的器具和壁上所悬的书画镜架都是十分富丽堂皇，照眼生缬。地下铺着很美丽很厚实的俄国地毯，一望而知是个富贵之家。

男仆请文莺在左首钢琴旁的一张沙发上坐下，然后走出室去通报主人。又送上一杯华福麦乳精来代茶，说道："请陆小姐稍待，我们老爷就来了。"又轻轻走出室去。

文莺因为室中很热，早把大衣脱下，挂在室隅的衣架上，喝了口麦乳精，隔了一会儿，又见室门一开，姜子贤身穿西装，两手分挽着两个小孩子走进来，左边的是一个八九岁的男孩子，身上也穿着小西装，右边是一个六七龄的女孩子，穿着羊毛绒的外衣，脚踏小皮鞋，妆饰得很是时新，面孔一样都生得白皙可爱。文莺连忙立起身来，姜子贤早含笑点头道："密司陆来了。我特地引这两个小孩子出来拜见老师。"

文莺忙说道："啊呀，我是不敢当的。这两位就是姜先生的令郎和令爱吗？果然很好。"

姜子贤道："聪明面孔笨肚肠，将来还要有烦密司陆开他们的茅塞。"说毕，又吩咐小孩子上前拜见老师，且说道："这一位就是陆文莺小姐，你们一向要看看她，今天我特地代你们请得来了。从今就要做你们的老师，好好儿听她的教诲吧。"

姜子贤说话时，两个小孩子就走至文莺面前，一齐立正了。向文莺行三鞠躬礼，且亲亲热热地各叫一声陆先生。文莺慌忙回礼不迭，她的玉靥也红起来了。那女孩子相视着文莺的面貌，回头对姜子贤说道："爸爸，陆先生真像画中的美女。"

姜子贤就和文莺带笑说道："我把陆老先生的遗作《花间玉立图》悬在楼上，小女见了，常常啧啧称美，且问我有没有这个人，我回答她说有的，就是陆小姐。今天小女见了你的面，方才相信了。"

文莺也就向这女孩子笑了一笑，且说道："我恐怕没有资格做你们的教师吧。"遂向姜子贤婉辞。

姜子贤一定不肯让文莺拒绝，且说道："我已叫他们拜见过老师了，老师当着学生之面，岂可客气？师严而后道尊，一日拜师，名分已定，请陆小姐万勿再辞。我在小儿面前要没有交代的。况且陆小姐既已应诺，断不可再说什么客气话。我因知道陆小姐一定胜任愉快的，所以专诚奉请。陆小姐请领会察愚忱，勿再言辞。"

文莺到了这个时候，却拿不定主见了。她本要辞去的，但因一则听姜子贤说得如此诚恳，且自己已受过小孩子的敬礼，当着小孩子的面，岂能反悔？二则眼见这两个小孩子天真烂漫，十分可爱，自己心里倒也很欢喜去教他们。天羽说我没经验，我倒要在他面前争一口气呢。万一他日有什么别的问题时，我再可托故谢绝的。好在不订什么约，姜子贤也奈何我不得啊。她这样一想，也就不再说什么了。

姜子贤又指着他两个小孩子说道："这是小儿立身，这是小女立德。现在邻近毓秀小学里修业。立身在三年级，立德还在幼稚园呢。此后希望密司陆加以训导，感谢之至。"

文莺道："这不敢当的。"

姜子贤又叫下人托出一大盘橘子来，请文莺吃。他自己坐在文莺对面，陪着文莺闲谈。那两个小孩子在室中站了一刻，早有一个雏婢来领他们出去了。接着又有两个客人到来，一个是三十多岁的男子，一个是二十左右的摩登女子，妆饰得十分明艳。姜子贤欢迎他们进来，介绍和文莺相见。文莺始知那个男子是海上话剧界名导演罗觉先，那一个女子便是话剧界明星黄小玲，好像和姜子贤很熟的。

姜子贤遂对二人说道："我今天代我家小孩子宴请老师，恰巧也有事和你们二位谈谈，大家不要客气，一块儿吃喝吧。恕我没有备丰盛的筵席呢。"

二人都道："很好，今天我们又要叨扰了。"

文莺却不会说什么话。姜子贤便向门口装的电铃上一按，便有一个男仆走来。姜子贤道："你吩咐厨房里摆席吧。"

男仆答应一声，一会儿便有二人来在中间大菜台上拉去了毡毯，另铺了一块上去，放上杯盘筷匙，拿过一瓶上等的威士忌酒。姜子贤自己立在主人席边，请文莺坐在上首，又请罗黄二人在他右边坐下，对三人说道："今天我预备的中菜西吃，菜是不好吃的，但请不要客气。"

遂拿着酒瓶代三人斟酒，三人都举杯致谢。厨司便把特制的菜一道一道地端上来，果然别有风味，非常精洁。罗觉先酒量很好，一杯已喝去，又斟上一杯，黄小玲和姜子贤都能喝，唯有文莺略一沾唇，不敢多饮。菜却老实不客气都吃了。席间她听姜子贤和罗觉先谈起灵秀大戏陆军的事来，方知新正开幕的灵秀大戏院就是姜子贤等开设的，姜子贤是其中的大股东，兼做董事长呢。罗觉先编导的《上林春色》女主角就是黄小玲，所以他们今天在谈这事情。

姜子贤带笑对文莺说道："新正开幕，要请密司陆和这位黄小玲小姐主持剪彩，为敝院增光。"

黄小玲听了微笑，当然首肯的，但文莺说道："这个却使不得。我一则在丧服之中，二则并非是什么明星，还请姜先生别请贤能吧。我万万不敢担任这事的。"

姜子贤听文莺坚执不允，也就不再勉强了。他对文莺十分客气，而和黄小玲却很多诙谐之词，以博文莺一笑。

席散后，罗黄二人坐了一会儿，先告辞去了。文莺又坐了一刻，方和姜子贤告辞。姜子贤又和她约定明天就要请文莺到这里来教书，每天下午五时至八时，并留文莺一顿晚餐。每月束脩奉送五百元，又送赆仪五百元，两共一千元之数，用红纸包着新钞票，先送给文莺。文莺推辞再三，姜子贤一定要她拿的，她就只得拿了。想起那支自来水笔，便从手筒里取出来，还给姜子贤。姜子贤连忙接过，谢道："昨天不留心，忘记在尊府。今天还劳密司代我带来，真是对不起。"遂等文莺披上了大衣，又按电铃唤汽车夫进来，送文莺回去。且说道："明天请密司必要来的，可到楼上小书房里去教他们。"文莺答应一声，遂向姜子贤说声再会，走出室去。姜子贤很殷勤地送出客室，一路送到阶前，看文莺坐上了汽车，方才进去。

文莺坐了汽车回家，把十元纸币赏了汽车夫，回到公寓楼上，脱去大衣，坐着休息。孌童送上茶来，文莺只是想姜家的事。四点钟的时候，天羽也来了，文莺就把自己赴宴经过详细告诉天羽听，且说道："我却不过情，只好允诺了。以后也许可以辞去的。你又要笑我人之患在好为人师吗？"

天羽听文莺业已答应姜子贤之请，到姜家去做家庭教师，他心里大不以为然，脸色立刻变得很是难看。他想昨天再三叮嘱文莺，教她不要答应，她却仍旧允许了人家，究竟她年纪还轻，上了场拿不定主意的，窃恐将来不免要从此多事呢。但自己究竟和文莺还是客气，未便怎样地去埋怨她，也就说道："那么表妹试试再说吧。"他心里却因此事便老大的不快活。文莺还不觉得，但是天羽的料想果是不错的，以后便又有岔儿闹出来了。

256

第二十章　还君白璧共欢欣

自从文莺到姜子贤家里去做家庭教师后，已有三个月了。文莺很是克尽厥职的，天天准时前去教授姜子贤的两个小儿女补习功课。立身、立德对于文莺非常肯听说话，一些儿也不放出顽皮的样子来，口里常常陆先生陆先生地叫个不绝，十分亲热。而文莺也能够想出种种好的教育方法，去开导他们。有时讲些古今中外的故事以及现代的科学新闻给他们听，使他们听得津津有味。有时文莺把浅近的歌曲教他们唱，好在姜家客室里有钢琴的，到时就弹着钢琴和他们同唱。文莺一向对于琴歌一科是很有研究的，何况现在她又从密司霍金荪学琴，所以她的钢琴弹得已是十分佳妙了。

那立身、立德都是姜子贤宠爱的四姨太太生育的，原来姜子贤有的嫡室江氏早已作古，没有生育过。近来姜子贤发了财，便娶了三个姨太太，都是分开来住的。这里便是四姨太太的金屋。此外姜子贤还在外边拈花惹草，很多风流艳迹呢。四姨太太年纪也不到三十岁，妆饰得如二十左右的姑娘一般，常喜纵博，往往不在家里的。文莺也和她见过二三回，四姨太太也很优待她的。

257

姜子贤有时在文莺教立身、立德唱歌的时候，他也走到客室里来，坐在旁边，笑嘻嘻地听文莺弹唱。有时在家里用晚餐，便陪着文莺和两个小孩子一同进食。那个导演罗觉先和话剧明星黄小玲也常常到姜子贤家里来吃晚饭，因此文莺也和他们很熟了。姜子贤所办的灵秀大戏院早已在新正开幕，黄小玲主演的《上林春色》连卖了二十八天的满座，各小报一致赞美黄小玲的艺术怎样的前进，怎样的成功，因此黄小玲的芳名在话剧界中也大冒而特冒，轰动一时，她自然也有些骄矜之气了。

　　一天文莺在姜家用晚餐的时候，姜子贤和罗觉先都在座相陪，吃过了晚餐，文莺要想回家了，姜子贤却不放她就走，冲了可可茶，拉着她和罗觉先坐着闲谈。姜子贤和罗觉先讲起黄小玲，罗觉先说道："现在的黄小玲真所谓吴下阿蒙，非复昔日可比了。其实她的演技也不过如此，只靠着她的一张脸蛋儿和一口流利清脆的国语，略见胜人而已。至于《上林春色》也是我编导的，姜先生和我一同把她意图提拔，推到一群的上面，都费了一番心力。谁知成功以后，她却渐渐地高傲起来，常常在背后嫌我的戏院里给她的报酬太薄，而有明光大戏院要来挖她去了。据她说虽有此事，也不若外间谣传之甚，自己决不肯答应他们而跳出这里的剧团的。但是黄小玲的话也未必可以完全信赖，假使她贪着利，要跳到别一处去时，毁约也可以的。谁能担保她不会食言呢？况且她和薛戈特的浪漫史也闹得满城风雨了，她若再不知自爱，使我们都要大大地灰心了。现在我方尽心编制一个剧本，名叫《风雨之夜》，主角当然要请教黄小玲了，但我竟有些不高兴挑她呢。"

姜子贤也说道："不要挑她。我觉得黄小玲的态度有些变化了。学徒，你看别的女演员可有能够担当的？我们也好照样把她提携栽培，造成她一位明星，岂不是好呢？"

罗觉先点点头道："这样果然能使黄小玲要气死呢。可惜我们现在的剧团里女演员中间尚没有像黄小玲一般的姿色和技艺，所以尽让她眼高于顶，而自诩鹤立鸡群了。"

罗觉先说到了这里，一边紧视着文莺的俏面庞，一边对姜子贤说道："请密司陆要原谅，不是我胡乱说笑话，假使有密司陆这样的一个人才来主演我新编的《风雨之夜》，将来百分之百保险可以一鸣惊人，大红而特红，而会超出黄小玲的。"

罗觉先说了这话，喝了一口可可茶，眼睛望着文莺，又望着姜子贤。文莺默然不语，也拿起杯子来喝可可茶。姜子贤吸支雪茄，听罗觉先说话。罗觉先说到这里时，他就向文莺带笑说道："密司陆，你听得觉先的说话吗？你若然有意来我们戏院里客串一下，主演《风雨之夜》，当然你能够出人头地，名满申江的。密司陆，你高兴答应我们来玩一下吗？我们决不有负密司的。"

文莺微笑道："承两位不弃，要我来客串话剧，但我自问对于此道尚是门外汉，哪里有黄小玲的艺术？她主演的《上林春色》，姜先生也请我看过，确乎不错。我怎能够和她去争胜？请罗先生别说笑话吧。"

罗觉先听了文莺这话，连忙立起来说道："我真不是说笑话。我敢立誓说，密司陆倘然能够客串《风雨之夜》，一定可以打倒黄小玲。我敢写包票的。倘使没有成绩，罗觉先三个字情愿颠倒写。况且姜先生在外边交际阔大，一言重于九鼎，只要他在外边托人捧捧，便不怕不满座的。密司陆，请你答应了吧。"

姜子贤也说道："这个当然包在我的身上。密司陆的花容月貌，一定能够吸引多数的观者。况且我听过密司陆教我家两个小孩子的书，国语也说得很好的。只要再加练习，定不在黄小玲之下。哈哈，密司陆，说一句拆穿话，哪一个明星不先经导演和戏院主人的推和捧，而后能得到多数的观众，然后成名一时的呢？现在最要紧的问题，只是密司陆答应，我们自然会捧你出来的。将来你的照片恐怕要登满上海报纸上，而你的大名也要响遍于申江边了。"

文莺到底年纪尚轻，难免有些虚荣心。她近来也常常观看话剧，觉得天下出名最快的要算一班明星了。任何人只要演过一两出卖座的名剧，名字自然而然地会鹊起。一般小报本来闹着稿荒，不论对于批评和宣传明星的稿子都是喜欢尽早刊出的。对于明星的照片尤其欢迎，看了黄小玲便可知道了。所以今晚她经过二人怂恿一番，心里也有些活动，只是一时未便答应，仍向他们谦辞。

罗觉先听文莺的口气很软，虽然犹豫不决，未敢尝试，到底可以用方法促成她的，所以他就说道："密司陆，我们大家是很熟的朋友，决不会使你上当。就请你再考虑一番，三天之内给我一个回音，也好使我有个预备。这《风雨之夜》的剧本在本月里我一定可以写完的，明天我先将本子给你看看，再征求你的同意，好不好？"

姜子贤又说道："听说在这剧本里女主角是一个音乐家，有几幕需要歌唱的。那么密司陆既会弹琴，又会唱歌，必能胜任而愉快，这是黄小玲所不及的。将来金嗓子三个字的大名，要让密司陆独擅其美了。"

文莺半羞涩似的笑了一笑，听得钟声已鸣十下，她要紧回去了。遂先起身告辞，姜子贤当然仍让自己的汽车送文莺回家，临别时姜子贤和罗觉先还说了几句很好听的话，请文莺早些给他们佳音呢。

文莺回转公寓以后，问懋童可见曹少爷前来，懋童说没有，文莺便坐在自己房中，对着孤灯，想想方才二人和她说的话。自己也觉得很有演剧的天才，倘有机会给她去一试，也许真会像罗觉先说的一鸣惊人，立刻会变成明星的。况且这是姜子贤、罗觉先向自己征求同意的，现在的姜子贤和罗觉先确乎能把握话剧界的权威。我有他们二人的捧场，何患不能成功？这个大好机会倘然失去，真是可惜的。不瞧黄小玲做了明星，在人前何等的风光！罗觉先说她骄矜，也不是冤枉的。我只要客串一次，黄小玲便要被我压倒了。

文莺这样一想，一颗心不由热烘烘起来，似乎前途充满着无限的希望。又想今天天羽没有来，这几天他难得前来，对我似乎有些不满。那么这件事要不要告诉他知道呢？我到姜子贤家里去做家庭教师，他本来也是不赞成的，所以自从我到姜家去后，天羽和我言谈之间，常常要发牢骚，有许多话很有些刺痛我嫩弱的心，真有些难受。他不知道我到姜家去并非贪慕虚荣，实因姜子贤礼貌殷勤，情意恳挚，使我情不可却。而姜家的两个小孩子也是怪讨人喜欢的，我很是爱他们，且要尝试尝试，我自己虽没有教育的经验，究竟可能教导小孩子，也好让天羽知道我的成绩。

遂不顾天羽的劝阻，而毅然到姜家去担任的。天羽有时又对我说姜子贤为人很不可靠，莫要上他的当。但我到姜家去教书已有三个多月，姜子贤常和自己见面的，也没有什么不正当的言行落在我眼里。至于他娶姨太太，这是一般富豪常有的事，古今的名公巨卿、富商大贾，很多三妻四妾，甚至有金钗十二的，何足为奇？天羽也太会疑心了。这件事若然告诉了他，他一定又要大大地反对的。还不如暂时不必言明，且待事情成熟后，再向他说穿，他也不好阻止我了。他笑我年纪轻没有经验，且教他看看我究竟有没有能耐？文莺这样一想，她就不预备把这件事先和天羽去商量了。

到第三天的晚上，姜子贤向她催询回音，她竟贸然允许了。姜子贤大喜，便于次日邀同罗觉先来和文莺订了约，所许报酬十分丰厚，为任何演员所不及。姜子贤便叫文莺分出一部分时间再去练习国语，又催罗觉先把那《风雨之夜》的剧本赶快写好，赶快排练。文莺换了一个化名，叫作"白璧"，天天分了教书的时间到灵秀大戏院去排练，都由姜子贤的汽车送她来往。大家见这位新人是姜子贤有心推举起来的，自然另外看待，不敢轻视了。等到《风雨之夜》将要搬上舞台时，外边大小各报都纷纷刊载着宣传的文章，代剧本喜欢，且代文莺揄扬。不过外间只知道"白璧"的芳名，而不知"文莺"。后来姜子贤又逼着文莺连摄了几种照片，先后在报上制了铜版，刊登出来。大家一睹惊鸿艳影，更是注意起来了。

这天晚上，姜子贤又在家里请客，所请的大都是灵秀大戏院的重要职员和演员以及海上几位名女伶，又有几个著名的评剧家，黄小玲和文莺都在座。姜子贤、罗觉先当着众人，代文莺介绍，且大为揄扬。黄小玲最觉难堪，心中妒忌得了不得，暗骂罗觉先等爱则升膝，恶则坠渊，此番《风雨之夜》一剧不叫她主演，而别用新人，真像和自己捣蛋，太与自己面子过不去了。所以在座诸人中，唯有她最为不欢。文莺的精神上自然十分兴奋，她当然也觉得姜子贤十分推重她呢。

又过了一天，这天是星期日，天羽上午便到文莺公寓里来。和文莺相见后便说道："表妹，你今天总可以不出去了，所以我要来和你谈谈。"

文莺和他对面坐下，等鬓童献过茶后，却说道："很好，表兄可以在此用午膳，下午三点钟时候，我还要出去一次呢。"

天羽道："今天是星期日，难道你还要到姜家去教书的吗？"

文莺道："我不……"说到这里，却沉吟起来。

天羽道："那么你到哪里去呢？"

文莺不好告诉天羽是要到灵秀大戏院里去和那弹琴的乐师配合声音，只好仍说道："今天姜子贤在家开茶话会，所以我也在被邀之列。"

天羽点点头道："表妹，你近来果然太忙了，以致我也不敢多到府上来，分去你的时间。你可要嫌我疏远吗？"

文莺摇摇头道："不，你仍可以天天来，我决不会讨厌你的。不过今天下午我是要出去。"

天羽道："表妹现在和以前大不同了，进步得真快。"

文莺听了，不由一怔道："什么进步不进步？"

天羽冷笑一声道："表妹自己的事会不知道吗？"一边说，一边从他西装裤袋里掏出一张小报来，递与文莺道："请你看看吧，你的玉照也已印在上面了。"

文莺接过一看，见这张小报上刊着一篇《白璧女士访问记》，大意是说她日内将主演名导演罗觉先编导的话剧《风雨之夜》，加着许多赞美的话，且把自己的照片登了出来，无怪天羽要向自己责问了。不由脸上红了一红，明知这事再也瞒不过了，只得说道："这些人真会多事，谁要他们来盲目捧场呢？"

天羽问道："这事果然真的吗？我早听得白璧的名字了，却不知道就是表妹。直到今朝我见了你的照片已刊出，方才大为惊奇，不得不向你问个明白了。表妹，你果然要去演话剧吗？请你快快告诉我。"

文莺遂将姜子贤、罗觉先诚意相邀客串的经过，约略报告一下，又说道："我很抱歉的，没有早早告知你，请你原谅。我也是兴之所至，偶尔为此，客串一下，并不想将来要在此中混饭吃了。"

天羽听文莺告诉他，明知文莺恐怕他要去劝阻她，所以一向隐瞒着，今日也是自己问了她而方说的呢，立刻叹了一口气，说道："表妹，我不该说你，这件事很有关系的。你怎么可以胡乱答应人家呢？你说客串一下，岂知你一下了海，到那时便要摆脱不得的。现在人家捧你，你觉得快活吗？这是你的一个大错误。你不过被姜子贤等利用罢了，而且姜子贤的捧你，恐怕别有用心呢。表妹，你究竟涉世未深，不要上了人家的当。这社会的内层恐你还没有见到呢。假使我姑夫尚在世间，你想他会允许你去干这事的吗？你是聪明人，细细一想，不难明白的。所以我不忍旁观，到了今天，还要劝你悬崖勒马，及早摆脱，不要去做他们的演员，你还是只顾读书好了。"

文莺给天羽这么一说，心里一半内疚一半恼恨，便啮着嘴唇不响。天羽也自觉说话很严厉，便又说道："表妹，你要怪我太会干涉你的行动吗？请你不要怪我，因为我们是自己人。表妹的心我也知道的，所以我要这样地劝止你，请你答应我的劝谏，那就是幸事了。"

文莺皱着蛾眉说道："表兄，我不是不答应你，实因我已和姜子贤订了约，不能废毁。那话剧在下星期即将公演了，我岂能不干呢？好在我已说过，客串一下，系临时性质的。演过《风雨之夜》，我决不再演第二剧。表兄，你能相信我的说话吗？"

天羽听文莺这样说，知道文莺演话剧的事是无可更改的了，遂点点头说道："我尽我的忠告，听不听也由你。我希望表妹能够至少限度要照今天说的话而实践，千万不要到了那时摆脱不得，一误再误。"

文莺道："我决不会言而无信的，请表兄放心。"

天羽道："表妹倘能如此，这是我的大幸了。"

天羽口里虽然这样说，心里依旧不赞成文莺去客串，老大觉得不爽快，所以他虽然仍和文莺说说笑笑，而已如青天里罩上一层阴霾，没有以前的真心快乐了。文莺也觉得天羽说的话很是咄咄逼人，未免太过虑了。外边尽有许多大学生做这事的，这也是一种艺术，天羽为什么要如此轻视呢？所以她心里也觉有些不爽快。天羽仍在文莺家里吃过午饭，到三点钟时，因为文莺要出去，所以他也告辞去了。文莺等天羽走后，她就略事妆饰，姜子贤的汽车早已准时驶来，她便坐着汽车到灵秀大戏院去和琴师配声了。

一到下星期，那罗觉先编导的《风雨之夜》已在灵秀大戏院演出，各报纸上刊着巨幅的广告，白璧的芳名印上人们的脑膜，而各小报上都是一致赞美，大捧而特捧。果然第一天便告客满。人家要买票子都买不着了，出了黑市去买呢。这样连演十天，无日不告客满。白璧的芳名就此轰动了整个的上海，平日文莺专演夜场，星期六、星期日加演日场，因此她忙得非常。密司霍金荪那边的琴也不及去学，姜家的教书也只好暂停了，天天和姜子贤、罗觉先等一班人聚在一起。姜罗两人常常请客，大家快快活活，胡帝胡天。此时的文莺又好如踏进了别一世界，反和天羽的踪迹日疏了。

有一个晚上，又是照样满座，剧终时，文莺觉得有些疲倦，在后台更换了衣服，正要回去，却见姜子贤和罗觉先走来，对文莺说道："这几天密司辛苦了，附近有一家俄国菜馆，做通宵营业的，菜肴特别精美，此刻密司陆肚子必然饿了，我们到那边去一聚吧。"

文莺摇摇头道："不去了，我要早些回去休息哩。"

姜子贤道："密司不要推却，且去坐坐。我前许密司演剧的红利，半个月一结，现在此剧非常走红，比较黄小玲主演的《上林春色》还要声价十倍，座价也增加了，当然大有盈余，前途尚有不少希望。我要克践前言，先奉密司陆三千金，满了月再算，且已和觉先商量过，再可酌提特别奖金赠送密司的，我们只要密司高兴哩。密司真好，可做我们剧团的台柱子，今晚无论如何

266

必要请密司去吃一顿夜点心，有话谈谈。"

文莺听说，只得跟二人前去。那俄国菜馆很近的，所以他们没有坐车子，只是安步当车地走去的。姜子贤在走出戏院门的时候，吩咐他的汽车夫说道："我们要陪陆小姐去俄国菜馆吃些菜，停一会儿你把汽车开到那边去伺候好了。"

汽车夫答应一声，姜罗二人陪着文莺走到那边俄国菜馆去，在楼上拣了一间密室坐下，侍者前来问用菜时，姜子贤点了几样，又吩咐拿一瓶白兰地来，三人丁字式坐定，慢慢吃喝。姜子贤把一张支票交给了文莺，带笑说道："我们有了密司陆，不怕不出人头地。所以我们不胜欢喜，要谢谢密司陆的。将来大开庆功宴时，更要大大地热闹一番哩。"

说罢，二人举起杯来，各向文莺致贺。文莺当然说了几句客气话，回谢姜罗两人提携之力。姜子贤又对罗觉先说道："学徒，你的眼力果然不错，密司陆一举成名，已把黄小玲打倒了。这几天黄小玲久不见面，大约气倒在家里呢。"

罗觉先喝了一口酒，点点头道："真的，谁教她要向我们妄自骄矜呢？现在叫她看看我们的手段了。此后我们有了密司陆，也用不到她了，她要辞职，这是再好也没有的事。"

姜子贤托着酒杯，两只眼睛注视着文莺的娇颜，只是微笑，露出很得意的样子说道："密司陆真是天上安琪儿，扮了《风雨之夜》里的芙姑娘，真是我见犹怜。假如我做了剧中的夏雷生，皮鞭也举不起了，怎舍得痛殴呢？"

这虽是说的剧情，但文莺听了，觉得姜子贤太说得有些亵视自己，不由脸泛桃花，坐立不安。罗觉先又在旁边说道："姜先生这样提携了密司陆，爱护了密司陆，不知密司陆何以为报？"

文莺道："我当然也要感谢二位的，此后我努力把这剧演至末一日，便是报答了。他非所知。"

姜子贤听了文莺的话，又对罗觉先脸上望望，罗觉先暗暗点头。这时正在农历的五月初旬，天气已燠热，幸在晚上，南面窗子都开了，有凉风透进来。文莺身上只穿着一件薄薄的淡灰色的单旗袍，露出两条雪白的粉臂，胸前隐隐玉乳高耸，直显出处女之美。姜子贤有了一些酒意，恨不得把眼前的文莺一口吞下肚去。他的平时蕴积着的色情，就要爆发了。

罗觉先是个狼狈为奸之徒，他就立起身，自己出去吩咐侍者送上三大杯绿宝冰橘汁来。文莺本喜欢喝这个，现在吃了菜，口里觉得非常之腻，所以拿起杯来，一口气喝了半杯，咂咂嘴道："怎么今天的绿宝橘汁略有一些酸味？"

姜罗二人也举杯喝了两口，罗觉先道："我喝着并不觉酸，想是密司陆舌觉不同。倘然真是酸溜溜的也很好呢。"说着话笑了一笑。

文莺因口里很渴，也不管是酸是甜，把一大杯绿宝橘汁喝下肚去，菜也快完了，送上水果和冰淇淋来，文莺正想吃过冰淇淋便要回家，不料自己忽然头晕目眩的很要睡眠，以为自己太疲倦了，虽欲勉强支持，不知怎么眼皮尽合拢来，身子向桌上一伏，昏昏然地睡着了。

此时罗觉先指着文莺，对姜子贤带笑说道："姜先生，我的计策高妙吗？她不比黄小玲，别种手段诱不入彀的，只有用此物使她迷迷糊糊地睡去，便可任你行事。但等事实既成，谅她也奈何不得了。只要你好好安慰她便成。好，我不要耽搁你们的宝贵时间，北方大饭店的房间已代你开好了，姜先生，你快扶她同去吧。我去知照汽车夫，你付了账，扶她下楼吧。"

姜子贤要说话时，侍者已来，罗觉先立刻走出室去。姜子贤遂叫侍者快开账来，他把酒菜之资付去，又加了重赏，说道："陆小姐喝醉了，我来扶你上车吧。"

文莺糊糊涂涂地让姜子贤扶着，一步一步地走下楼去。侍者得了重赏，快快活活地送到楼口，也没有一点儿疑心呢。姜子贤扶着文莺下楼，走出俄国菜馆，他自己的汽车已靠在门口，罗觉先立在一边，帮着姜子贤扶文莺上车。他对姜子贤带笑说道："明天早上我来恭喜吧。"

姜子贤道："谢谢你。"他也将身子钻上车厢，汽车夫立刻拨动引擎，向前驶去了。

一会儿已至北方大饭店门首停住，姜子贤又扶文莺下车，走进饭店。文莺半醉半迷，一步高一步低地跟着姜子贤乘了电梯，开到七层楼，扶文莺到他预订的三六〇房间里去。对文莺说道："密司陆，你在这里歇息一下吧。"

文莺好似失了知觉似的，低倒了头不答。姜子贤便把她睡倒在铜床上，脱了革履，他自己脱去西装外衣，坐下身子休息了数分钟，要想洗过脸，揩过身，然后再去和文莺同寻好梦，以偿他数月来怀藏的色情。他一眼瞧着床上横陈着的文莺，心花怒放，

269

欢喜得说不出。少停云雨巫山之乐，可以一任自己醄畅。等到文莺还复知觉时，她抵拒也无用了。罗觉先的法儿想得真好，我倒要谢谢他哩。

姜子贤正在想得快活，忽听叩门声。他不由一怔，立起身来，去开了房门。见一个侍者对他说道："姜先生，你家里有电话来，要请你去接听。"

姜子贤更是一怔，暗想我到这里来只有罗觉先和汽车夫知道，十分秘密，家里怎会有电话来呢？便向侍者问道："你可听得准确？不要有误。"

侍者道："一些儿也不错，房间号数是三六〇，尊姓是姜。都不错。那人说家里有要紧事，必要请先生亲自去接的。"

姜子贤听侍者这样说，没奈何只得将房门轻轻带上，自己走到电话间里去听电话了。在姜子贤刚才离开他的房间时，忽有一个西装少年轻轻地掩过来，乘侍者不防的当儿，溜进了三六〇房间，一眼瞧见文莺睡在床上，他又惊又喜，连忙上前去唤她，却像沉睡一般，呼之不答，摇之不醒。少年急了，抬起头想了一想，连忙到面汤台边，开了冷水龙头，倒了一大杯冷水来，回到床前。他口里含着冷水，向文莺的面上喷了数下，又去绞湿了一把冷水面巾，在文莺面上额上按了数下，又唤了数声，文莺方才醒转。一见自己睡在别人的房间里，而立在她床前的正是她的表兄曹天羽，不觉大为惊异，连呼道："奇哉奇哉，表兄，我怎会在这里？你又怎么会在此地呢？莫不是梦中吗？"

她虽然醒转，头脑仍自昏昏的不能明白。天羽的神情很是紧张，回头望望房门，又向文莺说道："表妹，你快起来跟我走吧，这里不是谈话之地。"

文莺此刻见天羽这般紧急的样子，不觉想起西山的一幕来，心中又惊又疑，连忙坐起身来，且喜脚上的白皮鞋尚在床前，连忙穿好了，不及问询，跟着天羽便走出了房门，方知身在旅店之内。天羽连忙和文莺走入电梯，下得楼来，走出店门。凉风一吹，文莺清醒了不少。时已夜半，二人在黑暗里走了十多家门面，见有一家汽车行，天羽遂雇了一辆汽车，驶回蒲石路。在汽车中，天羽也不和文莺说话，文莺只是想起俄国菜馆里自己和姜罗二人喝酒吃菜的情景，以后便模糊了。也料知自己又上歹人的当，必是天羽来救她了。

一霎时汽车已至蒲石路，天羽吩咐在公寓前停住，他付去车资，扶文莺下车，走到楼上房间去。銮童接着，见天羽送莺小姐回来，也觉得有些奇异，只不敢问。

文莺和天羽走到了自己房中，把房门关上。文莺走到天羽身边，请他和自己并肩坐在大沙发上，忙问道："这里可以讲话了，我自己也不明白，方才跟着姜子贤、罗觉先两人在俄国菜馆里吃夜点心，喝了一大杯橘汁，不知怎么便迷迷地睡着了。莫不是他们在算计我，所以弄我到那地方去，不怀好意？表兄怎么又会知道而来救我呢？请你快告诉我吧。"

天羽道："今天表妹已陷在姜子贤那厮的手里，真是险极了，幸亏我来救你。待我来详细告诉你吧。自从你被姜子贤聘去做家庭教师后，我一直注意着你的行动。这事我本很不赞成的，后来

271

他们要你演话剧，也是引诱你入港，所以如此捧你出名。我知道姜子贤不怀好意，无奈向你进忠告时，你又不肯听。我只得严密追寻你们的踪迹。戏院里的茶房我都买通，要他们随时报告消息。我又新买了一辆自由车，每天到你戏院来坐在一隅观剧，其实就是窥伺你，但你不觉得啊。而且每天我必立在戏院前隐处看你坐了姜子贤的汽车走后，我再要到你公寓前来窥探，见你卧室里有了灯光，方才安心回去睡眠。今晚守候你出来时，却见你不坐汽车，而和姜罗二人走去，我也就不坐自由车，而跟在你们后面。见你们走进了俄国菜馆，我就不离开，只在门前徘徊。后见罗觉先先出来吩咐汽车夫的话，被我窃听得北方大饭店去一句话，我就知道事情不妙了。一会儿又见姜子贤扶你上车，你已像醉了，我更是不放心，连忙去附近找了一个同学，和他也坐汽车赶到那地方。见姜子贤的汽车果然停在对面，我就进去一看水牌上七楼三六〇房间果有姓姜的，只不过名字已换了'子修'了。我知事不宜迟，忙用调虎离山之计，叫我的同学跑到别一家店去借打电话，唤姜子贤听，推说家有要事，和他纠缠的时间越多越妙。我自己就由电梯上了七楼，寻到了房间，立在远处等候动静。果然姜子贤中计而去，我遂大胆闯入，把你救出来。料那厮回房时，一见人如黄鹤，一定要大为惊疑，不知是什么道理呢。表妹，我做了这事，你可要说我鲁莽吗?"

文莺听了天羽的叙述，不由眼眶中流下两行热泪，对天羽颤声说道："表兄，我现在觉悟以前的错误了。幸亏表兄这样爱护我，使我脱离恶魔的手掌，保得白璧无瑕。便是先父在地下也要感谢的。表兄，你两番救我，教我怎样报答你呢?"说罢，便将娇躯投入天羽的怀抱。

天羽将她拥住，说道："表妹能够觉悟，也不负我的苦心了。我是真心爱你的。"说着话，二人已互相拥抱着，很热烈地接一个甜蜜之吻。

到了次日，灵秀大戏院的《风雨之夜》从此辍演，而白璧告病假不登台的消息传布出来。再隔了一天，新闻报上却登出曹天羽和陆文莺订婚的启事。从此江上流莺，已结情侣。舞台白璧，顿时销声。登徒子野心难逞，有情人终成眷属了。

图书在版编目（CIP）数据

江上流莺／顾明道著. — 北京：中国文史出版社，
2018.5

（民国通俗小说典藏文库·顾明道卷）

ISBN 978 - 7 - 5034 - 9989 - 0

Ⅰ. ①江… Ⅱ. ①顾… Ⅲ. ①长篇小说 - 中国 - 现代
Ⅳ. ①I246.5

中国版本图书馆 CIP 数据核字（2018）第 009968 号

点　　校：袁　元
责任编辑：薛媛媛

出版发行：**中国文史出版社**

网　　址：http://www.chinawenshi.net

社　　址：北京市西城区太平桥大街 23 号　　邮编：100811

电　　话：010 - 66173572　66168268　66192736（发行部）

传　　真：010 - 66192703

印　　装：廊坊市海涛印刷有限公司

经　　销：全国新华书店

开　　本：720×1020　1/16

印　　张：18　　　　字数：187 千字

版　　次：2018 年 5 月第 1 版

印　　次：2018 年 5 月第 1 次印刷

定　　价：53.80 元